帰宅部ボーイズ

はらだみずき

幻冬舎

帰宅部ボーイズ

装幀　大久保伸子
装画　きたざわけんじ

息子が学校で問題を起こしたと、昨日の夜遅く妻から聞かされた。

学校といっても小学校のことで、篤人《あつと》はまだ小学四年生に過ぎない。その日の夕方、担任の若い女の先生から自宅に連絡があったらしい。

給食の時間に男子生徒数人による喧嘩《けんか》が勃発した。最初に手を出したのが、うちの息子の篤人。多くのクラスメイトの証言によって、それは審《つまび》らかにされた。本人も否定はしなかったという。

篤人は同じ班の佐藤君に殴りかかり、佐藤君の反撃に加勢した鈴木君と田中君らによって給食のカレーウドンを頭からかけられた。先生の言葉によれば「教室は修羅場《しゅらば》と化した」そうだ。

「楽しいはずの給食の時間が、一転して……」

先生は言うと、言葉を詰まらせた。

駅前のバーで飲み直して午前零時前に帰宅した僕は、しゃっくりをしないように注意しながら話を聞いた。ときおり小さくうなずくことを忘れなかった。幸い子供たちにたいした怪我《けが》はなかったという話だった。

僕はカレーウドンの飛び交う修羅場の場面を想像して（なぜかそれはスローモーションだった）、不謹慎ながら口元をゆるめてしまった。

妻は受話器を握ったままコメツキバッタのように何度も頭をさげたのだろう。カレー色に染まったシャツで帰宅した篤人は、喧嘩の件について多くを語ろうとはしなかった。妻はそのことを気に病んでいる様子だった。

「男の子は、やっぱりわからないわ」

熱でも測るように自分のおでこに手を当てると、ため息まじりに言った。男兄弟がいないせいか、あるいは自分が女だからそう言ったのか、よくわからなかった。

「いじめられているのかもしれない」

妻の心配はそのことらしい。

「喧嘩の原因は？」

僕は訊《き》いてみた。何事にも原因はつきものだ。

「それを言わないのよ」

「相手は？」

「たくさん、だって」

妻は眉間《みけん》に細い縦皺《たてじわ》を刻《きざ》んだ。

「食べ物を粗末にするのは、よくないよね」

僕が言うと、「今はそういう話じゃなくて……」と妻は遮《さえぎ》って、首を弱くふった。

だが、僕には原因は聞かなくても想像がついた。篤人は理由もなくそんなことをする子ではない。母親に似ておとなしく、どちらかといえば気が小さい。

それは幼稚園時代にもあったことだ。同様に僕にも、そして僕の兄にも経験がある。そもそもの喧嘩の原因は篤人のせいではないし、僕や、僕の兄のせいでもなかった。それは生まれながらにして決まっていたことで、個人の行ないによって改められるものではない。自分ではどうしようもないことなのだ。気の毒なのは、篤人に兄弟がいないことだった。その痛みについて分かち合う者がいない。

「そういう家系だから、しかたないよ」

とりあえず僕はそうこたえた。

「これから思春期を迎えるかと思うと……」

妻は虚《うつ》ろな目を泳がせながら言った。

子供について考えるとき、僕はどうしても自分の少年時代と重ね合わせてしまう。時代がちがうと笑われるかもしれないが、それはひとつの物差しになりうると僕は考えている。「私たちの時代は……」と比較して、今を嘆く大人もいるけど、案外それほど変わっていないんじゃないか、と思うことがある。変わったとすれば、それは子供たちではなくて、もしかすると大人たちなのかもしれない。いつになっても子供は子供であり、小さな大人ではない。

それに少年時代のことについて、大人になってから気づいたこともある。

たとえばこんなふうに――。

僕らが中学生のとき、来日したベイ・シティ・ローラーズのコンサートを観にいくために、授業をサボることを画策したふたりの女の子がいた。ふたりはベイ・シティ・ローラーズのファッションに合わせてお揃《そろ》いのタータン・チェックのマフラーをいつもしていた。でも彼女たちの計画は、なぜだか先生にバレてしまった。そのことについてクラスで話し合う場を持った。いってみれば担任の先生と一緒に、僕らはふたりの女の子を吊《つ》るし上げたのだ。ふたりはクラス全員の前で涙ながらに謝罪した。

でも、今そのことについて想いを巡らせると、どうだろう。彼女たちが僕らに謝る必要なんてあったのだろうか？　あるいは、それほど大きな問題だったのだろうか？　学校の授業を受けるより貴重な体験だって、人生にはあるんじゃないのか？　ベイ・シティ・ローラーズは毎週教室に来てくれるわけじゃない。大人になって、土曜日の夜に、僕はふとそう思った。

——あんたたちだって、聞きたかったくせに！……。

彼女たちは、そう叫びたかったかもしれない。

「友だち、いないのかな？」

僕は息子について妻に訊《たず》ねた。

「どうだろう、これといった友だちはいない気がする」

「そのうち、いい相棒が見つかるよ」

「そうだといいけど」

「きっと、見つかるさ、僕のように……」

僕はそう言って、塞《ふさ》ぎ込んだ妻に笑いかけ、息子の寝顔を見るために、ほんの少しよろけながら子供部屋へ向かった。

僕が初めて人を殴ったのは十二歳のときだ。

もちろんそれ以前に喧嘩をしたことは何度かある。でも、自分が人を殴ったという明確な記憶は、たぶんそのときだ。初恋がいつなのかと同じで、そんなことは自分で判断して決めればいいことだ。ちなみに僕の初恋は十三歳のときと自分で認定した。

その年、僕は家から二キロほど離れた地元の市立中学校に入学した。ずいぶんと昔の話だ。インターネットもケータイ電話もＳｕｉｃａもなかった。なにかを調べるには辞書を引いたし、こっそり夜中にラジオを聞くのが楽しみで、駅の改札には切符を切る駅員さんがいた（あまり関係ないか）。

入学式の朝、僕は真新しい黒の詰襟《つめえり》の学生服を着て、金色の校章の付いた学帽を被《かぶ》り、近所の公園の満開の桜をバックに母と一緒に記念撮影をした。その晴れがましい写真は、今も実家のアルバムのどこかのページに眠っているはずだ。撮影者は通りすがりのオジサン。その記念写真を撮った数時間後に、僕は人を殴ったことになる。

体育館での入学式が終わると、その日に発表されたクラスの教室に入り、明日からの学校生活について簡単な説明を受けて帰りの挨拶をした。

「一緒に帰らないか？」

自分の席に座って机のなかの暗闇をのぞいていると、声が降ってきた。

顔を上げると、机の前に人懐こい笑みを浮かべた少年が立っていた。金崎文彦《かなさきふみひこ》だった。教室の端の席から始まった自己紹介のときに、同じクラスなのだと気がついた。でも、なぜ彼が僕に声をかけてきたのかは、わからなかった。登校初日で友だちがまだいないせいで、同じ小学校出身の僕を誘ったのかもしれない。教室を出ると、これまた同じ小学校に通っていた背の高い坊主頭の梅木弘《うめきひろし》がいて、彼も一緒に帰ることになった。

小柄な金崎と背の高い梅木は知り合いらしかった。僕はふたりとは小学校時代に同じクラスになったことはなかったので、彼らと話をするのは初めてだった。ただ金崎については知っていた。実を言えば、彼のことは以前から気になっていた。

僕が通っていた小学校はなぜだか知らないが、とにかく体育に力を入れている学校だった。今から考えるとそれは尋常《じんじょう》ではないくらいだ。学年ごとの体育テストというものが一学期に一度、年間計三回行なわれる。種目は跳び箱、鉄棒、マット。それぞれに課題が設けられ、クラスで何人がそのテストに合格できるか競い合う仕組みになっていた。たとえば一年生の三学期の鉄棒の課題は「逆あがり」。それぞれの種目で一番合格者の多いクラスが学年ごとに表彰される。いわばクラス対抗の体育テストというわけだ。

クラス担任の先生は、その競争を強く意識していたように思う。「おまえら、二組のやつらに負けんなよ」。そんな発破《はっぱ》をかけられることもあった。

だれでもクラスのお荷物にはなりたくない。できた者が、できない者に教え、あるいは応援する。それでも、どうしても落伍者《らくごしゃ》は出てくる。練習から逃げ出すやつもいる。おそらく体育が苦手な生徒にとって、それは地獄だったろう。

体育はもちろん体育テストだけではない。運動会、学校対抗の陸上大会、ポートボール大会、水泳大会、マラソン大会、クラブ活動とあった。妙な言い方かもしれないが、その小学校では頭のいいやつより、運動ができるやつのほうが評価された。学級委員長よりも体育委員長のほうが偉そうだった。

そんな学校で金崎は異彩《いさい》を放っていた。いろいろな噂《うわさ》を聞いたが、多くはやはりその卓越した運動神経についてだった。鉄棒に両膝《ひざ》を掛けて両手を離し、後ろにグルングルン回る「コウモリ大車輪」の校内歴代記録をあっさり塗り替え、校舎の廊下を端から端まで逆立ちで踏破し、授業を抜け出して三人の教師に追いかけられたが捕まらなかった、などという伝説の持ち主だった。なかには田んぼで捕まえたドジョウを焼いて食っていた、なんてのもあった。

身長は僕よりも低く小柄なのだが、とにかくコマネズミのように敏捷《びんしょう》な野性児だった。顔は端整なのだが少しゆるみ気味で、笑うと右の頰《ほお》に深いえくぼができる。いつも外で遊んでいるせいか肌は浅黒く、白い歯が印象的だった。彼は転校生だったので、どこか謎《なぞ》めいたところがあった。不思議と女の子の受けはあまりよくなかったようだ。

六年生の夏のことだ。僕は小学校の体育館の裏手のグラウンドでサッカーをして遊んでいた。夢中になって遊んでいると、やがて日が暮れて、友だちがひとり、またひとりと家路について、最後に僕とサッカーボールだけが取り残された。しかたなく壁を相手にボールを蹴《け》っていると、そのうちボールが見えにくくなってきた。そろそろ帰ろうかと思っていると、奇妙な音を耳にした。

「ウッ、ウッ、ウッ」

その音は体育館の横にある大きな鳥小屋のあたりから聞こえてきた。

僕はボールを抱えると、ゆっくりと音のするほうへ近づいていった。

「ウッ、ウッ、ウッ」

最初は鳥小屋のチャボが喉《のど》になにかを詰まらせ苦しんでいるのかと思った。でもそうではなかった。体育館の脇から鳥小屋の前まで来ると、僕はしゃがんで金網のなかの様子をうかがった。鴨《かも》をはじめとする鳥たちは、薄暗い小屋の縁に沿って地面に掘った穴に、半分身体を埋めるようにしてじっとうずくまっていた。音は鳥小屋のなかではなく、その先の校庭のほうから聞こえてきた。金網越しに音の聞こえるほうに目を凝らすと、土のグラウンドの上をなにかが回転しながら移動していた。回っていたのは、人間だった。

だれかが暗がりのなかで連続してバック転をしていた。助走をつけると側転、そして連続してバック転に入る。あるいは側転からバック転、バック宙をすることもあった。マットの上だとしても、僕には到底真似《まね》のできない跳躍だった。

――すごい。

僕は暗がりで息を潜《ひそ》めて見つめた。

運動には僕もかなり自信を持っていた。マット運動や跳び箱ではいつも手本をやっていたし、水泳大会やマラソン大会でも優勝候補だった。でもこれには度肝《どぎも》を抜かれた。その正体こそが、金崎文彦だった。正直こいつには敵《かな》わない、とそのとき思った。小学校時代、特に男の子の世界では、運動ができることは大きなアドバンテージになり得た。

しかし彼はなんのために、日の落ちたグラウンドでそんなに回転しなければならなかったのか。そのときは知らなかった。僕はサッカーボールを小脇に抱え、鳥小屋の裏を回って、気づかれぬよう家に帰った。

ある種の憧《あこが》れにも似た想いを抱いた男に「一緒に帰ろう」と誘われたわけで、心が躍った。僕らは下駄箱で靴《くつ》を履《は》き替えると、グラウンドの脇の道を通って東側にある校門へ向かった。

中学校には三つの小学校から生徒が集まってきていた。東小、西小、北小だ。東側の門から帰るのは多くが東小出身の生徒で、この中学校に通う生徒は学区の関係上人数が少なかった。生徒を構成する最大派閥は西小で、それに北小が続き、東小は一番少数派だった。校門を出て右に折れると、平屋の集合住宅沿いに桜の並木道が駅のほうへと続いている。僕らの家は駅向こうにあった。

金崎文彦と梅木弘は住んでいる家が近いらしく、仲も良さそうだった。ふたりは親しげに言葉を交わしていた。僕はなかなかふたりの話の輪に入ることができずにいた。自然と金崎と梅木の二人が並んで前を歩き、僕が後ろからついて行くという隊列になった。でもそのことに不満があったわけではなかった。もともと僕は人見知りをするタイプだったのだ。

しばらくして三人のなかで一番背の高い梅木がふり返ると声をかけてきた。

「ところで、おまえ名前は？」

詰襟のホックをいつのまにか外《はず》した梅木は頬をゆるめて言った。顔のなかでは鼻だけが借り物のように大きかった。どこか「不思議の国のアリス」の挿絵のチェシャ猫みたいな笑い方をするやつだった。

僕は発音に注意しながら自分の名前を名乗った。「矢木直樹《やぎなおき》」

それを聞いた梅木は面白いダジャレでも思いついたように顔をほころばせた。「ヤギナオキ？おまえ、ヤギかよ？」

梅木の発音は、明らかに動物の「山羊《やぎ》」を意味していた。

「いや、矢木だ。弓矢の矢に、樹木の木で、矢木だよ」

僕はそう訂正した。

だが、梅木はなぜか理解を拒《こば》んだ。彼にとっては「矢木」ではなく、「山羊」のほうが都合よかったのかもしれない。歩きながら僕の苗字をからかい始めた。

そうされることに僕は慣れていたし、梅木もそうすることに慣れていたのだと思う。それは中学生としては稚拙《ちせつ》な発想のようにも思えたが、考えてみれば数日前まで僕らはランドセルを背負っていたわけで、中学生になったからといって急になにかが変わるわけではない。実際、高校生になってからも最初に僕が名前を名乗ると、同じアプローチをかけてくるお馬鹿なやつもいた。

僕はやれやれと思いながら、梅木の言葉をやり過ごそうと、詰襟のカラーに意識的に顎《あご》を食い込ませるようにして歩いた。

たいていそういうやつが僕に対して浴びせる言葉は決まっていた。ボキャブラリーに乏しい傾向にある。だから梅木が次にどんなことを言うのかも大方の予想がついた。梅木は予想を裏切らなかった。案の定、まずは山羊の鳴き真似を始めた。

「メェェェ〜、メェェェ〜」

ひとつだけ褒《ほ》めてやりたいのは、梅木の山羊の鳴き真似が秀逸《しゅういつ》だったことだ。「メェ」と鳴くのだが、微妙に音引きの部分を鼻にかけてビブラートさせるのだ。まるで本物の山羊と散歩しているようだった。

子供が眠れないとき、寝床で羊《ひつじ》の数を数えるという話がある。僕はやったことがない。だが山羊の数を数えることはあった。僕に向かって、そいつが何回「山羊」という言葉を、悪意を込めて発するのか。それはあまり気持ちのよい作業ではなかったけれど、そうすることを自分に課していた。僕の目は、山羊の数を数えるにつれてますます冴えわたる。僕の決めた規定の回数を超えた場合は、そいつの目も覚まさせてやることにしていた。この日はおめでたい入学式ということもあったので、大サービスで十回までは許す、と決めた。

「おい、メェーメェー」

梅木は山羊をその鳴き声に転換する手法で僕を呼んだ。饒舌《じょうぜつ》な梅木は、あまり僕をご存じない様子だった。そういう意味では、僕は金崎ほど小学校時代にメジャーではなかった、ということかもしれない。

「やっぱ、おまえも山羊なわけだから、紙を食うんだろ？」

梅木は言ったが、僕は返事をしなかった。僕は沈黙によって怒りを表現していたつもりだが、どうやら彼には伝わらなかったようだ。梅木はその話題に執着した。梅木より頭ひとつ分背の低い金崎は、にやにやしながら隣を歩いていた。

僕は歩きながら、指を折るようにして梅木の口にする山羊の数を数えていた。

――山羊が一匹、山羊が二匹、山羊が三匹……。

堅苦しい入学式も終わったので、梅木はおそらく解放された気分だったのだろう。つけっぱなしのテレビのように実によくしゃべった。ふり返り僕を見ると、高らかに「メェェェ～」と鳴いて、満足そうに笑みを浮かべた。

僕は真新しい黒の学帽のつばを親指で持ち上げると、惜しげもなく花びらを散らしている桜を見上げた。花を咲かせた桜の枝葉の向こうには、気持ちのよい青空が広がっていた。僕は右手をゆっくりと握ったり開いたりしながら歩いた。

梅木は、今度は趣向を変えて歌を歌い始めた。定番の「やぎさんゆうびん」の歌だ。この歌のせいで、幼稚園の頃、僕は散々馬鹿にされた。

白やぎさんから　お手紙　ついた
黒やぎさんたら　読まずに　食べた
しかたがないので　お手紙かいた
さっきの　手紙の　ご用事　なぁに

歌い終わると梅木はふり向いて僕に問いかけてきた。それは僕が十二歳になるまでに何度も投げかけられてきた、まったく御門《おかど》ちがいな質問だった。

「おまえさ、なんで読まないで、手紙を食べちゃったわけ？」

梅木は笑いで頬を膨らませながら言った。とても幸せそうだった。

僕は彼の言葉があまりにも予想通りだったので、あやうくウケそうになってしまった。

「だめじゃないかよ、なあ？」

梅木は金崎に同意を求めた。

金崎はにやにやするだけで、返事をしなかった。

「そんなこと知るかよ」と心のなかで毒づいて、僕は梅木をさりげなく観察した。すでに我慢をしている段階ではなく、タイミングを計っていた。

山羊も気の毒だ。山羊は本来、紙を食べたりはしない。彼らはイネ科の草を食べるのであって、そういう誤解によって紙を与えられ、多くの山羊が腸閉塞《ちょうへいそく》に罹《かか》り命を落としている。ちなみに山羊はウシ科で、ウシと同じように四つの胃を持ち、いったん飲み込んだ食物を胃から口内にもどして再び嚙《か》む反芻《はんすう》動物でもある。

梅木はその歌にはまってしまったらしく、何度も聞かせてくれた。

——山羊が五匹、山羊が六匹、山羊が七匹……。

満開の桜の木の下で、梅木は立ち止まった。そして「メェェェ〜」と高らかに山羊の鳴き真似をすると、僕に顔を寄せて言った。

「おい、山羊なんだろ、おまえも一丁鳴いてみせろよ」

僕はその屈託《くったく》のない童顔に向かって微笑《ほほえ》みかけた。こいつに十回の猶予は必要ないと即座に判断した。無言のまま固く握りしめた拳《こぶし》を、その笑顔の真んなかにある大きな鼻に埋め込んでやった。ぐしゃりという完熟トマトが潰《つぶ》れるような感触が拳に残った。

数日前まで小学生だったけれど、僕のパンチは一発で梅木を黙らせる威力を持っていた。梅木はまるで不意に穴に落ちたように、もんどり打ってひっくり返った。もしその場所が傾斜のきついくだり坂だったとしたら、きっとゴロゴロと転げ落ちたにちがいない。

――まさか殴るとは思わなかった……。

見開かれた目は、そう言っているようだった。

二発目を繰り出す必要はなさそうだった。

梅木は大きな鼻のふたつの穴から真っ赤な血を流し、その血は前歯を汚していた。出血はかなり激しく、おろしたての黒の学生服の高さ四センチのカラーにも血が付着していた。

僕は反撃に備えた。不思議なまでに冷静でいられた。それほど集中していたのだと思う。その集中力を与えてくれたのは、紛《まぎ》れもなく僕を怒らせた梅木自身だった。

金崎は口を薄く開いてあっけにとられていた。

「この野郎！」

梅木は立ち上がろうとしたが、腰がくだけてもう一度アスファルトに尻もちをついた。

タオルを投げ入れたセコンドのように金崎が梅木の肩を抱き、座っているようになだめた。ティッシュなど持ち合わせていないらしく、鼻の穴から湧き上がるように血が流れた。真新しいワイシャツの襟にテントウムシが一匹とまったように赤い血の染みができていた。

僕は倒れた梅木を見下ろしていた。梅木の黒い学生服の肩に一片の薄紅色の花びらが載った。梅木と金崎、そして僕とのあいだに桜の花びらが割って入るように降り注いだ。

「なにも、殴らなくてもいいだろ！」

金崎は早口で叫んだ。その視線は刺すように鋭かった。

僕は黙って睨《にら》み返した。

梅木が顔をしかめて「うーっ」と低い声を漏らした。

僕はなにも口にしなかった。よっぽど「梅木弘、ウメクヒロシ」と言って笑ってやろうかと思ったが、やめておいた。そういう趣味はない。なにも言わず、駅への道を歩き始めた。

後ろは一度もふり返らなかった。すでに反撃される危険はないと確信していた。梅木は血を見て戦意を喪失していた。僕はまったく後悔していなかった。自分の拳で問題を解決したことに満足すら感じていた。

興奮が冷めた頃、線路をくぐるジメジメした地下道をひとりで歩いていると急に寂しくなった。それは金崎文彦のことだった。彼の友人を殴ってしまったわけで、これで彼とは親しくなれない。もしかすると今後は敵対する関係になるかもしれないと思った。

中学校生活が始まった記念すべきその日に、僕はそういう選択をした。強かったからではない。

そういう手段しか持ち合わせていなかったのだ。

小さい頃から、「おまえは、我慢が足りない」と父親に何度も叱《しか》られた。ことあるごとに「我慢をしろ」と言われ続けてきた。食事をする狭いダイニングキッチンの僕が座る席の正面の壁には、父親が正月に書初《かきぞ》めした「我慢」という文字が貼られていた。

入学式の帰り道も最初はその我慢をしようと試みた。だから相手に猶予を与えようとした。十回も。自分なりに耐えたつもりだ。でも途中から所詮《しょせん》無駄なことだとあきらめてしまった。僕の気持ちをわかってなんてもらえない。そう思った。

そういう僕の父親も相当に短気な男だった。

父親の世代ではめずらしい大男で、角刈りにした姿は少しばかりその筋の人のようにも見えた。雨の降った日に駅の改札口まで傘を持って迎えに行くと、背が高いのでひと目でわかった。テレビで観た映画のフランケンシュタインに頭の形が似ていた。指が太く、手がグローブのように大きかった。

子供の頃に家族でドライブに行ったときのことだ。高速道路の出口の料金所を過ぎると、父が初めて手に入れた自家用車のトヨタ・カリーナを軽快に追い抜いていった白い車があった。若い男の運転する新型のニッサン・スカイラインだった。すると父はなにを思ったのか、その車を抜き返し急ブレーキを掛けた。前を塞がれたスカイラインが止まったとたん、運転席から疾風《しっぷう》のようにフランケンシュタインが飛び出していった。

「おまえ、ここのセンターラインは何色だ？　黄色だぞ。追い越し禁止区域だろうが！」

そう怒鳴る声が車のなかまで聞こえた。

母と兄は黙ったまま身を硬くしていた。「大丈夫よ、大丈夫だからね」と母はささやいていた。窓ガラスからそっと外をのぞくと、父が白い車のボンネットの前に仁王立ちになっていた。相手の運転手は、最後まで出てこなかった。

父はもどってくると、「まったくよ、若造が」と捨て台詞《ぜりふ》を吐き、静かに車を発進させた。後部座席でシートに膝をついた僕は、リアウインドウから後ろの様子をうかがった。スカイラインは見えなくなるまで、その場所を動かなかった。車も腰を抜かすことがあるのだろうか、と思ったくらいだ。

父と一緒にいると、そういうことがたびたび起こった。だからもしかすると、僕が喧嘩っ早いのは遺伝なのかもしれない。

矢木家に生まれた者は、少なからずその苗字に関する嫌がらせ、あるいはいじめに耐えなければならない。そのことを最初に僕に教えてくれたのは、ふたつ年の離れた兄だった。兄もかなり嫌な思いを経験したのだろう。小学生時代と中学生時代に、一時登校拒否気味になった。その後、兄は兄なりの克服の仕方を会得したようだ。

「放っておけばいいよ。あいつらも、いつか飽きるから」

兄はそう言っていた。

最初は僕もそう思っていた。小学校の低学年の頃は、言われても抵抗せず、よく泣いて帰った。でも我慢して黙っていると、場合によっては嫌がらせがどんどんエスカレートしていった。なにかの拍子で山羊が話題になったりすると、僕は身の危険すら感じるようになった。

ある日、「山羊だったら紙を食え！」と教室でクラスのいじわるに執拗《しつよう》に要求された。大勢のギャラリーがいた。あまりにしつこいので、僕は自分の席から立ち上がるとそいつの机まで行き、机のなかから国語の教科書を取り出した。ページのなかほどを開くと、丁寧に一枚を破り、まるめて口のなかに放り込んだ。そして、そいつの前でむしゃむしゃと咀嚼《そしゃく》すると、ごくりと紙を飲み込んでみせた。喉に少し引っ掛かかる感触は、今でも覚えている。

その様子を見たある者は声を上げ、ある者は声を失っていた。僕に対して同情的だったクラスの一部の女子たちも、このときはかなり引いていた。僕が次のページを破ろうとすると、教科書を取り上げられた。そいつは二度と僕に「紙を食べろ」とは言わなくなった。これ以上自分の教科書を食べられたら、たまったものじゃないと思ったようだ。

僕はもう放っておくことをやめた。

それからは苗字をからかわれると必ず反発した。だが、相手が佐藤や鈴木というメジャーな苗字では、なかなか付け入る隙《すき》がない。たいてい苗字を馬鹿にするようなやつは、そういうメジャーな苗字のことが多かった。

僕は知識で武装をした。「山羊」という漢字を早々に覚え、「おまえ、字が読めないのか？　動物の『山羊』っていう字も知らないのか？」と言い返した。こちらが不快感を表してもやめないやつとは、迷わず一戦を交えることにした。そして相手が謝るまで決して許さなかった。

僕が初めて本物の動物の山羊を目撃したのは、小学三年生のときだ。動物園のなかにある「子ども動物園」と呼ばれる小動物やおとなしい動物を集めたコーナーへ、家族で足を運んだときのことだ。

一言でいえば、山羊には失望した。

子供たちはウサギ小屋に集まってウサギを抱いたり、ウサギの耳の裏を撫《な》でたりしていた。薄汚れた山羊は、誰にも相手にされていなかった。テンジクネズミやハツカネズミにすら人気でひけをとっていた。それどころか口をモゴモゴさせながら、チョコボールのような丸いクソを尻からポロポロ落として笑われているではないか。本当に丸いクソをするなんて、冗談としか思えなかった。

――しっかりしろ、山羊め！

僕は心のなかで叫んだ。

母の提案した山羊との記念撮影は、断じて受け入れなかった。

僕は山羊じゃない。山羊のようにはなりたくない。強く思った。

山羊はゆっくりと咀嚼を繰り返しながら、水色のビー玉のような瞳《ひとみ》で僕を見ていた。


僕は上級生からもよくからかわれた。

あれは四年生の頃だったと思う。ある日、放課後の校庭で遊んでいると、ひとりで遊びに来ていた六年生が僕にちょっかいを出してきた。そいつは、僕が怒って追いかけると逃げていくという実に卑怯《ひきょう》なやつだった。しばらくすると、またもどって来て、距離を測って自分の安全な場所から「メェ〜、メェ〜」とからかってくる。再び追いかけるのだが、どうしても追いつけなかった。勝負を挑《いど》んでも絶対に乗ってこない。見ている女の子たちが笑うと、さらにいい気になって繰り返した。僕がむきになればむきになるほど、みんな面白かったらしい。

次の日、僕は業間体育の時間を待った。業間体育というのは、二時限目と三時限目の授業のあいだに設けられた二十分間の休み時間で、生徒は全員校庭に出て遊ぶことになっていた。やがて時間が来ると、けたたましくグラウンドにベルが鳴り響く。そのベルが鳴ると、いかなる場合でも全員直立不動の姿勢を取らなければならなかった。素早く止まらなかった者には、先生による制裁が加えられることもあった。

僕はジャングルジムのてっぺんに登って、昨日の卑怯者を捜していた。そいつはひとりぼっちでいたのですぐに見つかった。僕はハイエナのように気づかれないよう背後から接近した。やがてグラウンドにベルが鳴り渡り、そいつが立ちどまったとたんに僕は襲いかかった。体制には従順らしく、規則通り気をつけを続けたので、僕は思う存分そいつが泣きだすまで蹴飛ばすことができた。その代わり先生に校庭の端まで引きずられて行き、何度もビンタを食らったが、そんなものは屁《へ》でもなかった。

あとで知ったのだが、そいつは同級生にいつもいじめられていたらしい。

そんなふうに動物と同じ読みになる苗字に過敏に反応した小学生時代を僕は送った。そういう経験を持つ者は、僕だけではないはずだ。僕はその後の人生で自分以上に気の毒に思える苗字を持つ人に何人も出会った。僕は彼らの受けた謂《い》われなき差別を容易に想像できたし、連帯感を抱くこともあった。この痛みは、佐藤や鈴木や田中には決して理解できないはずだ。

また、それは名前という固有名詞だけではないだろう。デブやハゲやチビなどの個性についてだってそうだ。ほくろからひょろりと毛が生えていたり、小さい頃からメガネをかけているとか、なんらかの人とは異なる特徴を持っている被害者もいる。残酷な子供時代には、それらは実に安直に標的の材料となり、嫌がらせを受ける。頭の悪い人間は、大人になってもそれをやめない。

僕にとって自分の名前は、とても大切だったのだと思う。名前なんて単なる記号だと割り切ることはできなかった。からかう者を黙って見過ごすことはなかった。嫌なものは、嫌だ、と意思表示をし、それでも馬鹿にする者とは、迷わず闘う道を選んだ。

子供の頃は平気で小さな生き物を殺生する。人の嫌がることを面白がったり、楽しんだりする。でももしかするとその安易さは、僕が物事の解決に暴力を用いたことと、砂場に掘ったトンネルのようにどこかで通じていたのかもしれない。

度重なる僕の闘争のあと、僕の苗字をちゃかす人間はずいぶんと少なくなった気がする。でもそれは、ひょっとすると、そういうこととは関係なかったのかもしれない。そんなふうに思ったりもする。

入学式の翌日、僕は憂鬱《ゆううつ》な気分で中学校に登校した。昨晩は殴ってしまった梅木の親から抗議の電話がかかってこないかと、冷や冷やしていた。でもそんなことはなかった。梅木弘は、そういうやつではなかった。おそらく親には血だらけの学生服やワイシャツのことを問い詰められたはずだ。それでも梅木は口を割らなかったのだと思う。

教室に入ると、誰とも目を合わせずに自分の席に着いた。カバンの荷物を机に入れ始めると、誰かが僕の机の前に立つのがわかった。僕は相手に気づかれないように机の脚を両手で持ち、いつでも机をひっくり返せる体勢を整えた。

ゆっくり顔を上げると、そこには昨日と同じように金崎文彦が立っていた。

僕が無言で見つめると、彼は右の頬を少しひきつらせるようにしてこう言った。

「昨日のことだけど、気にするなよ。おまえは悪くない」

僕は彼の顔をじっと見た。

金崎は表情をゆるめると、右の頬に深いえくぼを作って言った。「今日も一緒に帰らないか？」

僕は黙ったまま視線をそらさなかった。彼の顔にはなにも書いてなかった。

「いいよ」

僕は素っ気なくこたえた。

「おれのこと、『カナブン』って呼んでくれ」

金崎文彦は言った。

――カナブン。

そんなあだ名が彼にあったとは知らなかった。やけにカッコの悪いあだ名だな、とそのときは思った。カナブンといえば、「クソブイブイ」などと呼ばれることもある昆虫のコガネムシのことだ。幼虫は草木の根を齧《かじ》り、成虫は葉や花を食い荒らす害虫とされている。よくそんなあだ名を人に呼ばせているなと不思議に思ったが、本人が言うのだから、そう呼ぶことにした。

僕はうなずくと、金崎文彦、改め、カナブンに訊いた。

「あいつに、謝るべきかな？」

するとカナブンは平然とこうこたえた。

「謝る必要なんてないよ。昨日はなんで殴るんだ？　なんておれも言っちゃったけど、あいつはその前に何度もおまえにひどいことを言ったじゃないか。だから、あれでよかったんだ」

「おまえの友だちじゃないのか？」

「そうだよ」

カナブンは言った。「でも、それとこれとは別の話だ。ただもしあいつが謝りに来たら、許してやればいい。それだけだ」

「わかった」

「じゃあ、またな」

カナブンは片手を挙げると、窓の近くの自分の席にもどっていった。

そういえばカナブンは昨日一度も僕の苗字をコケにしなかった。笑みを浮かべて見ていたけれど、自分では真似をしなかった。たいていのやつは一緒になって面白がるものなのだけれど、なぜだろう……。鉛《なまり》が詰まったようにずっと重かったみぞおちのあたりが急に軽くなった。

僕は、窓際の席に座って外の景色を眺めている小柄な少年に目を遣《や》った。

――カナブン。

金崎文彦という名前を略して、そう呼ばれるようになったのだと、そのときは思っていた。


「やっぱり、まずは水泳かしら」

妻はテーブルにひろげたスイミングスクールのパンフレットに視線を落としたまま言った。

リビングルームには、妻と僕のふたりしかいなかったので、おそらく僕に向けられた言葉だったのだと思う。あるいは妻は、自分自身に言い聞かせていたのかもしれない。

この日は、駅前のバーに寄ると、ギムレットとジャックダニエルのハイボールで喉を潤す程度にしておとなしく店を出た。呼び鈴を鳴らさずにマンションのドアに鍵を差し込んだのは、午後十時十五分。金曜日における僕の帰宅時間としては、最近ではベストタイムに近かった。

でもすでに篤人は眠っていた。妻によると、篤人くらいの年代では、成長ホルモンの分泌との関係で午後九時には就寝させるべきなのだと、前に聞いたことがある。それについて僕に異論はない。

夕食はカレーだった。枝豆とインゲンの入った夏野菜カレー。篤人の起こしたカレーウドン事件（もっともカレーウドンを頭からかけられたのは、篤人のほうなのだが）以来、我が家の献立にカレーがのぼったのは、久しぶりのことだった。

あの事件の話を聞いてからというもの、僕はカレーを目にすると口元がゆるんでしまう。篤人本人は、今晩のカレーにどんな反応を示したのだろうか。あるいは今晩の献立は、妻にとってあの事件から一区切りついたというサインと読むべきだろうか。訊いてみたい気もしたが、やめておいた。

「それとも、週末の野球か、サッカーがいいかしら」

妻は思い出したように口を開いた。

あの事件以降、妻は息子のことが気になっている。友だちのいない篤人のためになにをすべきか悩んでいる。このまま手をこまねいているわけにはいかない、そう強く思い込んでいるようだ。

同年代の子供を持つ知人に電話をかけては、子供の友人関係について相談を重ねてきた。多くの人から「なにかスポーツをやらせてみるといい」と言われたらしい。実にありきたりで、どんな親でも考えそうなアイデアだが、それはそれで妻の導き出したひとつのこたえなのだと思う。

最近の子は、同じ学習塾やスポーツクラブの友だち同士で遊ぶことが多く、篤人は学習塾には行きたがらないだろうから、まずはなにかスポーツを始めたらよいと妻は考えたようだ。スポーツにより挨拶や集団行動を学べるとか、身体と精神を鍛えていじめに対抗できるようになる、などと考えているふしもある。そもそもスポーツとは、なんのためにやるのかと思ったけれど黙っていた。

そういうわけで一週間ほど前から、妻は地元の子供のスポーツ団体に関するパンフレットを集めだした。

「今の時代は、中学校からなにかスポーツを始めても、もう遅いのよね」

妻はようやく顔を上げると言った。

「そんなもんかね」

「だって、野球も、サッカーも、バレーボールも、バスケットだって、みんな小学校から始めてるのよ」

「なるほど」

「早い子は幼稚園からだって」

「まるで英才教育だね」

「そうね、うちも少し遅かったかな」

「でも、本人はどう思っているの？」

僕の投げかけた疑問にこたえてくれる人はいなかった。もしかすると、無視されたのかもしれない。


下総《しもうさ》台地に位置する僕が生まれ育った人口約二十万人の街は、南北を川が縦断し、自衛隊の駐《ちゆう》屯地《とんち》があり、やたらと団地が多かった。市役所のホームページによれば、「充実した交通網、豊かな自然環境から首都圏のベッドタウンとして急激に発展してきた」そうだ。住宅団地発祥の地ということは、最近まで知らなかった。

そして、街には大きな坂道がある。

一九五六年に開業した駅の改札を抜けて東口の階段を降りると、バス乗り場とタクシー乗り場のあるこぢんまりとしたロータリーに出る。そのロータリーを半周回って左に折れると、東に向かってまっすぐに幹線道路が延びている。駅前から立ち並んだ商店の途絶える二つ目の信号のある十字路に、七階建てのビルが建っている。現在は輸入家具の専門店のほかに、パチンコ、パチスロ、カラオケなどの娯楽施設が入っているが、昔はこのあたりで唯一のボウリング場だった。

今も屋上の広告塔のてっぺんには、白地に赤い二本ラインの入った巨大なボウリングのピンが立っている。そのボウリングのピンは、まるでコルドバの丘のキリスト像のごとく、このちっぽけな街を見下ろしているように、見えなくもない。

その巨大なボウリングのピンをスタート地点として、その先は切通しの道幅の広いなだらかなくだり坂となり、谷へたどり着くと、今度は急勾配《こうばい》の長い長いのぼり坂になっている。坂道は短いほうで約百五十メートル、長いほうは約三百メートルもある。交差点から見ると、坂道の底は見えない。坂の一番低い場所に架かっている歩道橋の欄干《らんかん》だけがわずかにのぞいている。大きいほうの坂は、まるで滑走路のように空へと伸びている。地元の人は、その巨大な坂を「ボウリング坂」と呼んだ。たぶんボウリング場があった当時に名づけられた名残《なごり》だろう。

僕の家はそのボウリング坂の先にあったので、駅へ出る、あるいは中学校へ通うときには、必ずこの大きな坂道を通過しなければならなかった。街ができたときに、なぜ平らにしなかったのか、あるいは橋で結ばなかったのか、不思議でならなかった。

小学校の低学年の頃は、ボウリング坂を自転車でくだることは怖くてできなかった。のぼりきることも当然無理。小さな子供や年配の人は、坂道の手前まで来ると自転車のサドルからお尻を降ろし、坂に格闘を挑む前に白旗を掲げる。サドルにお尻を乗せたまま坂に向かう者は、くだりではそのスピードに圧倒され思わずブレーキに手をかける。のぼりでは息を切らし、遂にはペダルから足を路面に着けて降参する。その坂道を通らなければならない者にとっては、やっかいな日常の試練といえた。

僕の通っていた窪塚《くぼづか》中学校は、ボウリング坂を通って商店街を進み、駅の横にある陰気な地下道をくぐり抜け、さらに十五分ほど歩いた窪地にあった。自衛隊の駐屯地にほど近く、三機編成のヘリコプターや輸送機がしょっちゅう校舎の上空を通過するので、先生の話が聞きとりにくい場合もあった。夏になると演習が続き、空には落下傘が舞い、機銃掃射の音をBGM代わりに聞いた。まるで近くで戦争が起きているような気配のなか、それでも平和に授業を受けていた。


「やっぱ、サッカー部かな」

部活説明会でもらったプリントを手に取って、僕は首をかしげた。「それとも、野球部かな……」

「どっちだって、いいじゃん」

机に腰掛けたカナブンこと金崎文彦は、足をぶらぶら揺らしながら口を開いた。

「なんだよ、それ？」

その投げやりな態度に僕はムッとした。

「だって、直樹、部活って、かったるそうじゃん」

カナブンは自分の右肩を持ち上げると、コキリと首を鳴らした。カナブンは僕のことを直樹と呼んだ。たぶん僕が自分の苗字に神経質になっていたからだと思う。

「そうは言ったって、どこかの部に入るんだぞ？」

「おれ、たぶん、部活は合わないと思う」

「やってみなきゃ、わかんないだろ」

「運動部はどの部もキツそうだし、顧問も、先輩も、うるさそうじゃん」

「でも、部活説明会では、一年生は全員入部って話だったろ」

「まあ、そうだけど」

カナブンはハアと生温かそうなため息をつくと、「文化系にするかなぁ」とつぶやいた。

「マジかよ」

「おれのおふくろが言ってた、人生楽しまなきゃ損だよ、どうせ死ぬんだからって」

そう言われてしまうと、言葉がなかった。

なぜカナブンが入学式の日に一緒に帰ろうと僕を誘ったのか、おぼろげながらわかってきた。小学生時代、僕がカナブンを知っていたように、カナブンも僕を何度か目撃していたらしい。そのたびに僕は誰かと闘っていた。それがなんだか面白く、どこか以前の自分に似ていると思ったようだ。

「面白いって、どういう意味だよ？」

僕が訊くと、カナブンは右の頬にえくぼを刻むにやにや笑いでごまかした。

カナブンは、たとえば小学六年生の冬のマラソン大会での僕を覚えていた。怪我をしていた彼は、マラソン大会を欠場し、応援席でレースを観戦していた。もっともその怪我というのも、どうも眉つばものだった。

マラソン大会で密《ひそ》かに優勝を狙《ねら》っていた僕は、スタートのピストルの音と共に勢いよく走りだした。レースのプランとしては、最初から最後まで一位で突っ走ろうと目論んでいた。それぐらいの自信を持っていたし、クラスでも期待されていた。

だがテレビ中継をしているわけでもないのに、目立ちたがり屋の二組の蒲田《かまた》というアホが猛スピードで先頭に飛び出した。マラソンでは考えられないスタートダッシュを仕掛けたのだ。それを見て頭に血がのぼったもうひとりのアホ（僕です）は、彼を猛追し、コース一周にわたって意味のないふたりだけのデッドヒートをくりひろげた。

担任の先生は両手を上げて僕にスピードを抑えるように叫んでいた。しかし僕は血に餓えた猟犬のように蒲田を追いかけた。蒲田は一周だけ全力で走って目立つと、彼なりの当初の目的を果たしたのか、満足そうな笑みを浮かべながら後続集団に飲み込まれていった。そこでやっと自分の愚かさに気づいた僕も、あえなく自滅。順位を二十位まで落としてようやくゴールした。

「あのレースは感動的だったよ」

カナブンはそう言って笑った。「直樹は実にユニークだった」

僕のどこに過去の自分を投影したのか知らないが、僕を知っていたことだけは事実のようだった。

一年D組の僕らの担任は、松本昌子《まつもとまさこ》という英語の先生だった。三十代前半で独身。吊りあがった赤いメガネをかけ、やたらと日常会話のなかにイングリッシュを挿入したがる人物だった。

たとえば学級委員長が帰りのホームルームなどで気の利いた発言をすると、「グレイト！」と小さく拳を握り、自分が話しているときに教室がざわついていると、「リッスン！」と甲高《かんだか》い声で生徒を集中させた。自分が英語教師だということを、片時も忘れたくなかったのかもしれない。

「昌子のやつ、まったくハイテンションだよな」

僕がなにげなくそうつぶやいた日から、彼女のあだ名は「ハイテンション昌子」になった。どうやらカナブンが広めたらしい。

入学して数日後のこと、ハイテンション昌子から部活に関する話があった。昌子によると、僕らの通う窪塚中では、一年生は原則全員部活動に参加することが義務付けられているとのことだった。驚かされたのは、部活動の選択方法についてだ。生徒に第一希望から第三希望までをアンケート用紙に記入させ、その希望者数によって、各部に部員を配分するというのだ。

「それって、第一希望の部活動に入れないこともある、ということですか？」

誰かが即座に質問した。

「そういうことも、ありえます」

「えーっ」という生徒たちの不満の声が教室にわき起こった。

僕は耳を疑った。小学生のときでさえ、クラブ活動は自由に選べた。自分の取り組むスポーツさえ、この学校では選べないのかと啞然《あぜん》とした。

「ドンビーアフレイド！」

ハイテンション昌子は叫んだ。「もしですよ、もし万が一、第一希望以外のクラブになっても、どうしてもやりたい部活動があるのであれば、希望のクラブに転部するチャンスが残されています」

それでも生徒たちはざわついていた。なぜそのような決め方をするのか、納得する説明は最後まで聞けなかった。それは学校が生徒ではなく、生徒の管理の効率を組織として優先しているからにちがいなかった。今ではありえない話だろうが、そんな馬鹿げたことが少し前の学校では平然と行なわれていた。

「アホらしい」

カナブンは言い放った。

放課後、からっぽになった教室で部活動に関してふたりで話をしていた。

「やっぱり、おかしくないか？」

僕は椅子《いす》に座ったまま両足を投げ出した。

「ここは田舎《いなか》だからなぁ」

カナブンはなにげなくその言葉を口にした。

田舎――。

そのこたえに虚を衝《つ》かれた。そういえば、小学校の高学年のときに、カナブンはこの街に転校してきたことを思い出した。

「こっちに来る前、どこに住んでたの？」

「東京」

「ああ、そう……」

僕はうなずきながら納得していた。東京ではこんなことはないのだろう。千葉の田舎だから起こりうるのだ。田舎には好きなスポーツを選ぶ自由すら、いまだにないのか、とうなだれた。カナブンが暮らしていたのは、東京といっても二十三区ではなく、当時はまだ限りなく田舎に近かった八王子市だったとあとになって知った。

「おまえ、どうする気？」

「直樹こそ、どうする気？」

そのままカナブンに返された。

僕の頭には、小学六年生の正月に観た全国高校サッカー選手権での地元高校の活躍が印象深く残っていた。テレビ放送されるサッカーの試合を夢中になって観戦した。ザ・バーズの歌う大会のイメージソング「ふり向くな君は美しい」が流れるだけで、僕の胸は高鳴った。試合終了の笛が鳴り、グラウンドに倒れ込む選手たちを見つめて、僕も一緒にリビングの絨毯《じゅうたん》のうえにうずくまった。サッカーというスポーツに魅了され、おれもいつか国立競技場に立ちたいと、そのとき思った。

だが、小さい頃からやってきた野球も捨てがたかった。だから心はサッカーと野球に大きく揺れていた。

そのとき、ハイテンション昌子が教室に現れた。

「なにを話しているのかな？」

昌子は腰に手を当て、僕らに話しかけてきた。あまり似合っているとはいえない明るい花柄のワンピースを着ていた。

「あ、部活のことです」

僕は伸ばしていた足を引っこめて、軽く頭をさげた。

「希望のほうは、決まりましたか？」

「まーだだよ」

カナブンは、かくれんぼみたいな声を返した。

「おれ、サッカー部にしようかと……」

僕がそうこたえると、昌子の顔色が変わった。

「サッカー部？」

昌子のテンションが一挙に上がった。「サッカー部、あそこだけはやめなさい、先生、勧められないわ」

「え？」

僕とカナブンは驚いて顔を見合わせた。

「サッカー部の部室は不良の溜《たま》り場なのよ。ガラの悪いのが、多くてねぇ……」

昌子は顔をしかめて、身震いしてみせた。その様子は、まるでゴキブリやムカデを話題にしているような感じだった。

そんなにサッカー部はワルなのか――。

たしかに部活説明会のときに見たサッカー部員は、長髪が多く、服装もだらしない感じの先輩が多かった。担任の先生までもが入部に賛成しないというのであれば、やはり相当なワルの集まりだと判断せざるをえない気がした。当時、サッカーはまだまだマイナースポーツで、不良がやるスポーツというイメージも少なからずあったように思う。

「よく考えたほうがいいわよ」

意味深な笑みを口元に浮かべると、昌子は教卓の引出しから書類を取り出し、教室を出ていった。

「どうするよ、サッカー部?」

カナブンに訊かれたけれど、僕はこたえなかった。中学生になったばかりの僕は、先生の言葉を額面通りに受け取り、かなり動揺していた。

この日の出来事は、ある意味では後々まで僕の人生に影を落とすことになる。

――聞かなければよかった。

正直、そう思った。

情報というものは、たとえ出所がどこであろうと、受け手が吟味して判断しなくてはいけないと痛いほど思い知った。

部活動希望届の提出日はすぐにやってきた。

結局、僕は第一希望に野球部、第二希望にバレーボール部、そして第三希望にサッカー部と記入した。サッカー部を第三希望に落したのは、怖気《おじけ》づいたからだ。サッカーは、とてもやりたかった。でもワルと一緒にボールを蹴りたいとは思わなかった。なぜ第二希望にバレーボール部と書いたのかは正直記憶にない。

最終的にカナブンはどうしたのか訊いてみると、第一希望に器械体操部、第二希望にラグビー部、第三希望に水泳部と記入したらしい。どれもこの中学校には存在さえしない部活動だった。もともとカナブンは部活動など興味がないようだった。「部活動に参加しない自由だってあるだろ」とカナブンは説いていた。

翌週の月曜日、職員室前に各部の新入部員の名簿が貼り出された。休み時間にそれを見に行った僕とカナブンは、愕然《がくぜん》とした。

「嘘《うそ》だろ……」

僕はつぶやいた。

「嘘だよな」

カナブンが復唱する。

まわりではワーワー、キャーキャーと女子たちが歓声を上げていた。そのほとんどが、安堵《あんど》や喜びの声であるのは明らかだった。

僕の名前は、第二希望としたバレーボール部の欄にあった。そしてカナブンの名前は、なぜかワルの集まりとされるサッカー部の欄にあった。

「どういうことだよ」

そう言ってカナブンは顔をしかめた。「これは、まちがいなく陰謀《いんぼう》だな……」

ショックだった。小学校時代、一番慣れ親しんだスポーツが野球だった。グローブもバットもファーストミットだって自分で持っていた。リトルリーグの野球チームには入っていなかったものの、自分ではそれなりにうまいつもりでいた。サッカーを諸事情によりあきらめた以上、僕が打ち込むべきものは野球しかない、と考えていたのに。

——ふざけやがって。

初めて学校というものに怒りが湧いた。

どうやら希望者の多い野球部だけ、第一希望であっても外された生徒が出たらしい。よりによって、それが自分になったという運命を呪《のろ》った。おそらくカナブンは特殊なケースだったのだと思われる。

あとから聞いた話では、リトルリーグのチームに所属していた者は、春休みから野球部の練習に参加していたらしい。有望と思われる野球経験者を希望者のなかから選びだし、あとは切り捨てたというわけだ。

「要するにさ」

とカナブンは言った。「おれたちなんか、余りものなんだよ」

――運動のできるおれが、どうして？

僕には納得がいかなかった。

「どうするよ？」

僕はカナブンに訊いたが、「どうでもいいよ」とカナブンは捨鉢《すてばち》だった。運動に対する高い素養を持っているはずなのに、不思議なやつだと思った。

「おれ、やっぱり野球部に入りたい」

「直樹はサッカー部じゃなかったのかよ。一緒にサッカーやろうぜ」

カナブンは言ったが、僕は首を縦にはふらなかった。

僕はすぐにバレーボール部から野球部への転部を願い出ることにした。ハイテンション昌子に話しにいくと、「まずはバレー部でがんばりなさい」と諭《さと》された。自分はどうしても野球がやりたいと強く主張すると、短いため息のあとで、バレー部の顧問の先生に相談するように言われた。カナブンを誘ったのだが、サッカー部をやめたからといっていきたい部があるわけじゃない、と気乗りしない様子だった。しかたなく僕はひとりで行動を起こすことにした。

ひとりで職員室へ入るのは憂鬱だった。ノックをして入室すると、一斉に大人たちの目が自分に注がれた。それから話したこともないバレー部の顧問を捜した。バレー部の顧問は、身長百八十センチ以上ある国重《くにしげ》という背の高い男の先生だった。案の定、国重からは色好い返事をもらえなかった。

「どの部に行きたいんだ？」と大男に訊かれた。

「野球部です」

「そりゃあ、おまえ、バレー部をやめたからって、すぐに野球部に入れるとは限らないぞ」

国重はなぜか呆《あき》れたような口調だった。

「どうしてですか？」

「野球部の顧問に話したのか？」

「まだです」

「まずは、野球部の顧問に御伺いを立ててこい」

そんな話だった。僕は先生たちにたらいまわしにされている気分だった。うんざりしたが、あきらめたくなかった。今度は野球部の鬼監督と噂されている菊島《きくしま》先生の席に向かった。

日に焼けたスポーツ刈りの菊島は、「バレー部の顧問には、了解を取ったんだろうな？」とすごむようにしてこちらを見た。先生というよりも、テレビドラマに出てくるガラの悪い刑事のようだった。

「取りました」とこたえると、「それじゃあ、順番待ちだな」と言われた。煙草《たばこ》を吸いながらめんどうくさそうに、首を回した。

「順番待ちというのは、どういうことでしょうか？」

「欠員が出たら、入れてやる」

それで話は終わってしまった。

欠員というのは、どうやら退部者が出ることによって生じるらしい。であるならば、野球部には定員があるということだ。なぜ自分が野球部の退部者が出るまで待たなければならないのか、納得できなかった。

「ただ、おれも忘れっぽいからな、たまには顔を出せよ」

菊島は鋭い目で僕を見やると、サンダルをペタペタ鳴らしながら行ってしまった。

そういうわけで、僕は野球部の欠員待ちをすることになった。中学校に入学していきなり、どうして自分がこんな目に遭わなければならないんだと憤《いきどお》った。野球にはそれなりに自信があった。なんならテストをしてくれ、と言いたかった。テストで落ちたのなら、まだあきらめもつく。それがまるでくじ引きで外れたように第二希望のバレー部にまわされてしまった。

そもそも第二希望なんて、自分にはないのだ。そんなものは勝手に先生たちが作り上げた枠でしかない。バレー部なんて書かなければよかった。

僕のような不運な人間は、ほかにもいたのだろうか。そういう存在について、なにも知らされなかった。学校という一見民主的な組織のなかで、自分ひとりが迫害を受けているような気分になった。個人はあまりにも無力だった。

——なにがチャンスは残されています、だ。

ハイテンション昌子の馬鹿ヤロー、と叫びたかった。

ほかにすることもなかったので、僕は放課後になるとバレーボール部の練習に参加した。クラブで一括購入するという高価なバレーボールシューズも買わされた。練習といっても最初はボール拾いと声出し。当然ながら第一希望で入部した連中と僕とでは、部活に対する情熱の温度差があった。それでもボールにさわらせてもらえる新入部員の限られた練習のなかで、僕は頭角を現した。もともと運動ができるので、少しばかり本気になれば難しいことではなかった。レシーブとトスをかなり早い段階で習得し、先輩にも認められるようになった。

ただ僕は一週間に一度職員室へ出向き、野球部の菊島のところに欠員が出ていないか確認することを忘れなかった。顔を出せと言ったくせに、菊島はいつもめんどうくさそうだった。「おまえもしつこいやつだな」と言われたこともある。それでも負けてたまるかと自分を鼓舞《こぶ》して、欠員が出るのを待った。

ある日の放課後、カナブンに面白い場所へ遊びに行こうと誘われた。

「部活は?」

「知るかよ、部活なんて」

カナブンは舌打ちをした。

どうやらカナブンはサッカー部の練習にあまり顔を出していない様子だった。といっても、先輩たちもそれほど練習熱心ではないので、サボっても問題にされることはないらしい。ただ普段から理不尽な扱いを受けるせいか、「やってられねえよ」と多くを語りたがらなかった。

僕はバレーボールもなかなか面白いと思い始めていたが、自分のなかで折り合いを付けるまでには至らなかった。自分の好きなスポーツをやらせてもらえなかった、という怒りが収まらず、なにがなんでも野球部に入るつもりだった。

学校帰りにカナブンが連れて行ってくれた場所は、鉄条網の向こう側。鉄条網の破れた場所から忍び込んだのは、落下傘部隊である空挺団《くうていだん》や高射隊《こうしゃたい》の所属している自衛隊の駐屯地内で、空には輸送機やヘリコプターが飛び交っていた。

「自衛隊の駐屯地のなかにさ、射撃訓練場があるんだよ。そこで銃弾が拾えるんだ」

カナブンは下校の途中で、いつもの帰り道から外れると言った。

「そんな話、誰に聞いたんだ？」

「サッカー部の相原《あいはら》ってやつ」

やはりサッカー部はそういう集まりなのだろうか、と勘《かん》ぐった。

「へえ」

「模擬弾《もぎだん》っていう射撃練習用の弾《たま》が多いんだけど、なかには本物の弾もある」

「本物の弾って、なんて言うか知ってるか？」

カナブンは得意そうに解説した。

「しらん」

「実包っていうんだよ」

「じっぽう？」

なんだか格好のいい響きだった。僕とカナブンは、その実包とやらを拾いに行くことにした。

「でも、やばくないか？」

「平気だよ、見つかったら逃げればいいんだ」

カナブンは平然と言ってのけた。

僕とカナブンは鉄条網をくぐり抜けると、パラシュートで舞い降りた落下傘部隊のようにススキの草原を前屈《まえかが》みになって駆け抜けた。こんなに広い場所が近くにあったのかと感動するくらい、駐屯地はどこまでも続いていた。それはテレビで見るアフリカのサバンナのようですらあった。靴で草を踏みつけるたびに、足もとからバッタが「チキ、チキ、チキ」と翅《はね》を鳴らして四方八方に逃げ惑った。

コンクリートで固められた廃墟にたどり着くと、なかの様子を探り、カナブンと一緒に突入した。無人の建物は日陰になっているせいか、ひんやりと涼しかった。ところどころ土嚢《どのう》が積まれていたが、赤土が剝《む》き出しになっている場所もあった。まるでそれはテレビで観た戦争ドラマ「コンバット！」に出てくるドイツ軍のトーチカのような建物だった。

窓から外を眺めると、かなり離れた場所に射撃場らしき施設が見えた。今、あそこから一斉射撃が始まったら、おれたちは一巻の終わりだな、とその光景を想像してゾッとした。

カナブンが赤土を掘り始めたので、僕もそれに倣《なら》った。カナブンの話によれば、この土のなかに射撃場から撃ち込まれた銃弾が埋まっているらしい。

土のなかをまさぐると、すぐに尖《とが》った硬いものが指先に触れた。掘り出して見ると、それはまさに鉄砲の弾だった。椎《しい》の実をもう少し細長くしたような形状をしていた。先端がいくらか潰れ、古い10円硬貨のような色をした弾だった。

「あったぞ」と言って、僕はカナブンに弾を見せびらかした。

「そいつは模擬弾だな」とカナブンに軽くあしらわれた。

カナブンによると、模擬弾はあまり価値がないらしい。価値というのは、なにに対する価値なのかよくわからなかったけれど、そういうものかと納得するしかなかった。

「実包、発見！」

遂にカナブンが叫んだ。

見せてもらうと、それは模擬弾とはまったくちがって、ドングリのようにずんぐりとしていた。カナブンの得意そうな横顔を見ていると、なんだかうらやましくなった。

しばらく銃弾探しをやったあとで、「そろそろ切り上げようぜ」とカナブンに声をかけられた。ときどき隊員がジープで見回りに来るらしい。こんなところで見つかって、ダチョウみたいにジープに追いかけられるのは御免だ。僕らはススキの草原を再びチーターのように渡ると、街へと帰っていった。

「今度は、夜中に来てみっか」

カナブンは緊張を解いて笑った。

「秋になったら、月見ができるな」

僕は風がススキを揺らす駐屯地をふり返ると、なんだか少しだけ大人になったような気がした。

数日後、今度は「川へ遊びに行かないか?」とカナブンに誘われた。

放課後になると、僕らは再び部活をさぼり、学校の校門を出ると駅の地下道を抜け、ボウリング坂をのぼって、それぞれの家へいったん帰った。

冷蔵庫から紙パックの牛乳を取り出して直接口をつけて飲んでいると、郵便局の団体保険の集金から帰った母に叱られた。慌てたので、シャツにまで牛乳をこぼしてしまった。私服に着替えると、すぐに自転車に乗って家を出た。

カナブンの住んでいる団地は、自転車で五分くらいかかる保育園の裏手にあった。A棟の二階の一番奥の部屋に、カナブンは母親と姉と三人で暮らしていた。父親はカナブンが小さい頃にすでにいなかった。ここへ来るまでは八王子に住んでいたのだが、何度か引越しを経験した。父親について詳しい話は聞いていない。

団地のA棟の植え込みの前で、カナブンは突っ立っていた。

「自転車は?」

僕が訊くと「姉貴に乗って行かれた」という返事。

しかたなく僕の自転車の荷台にカナブンを乗せて、近くを流れる富士見川へ向かった。その川に一メートル近くある鯉《こい》が泳いでいるという話だった。カナブンはそれを捕まえたい、と言ったが、なにかよい方法があるわけでもなさそうだった。まあ、その鯉が本当にいるのかだけでもたしかめてみようと、出かけることにした。

川へ向かう途中、こいでいた自転車のペダルが急に軽くなった。ふり向くと、荷台からカナブンが消えていた。ブレーキを掛けて少しバックすると、鈴木と表札の出ている農家の庭先でカナブンがさかんにジャンプしている。なにをしているのかと思えば、緑の濃い葉陰にぶらさがっている薄い橙色《だいだいいろ》の果実に手を伸ばしていた。

僕も道路の端に自転車を停めると、一緒になってその枇杷《びわ》をもいだ。カナブンより僕のほうが背が高いので有利だった。小振りながら程よく熟した実に鼻を近づけると、ほのかに甘い香りがした。

そのとき、「コラー！」という声が突然聞こえた。

人の姿はなく、声だけが近くでしたので、かなり慌てた。「うわっ」と叫んだカナブンは、なぜだか鈴木さんの家の庭を突っ切って、その先の田んぼに向かって走り出した。僕も枇杷を握ったままカナブンを追いかけた。だが、完全に逃げる方向がまちがっていた。自転車は家の前の道路に停めたままだった。僕らはニワトリを蹴散らしながら農家の庭を通り抜け、裏の田んぼを突っ切ると、その先の森へ逃げ込んだ。水の張られた田んぼのあぜ道を走っているとき、オタマジャクシが泥煙を上げながら泳ぐのが見えた。

「こっち！」

森の奥でカナブンが僕を呼んだ。

「おい、なんでこっちに逃げたんだよ」

「しょうがないだろ、びっくりしたんだから」

カナブンの顔は、それでもどこかゆるんでいた。

「自転車、置いてきちまったよ」

僕は舌打ちをした。

「取りもどしに行こう」

カナブンはそう言うと、枇杷の皮を剝いて食べ始めた。盗んだ枇杷を返す気など毛頭ないらしい。僕も一緒に枇杷にかぶりついた。やや甘みに欠けたが、瑞々《みずみず》しかった。実のなかにある大きなつるつるした種をプッとふくと、地面にポトリと落ちた。

森の木陰に隠れて、逃げてきた鈴木さんの家を偵察したが、広い庭にはニワトリがウロウロしているだけで人の姿はなかった。だれも僕らを追いかけて来る気配はない。あの声は、もしかすると家のなかから、かけられたのかもしれない。

僕とカナブンはさっそく自転車を奪回するための作戦を立てた。まずは森を抜けて、いったん来た道を少しもどり、鈴木さんの家に再び向かうことにした。目標のない自分の日常生活のなかで、なにがなんでも自転車を取りもどさなければならない、という目下の目標の出現に気持ちが昂《たか》ぶった。カナブンの頰には、泥のついた指でこすった跡がついていたが、その横顔は精悍《せいかん》な兵士のように頼もしかった。

「さあ、行こうぜ」

カナブンが言ったので、僕は黙ってうなずいた。

大きく迂回《うかい》して、鈴木さんの家の百メートルほど手前の舗道に出ると、左手の竹やぶのなかへ僕らは姿を隠した。道路の向こう側には、裏に田んぼを背負った庭の広い農家が三軒続いている。田んぼの奥には、僕らが逃げ込んだ森が見える。

音をたてないように竹やぶを進み、枇杷を盗んだ鈴木さんの家の入口近くまで接近した。道路には人の気配はなかった。まさか警察に通報してはいないだろうが、自転車を人質に取られていたらと思うと、汗が背筋を伝った。

「あったぞ」

僕より前に出て、身を屈めたカナブンが低い声で言った。

自転車は、鈴木さんの家の玄関を少し過ぎたあたり、僕の停めた場所にちゃんとあった。

「鍵は掛けたのか?」

カナブンは声を殺した。

僕は黙ったまま首を横にふった。

「鍵を掛けられてたら、まずいな」

カナブンは息を小さく吐いた。

僕はうなずく代わりに、ゴクリと唾《つば》を飲み込んだ。

たしかにそうだった。僕の自転車には、自分の名前と住所が書かれていた。犯人の自転車として交番にでも差し出されたら、有力な証拠物件となる。夜には刑事が僕の家の呼び鈴を押し、警察手帳を差し出して乗り込んでくる。「直樹、逃げなさい！」と母が裏口のドアを開けるが、当然そこにも刑事が張り込んでいる……などということになりはしないか。混乱した僕は不安で一杯になった。

しかし、竹やぶの自分たちのいる場所から自転車までは十メートルほどあり、鍵が掛けられているかたしかめる術《すべ》はない。それにこれは罠《わな》である可能性もあった。自転車を取りに来たところを捕まえるつもりかもしれない。さっきの声は大人の男の声だったので、もしかすると鈴木さん一家が総出でクワなどを持ち寄り、待ち伏せしているかもしれない。

「どうするかな」とカナブンがつぶやく。

僕は黙ったまま息を潜めた。

じりじりと時間だけが経過したが、こたえは見つからなかった。

すると突然、カナブンが竹やぶから飛び出した。僕は背後に追手が迫ったのかと思い、カナブンの小さな背中に続いた。

カナブンは、鈴木さんの家の前の舗道に飛び出すと、自転車に向かってダッシュした。自転車のハンドルをつかむと、スタンドを蹴り上げた。鍵は掛かっていなかった。カナブンはそのまま素早く自転車に飛び乗った。

「直樹、乗れよ！」

カナブンがふり向いて叫ぶ。その顔はたしかに笑っていた。

「よし！」

僕は自転車を押しながら、荷台に跨《また》がった。なんだかボブスレーのスタートみたいな感じだった。カナブンより体重の重い僕が荷台に乗ったせいか、自転車はキイキイと悲鳴を上げた。後ろをふり返ったが、鈴木さんの家からはだれも出て来なかった。たいして美味《うま》くもない枇杷だったので、見逃してくれたのかもしれない。

「やったぞ！」

僕は張り詰めていた気分から解放されて、叫んだ。

「やっほー！」

カナブンはさかんに尻をふりながら、立ちこぎした。

「鈴木さん、ごちそうさまー！」

カナブンは笑いながら空に向かって叫んだ。僕たちはなだらかな坂までくると、ふたりで両足を大きく広げて自転車でジグザグにくだった。

カナブンの行動はまったく予測できなかった。めちゃくちゃだが、度胸のあるやつだ。たぶん責任を感じて、自転車を取り返しに飛び出してくれたのだと思う。頼りになるやつだ。しかし、やはり普通じゃない。どこかで、なにかを捨てているような大胆さと、ねじれた陽気さを持っていた。

結局、その日、僕らは川まで行ったが、大きな鯉を見つけることはできなかった。

「そういえばさ、ウメのやつ、野球部やめるらしいぞ」

川からの帰り道にカナブンは唐突に言った。ウメとは、僕が入学式の日に殴った梅木弘のことだった。

「そうなんだ」

「ほかにもふたりくらい、一緒に退部するらしい」

「え、だったらおれ、野球部に入れるかもしれないな」

僕はうれしくて声が大きくなった。

「そうかもな」

カナブンの声は、なぜだか沈んでいた。

「でも、なんで梅木たち、やめるんだ？」

「しらねえ」

せっかく入部できたのに、もったいない話だ。

さっそく、明日にでも野球部顧問の菊島のところへ顔を出そうと思った。ほかにも順番待ちをしているやつがいて、先を越されたらたまったものではない。僕はカナブンを荷台に乗せて、ペダルを懸命にこいで夕暮れの道を急いだ。


翌日、職員室へ菊島に会いに行くと、「やる気があるなら、明日から来い」と言われた。相変わらず菊島は無愛想だったが、うれしさで頬が熱くなった。帰り際に「頭はきっちり短くしてこいよ」と念を押された。野球部は梅木を含めて、三名の退部者が出た。

帰りのホームルームのときに、ハイテンション昌子から「自衛隊の駐屯地へは遊びに行かないように」と注意があった。中学生らしき男子が駐屯地に侵入したのを目撃したと、地域住民から学校に通報があったらしい。過去に小学生が駐屯地で拾ってきた弾をシャープペンシルで突っついていたら、弾が暴発して指が飛んだという事件の話を聞かされた。

僕がそっと窓際の席を見ると、カナブンが指鉄砲をこちらに向けて、にやけていた。

バレーボール部を退部して野球部に入部したのは六月の下旬だった。バレーボール部の先輩からは、やめないように説得された。短いあいだながら一緒に練習をした仲間たちの輪から外れるのは、自分でももったいないような気もしたが、決断した。それまでやさしかった先輩たちは、手のひらを返すように僕に冷たくなったけれど、それはそれでしかたのないことに思えた。

野球部は夏の大会に向けて、緊張感のある練習をグラウンドで行なっていた。夏の大会が終われば、三年生は引退する。入部したばかりの僕は、補欠組の一年生と一緒に、体操服に野球帽を被り練習に参加した。

結論からいうと、僕は野球部には馴染《なじ》めなかった。

声出しや、球拾い、雑用などが嫌だったのではない。先輩からの理不尽な言いつけも、それなりに我慢してこなした。練習中は水を飲めないことにも耐えた。

まず野球部の雰囲気が僕には駄目だった。これは菊島という顧問が醸《かも》しだしていたのだろうが、バレーボール部にはなかった陰湿さに満ちていた。今思えば、中学生たちが主役のはずの野球部のなかで、監督という立場の菊島が王様を演じていた。常に部員に高圧的な態度をとり、なにかあれば連帯責任を口にし、ケツバットなどの鉄拳制裁で事を締めくくった。グラウンドで歯を見せることすら許さなかった。

そのやり方は、先輩後輩の上下関係にも色濃く反映された。同じ一年生同士でさえ、序列のための力関係の誇示がしょっちゅう起きた。監督に認められたレギュラー候補や口の達者な威勢のいい者が、部を牛耳《ぎゅうじ》っていた。なぜこんなにもチームメイトに対して、差別的な態度をとる必要があるのかわからなかった。チームメイトとは味方同士と思っていたが、どうやらそうではないらしい。ライバルなどというまっとうな競争から生まれる関係は、そこには存在しなかった。

当然、あとから入部した僕への風当たりは強かった。三年生が引退する直前に入ってきたズルイやつ、というわけだ。おれたちはずっと雑用や球拾いをやってきた、と嫌みたらしく繰り返し言われた。こちらにも言い分はあったが、黙っていた。僕が歓迎されていないことだけは、たしかだった。野球に対してというより、運動に僕は自信を持っていたので、そういう態度も気に入らなかったのかもしれない。

守備練習では、なぜだか補欠組はノックの順番待ちの長い列ができるセカンドに群れをなした。僕は一本でも多くノックを受けたかったので、レギュラー候補の二人しかいないショートを選んだ。僕がエラーをすると汚い野次が飛んだ。そこには僕の苗字を揶揄《やゆ》するものもあった。それでも僕は媚《こ》びたりしなかった。そういうこともあって、あいつは生意気だ、というレッテルを貼られたようだ。

最初は棘《とげ》のある口のきき方を同じ学年の部員からよくされた。何度か喧嘩になりそうにもなった。すぐに無視されるようになり、補欠組のおとなしいグループの選手しか、僕には話しかけてこなくなった。やがて彼らにも圧力がかかったのか、グラウンドに出ても、だれにも口をきいてもらえなくなった。気づけば野球部のなかで孤立していた。

週末に組まれた試合では、補欠組はベンチの横に二列で立たされ、相手チームを野次るように指示された。ひとりでマウンドに立っている相手のピッチャーに根拠のない野次を飛ばし、敵のミスに喝采を上げる。自分は打席にすら立てないのに、安全な場所から相手を罵倒《ばとう》する。虚《むな》しかった。

卑怯だし、こんなことをしたって、野球がうまくなるわけじゃない。楽しいわけじゃない。

「ピッチャー、びびってるぞ！」

補欠組の選手が叫ぶ。

いつもはおとなしいくせに、こういうときだけ張り切る部員を見ていると、情けなくて、ため息がでた。びびってるのは、本当はおまえのほうだろ、と言ってやりたくなった。

試合が終われば、声が出ていなかったと、一年生は全員ケツバットを菊島から受けることになった。声を出さなかった僕は、当然戦犯のひとりだ。

このままじゃ、精神的に強くなるどころか、自分の性格がねじ曲がるだけかもしれない。

――スポーツって、なんだよ。

そう思った。

草野球や草サッカーしか知らなかった自分には、大人が介在するスポーツの意味がよくわからなくなった。次第に僕は部活に出るのが、苦痛になっていった。いったいなんのために自分はグラウンドへ向かうのだろう——。

カナブンがサッカー部をあっさりやめたのは、まさに僕が悶々《もんもん》としているそんな時期だった。どうやらサッカー部の二年生の先輩とやり合ったらしい。

「どうしたんだよ?」

放課後、帰ろうとするカナブンをつかまえて訊くと、「どうしたも、こうしたもないよ」とこたえた。

カナブンは部員の少ないサッカー部で、一年生ながら球拾いではなく練習にも参加していた。サッカー部も夏の大会を前に、それなりにレギュラー争いが起きていたらしい。

大会前、カナブンは一対一の練習でディフェンスをやっていた。二年の熱田《あつた》という先輩がフォワード役で、ドリブルでカナブンを抜こうとしたが、二度連続してボールを奪ったらしい。すると練習のあとで、カナブンは熱田に呼び出された。

「なんで、おれのボールを取るんだよ」

熱田は真剣な顔でカナブンにそう言った。額の剃《そ》り込みをわざと見せつけるように、髪を両手で後ろに撫でつけながら。

「練習だから、ディフェンダーの役目としてボールを奪っただけです」とカナブンがこたえると、「マジでやるなよ」と睨みつけられたそうだ。先輩であるおれの立場をわきまえろ、ということらしい。情けない話だ。そういう男がいること自体信じられない話だが、まちがいなくこのサムライの国とやらには、そういうやつが潜んでいる。そのことは僕も知っている。

「馬鹿馬鹿しくて、やってらんねーよ」

カナブンは薄く笑った。

「それで？」

「話を聞いていて思わず笑ったら、殴られそうになった。だから、サッカー部をやめるって言ったんだ。熱田のやつ、すごく喜んでたよ」

「そっか」

「まあ、それはそれで、もうどーでもいい」

カナブンは、へっと笑った。

サッカー部もそんな具合なのかと思った。

僕はカナブンの話を聞いたあと、野球部における自分の現在の立場を話した。こんなことを話せるのは、カナブンくらいしかいなかった。

「結局、ウメのやつも、そういうことが嫌だったんじゃないかな」

カナブンはポケットに両手を突っ込んだまま身体を揺らした。唇《くちびる》が乾いてひび割れていた。

「そうだったんだ」

「直樹はえらいよ。第二希望のバレー部から苦労して野球部に移ってさ。おれには、そんなめんどうくせーこと、できねえよ。こっちが悪いわけでもないのに、何度も何度も職員室に顔を出して、頭下げてよ」

「その価値があると思ってたんだ」

僕はうなだれた。

「価値がないとわかったなら、やめればいいさ。……まあ、自分で決めることだけどな」

なんだかカナブンはせいせいしたという感じで話した。こいつは強いな、そう思った。


夏休みまであとわずかとなったその日、カナブンは教室におかしなものを持ち込んできた。赤に近い茶色のそれは、美しい光沢のあるノコギリクワガタだった。僕が野球部のことで悩んでいるというのに、まったく呑気《のんき》なやつだ。

クラスの女子たちは、「なんか、子供みたい」などと、自分だって大人の手前にいるくせに、陰口を叩《たた》いていた。多くの者が遠巻きにカナブンに視線を送っていた。カナブンはそんなことにはお構いなしで、休み時間に鉛筆にクワガタを登らせて遊んでいた。

「どこで捕まえた？」

僕がその見事なノコギリクワガタに手を伸ばすと、「今度、一緒に捕まえに行くか？」とカナブンは顔をほころばせた。

僕が黙っていると、「そうだよな、直樹には部活があるもんな」と勝手に解釈された。苦労してやっと入った野球部だったが、今となってはそれが最大の悩みとなっていた。僕は野球部のほぼ全員から嫌われていた。すっかり自信を失い、肩身の狭い学校生活にはまっていた。練習もろくにできないのだから、リトルリーグで野球をやってきた者に追いつけそうもない。補欠に甘んじている多くの部員たちは、仲間や自分の居場所がなくなるのが怖くて、群れているだけのような気がした。僕には仲間すらいないわけで、嫌な思いをしにグラウンドに向かうのが、つくづく馬鹿らしくなっていた。

「クワガタを捕まえに行こうぜ」

僕が言うと、カナブンは待ってましたとばかりに、右の頬に深いえくぼをつくった。


放課後、野球部の練習が始まる前に下校した。自転車で約束の場所へ到着すると、白い半袖のボウリングシャツを着たカナブンが待っていた。下は膝の抜けたジーンズで、足元は踵《かかと》を潰したサッカーのトレーニングシューズ。

「自転車は?」

僕が訊くと、「それが、姉貴に乗って行かれた」とカナブンはこたえた。

「またかよ、ほんとに姉ちゃんなんか、いんのかよ」

僕が言うと、カナブンはへらへらと笑ってみせた。

しかたなくカナブンを後ろに乗せて、自転車のペダルをこぎ出した。行先は自衛隊の駐屯地の方角らしい。ボウリング坂の手前まで来ると、僕らは自転車から降りた。僕ひとりでなら自転車に乗ったままくだれるが、さすがに二人乗りでは危険を感じた。スピードが出ているときにパンクでもしたら、ハンドルを取られてアスファルトに叩きつけられるのがオチだ。

「夏休みになったらさ、おれんちに泊まりに来いよ」

坂の途中でカナブンは言った。

友だちの家に泊まったことのなかった僕は、その話に興味を覚えた。

「いいのか？」

「大丈夫だよ。おふくろは夕方いなくなって、朝まで帰ってこないし、たぶん姉ちゃんもいないと思う」

「カナブン、ひとりかよ」

僕は自転車を引きながらうらやましく思った。家でひとりきりなら好きなことができる。僕の家では母がしょっちゅう仕事の愚痴《ぐち》をこぼしていたし、高校生の兄は、僕がボリュームを上げて音楽を聞くと怒ったし、フランケンシュタイン似の父は、なにかというと僕に仕事を言いつけた。

「まあ、都合のいい日を選んで来いよ」

「行く、行く」と僕はこたえた。

大きな坂をくだり、小さいほうの坂をのぼって、屋上にボウリングの白いピンが立っているビルの交差点を右に折れると、再び二人乗りで走り始めた。駅の通りから遠ざかるにつれて、景色のなかには畑や林が増えてきた。後ろでカナブンは陽気に口笛を吹いているが、自転車をこいでいる僕の顔は次第に熱くなってきた。

赤いポンプ車の停まっている消防署の角を曲がると、カナブンが「あそこだ」と指を差した。少し先の畑の奥に、こんもりとした森が見えてきた。次第に蟬《せみ》の鳴く声が大きくなってくる。汗が、喉元からみぞおちのほうへ伝っていった。

森に向かいながら、今頃学校のグラウンドでは野球部の連中が練習をしているのだろうな、とその練習風景を思い浮かべた。無断で休んだ僕のせいで、練習の終わりには、みんなケツバットの刑を受けるはずだ。やりきれない気分だったが、考えるのはやめにした。

なにかの石碑の立った入口から森のなかに入ると、木々の枝葉に日の光が遮断されて薄暗くなった。アブラゼミの鳴き声が、ぶ厚い合唱となって木漏れ日と一緒に降り注いでくる。「耳が潰れそうだ」と言ってカナブンは笑った。久しぶりに緑のなかに立つと、すごく気分がよかった。

カナブンの話によると、この森には虫の集まる特定の木があるということだった。その木のありかは、本当は秘密なのだが、僕には特別教えてくれると、なにやらもったいぶった話し方をした。背の低い少年は、森の奥へずんずんと進んでいった。

まず、最初に立ち寄ったのは、クリの木で、ビー玉が入るくらいの大きさの穴がいくつも幹に開いていた。不思議に思っていると、それはカミキリムシの開けた穴だとカナブンが教えてくれた。なかをのぞくと、みんな空っぽだった。

カナブンはいつのまにか軍手をはめて、右手にマイナスのドライバーを握っていた。ドライバーは樹皮の裏側に隠れた虫をほじくるためらしい。額に汗を浮かべて、木の幹をじっくりと見ていった。

「いないなあ」

カナブンはつぶやくと、まるでひとりで来ているみたいに、さっさと次の木へと歩き出した。森には小径《こみち》が通っていたが、カナブンは平気で道をそれて、下草の生えたうっそうとした場所へも分け入っていく。その小さな背中を追いかける僕の目の前に、不意にクロアゲハが現れたかと思うと、森の奥へひらひらと飛んでいった。その姿は、まるで僕を誘っている年上の女のように、どこか妖《あや》しく見えた。

次に向かったのはクヌギの木だった。甘酸っぱい匂いがあたりに立ち込めていた。よく見ると茶色い蝶が二匹、幹にとまってゆっくりと呼吸するように翅を動かしていた。樹皮から飴色《あめいろ》の樹液が滲《し》み出していた。耳元をブーンとハチが掠《かす》めるように飛んだので、慌てて首をすくめた。かなり有望なポイントらしく、カナブンは慎重に木のまわりを見て回った。

「おかしいなあ、こないだは、この木にノコギリの雄と雌がいたんだけどな」

カナブンはクヌギの木を見上げた。

「全部、採っちゃったんじゃないのか？」

「まあ、そうかもしれない。でも、こういう蜜《みつ》の出ている木には、必ずまた集まってくるよ」

「なるほどね」

僕は次の木を目指すカナブンのあとを追った。

しかし、この日はツキに見放されたのか、あるいは誰かが根こそぎ採ってしまったのか、クワガタやカブトムシの姿はなかった。最後の望みを託して向かった木にも、残念ながら獲物はいなかった。木の根っこを掘りかえしてみたものの、コクワガタすら見つからなかった。

「時期がまだ少し早いのかな」

カナブンは渋い顔で首をかしげた。

「まあいいさ、こういう日もあるよ」

僕は慰《なぐさ》めるような口調になった。

「ちぇっ」と舌打ちすると、カナブンは木の幹をゴッと蹴りつけた。

すると木の葉を叩く音がしたと同時に、僕の足元になにかが落ちた。

「おっ、なんか、今、降ってきたぞ」

僕はしゃがんで足元を探した。

「たしかにな」

僕らはその正体をたしかめるために、目を凝らした。

ふたりほぼ同時に枯れ葉の上でひっくり返っている、そいつを見つけた。それはずんぐりとした黄土色に鈍く光る甲虫《こうちゅう》だった。

「なんだよ」

僕はがっかりした声を漏らした。

「カナブンか」

カナブンも笑ってみせた。カナブンが、カナブンを見て笑ったので、なんだか可笑《おか》しかった。

「持って帰るか?」と言われたので、「いらねーよ、こんなもの」と僕は首をふった。

黄土色の虫は、手足をじたばたさせて、裏返ったカラダをなんとか元にもどすと、よたよたと翅を広げて地面から飛び立っていった。

僕らは顔を見合わせて笑うと、やぶ蚊《か》に刺された足をごりごりと掻《か》きながら、その場を離れた。

あきらめて自転車を置いた場所へ帰ろうとすると、途中で古びた石段が現れた。

「この先に、なにかあるみたいだな」

前を行くカナブンがふり返ったので、「ちょっと寄ってみようぜ」と声をかけた。石段を十五メートルほどのぼると、参道が現れ、その先にこぢんまりとした社殿が見えた。どうやら小さな神社らしい。杉の木立に囲まれた狭い境内には、人の姿はなかった。ヒグラシが物悲しそうに、ヒリヒリと鳴いていた。僕らはべつにお参りをするでもなく、ふたつ並んだ切り株を見つけて腰をおろした。お互い背中をあわせるようにして座った。

「だめだったな」

カナブンは悔しそうに舌を鳴らした。

「でも、久しぶりに楽しかったよ。前に自衛隊の駐屯地にもぐりこんだときもそうだし、枇杷を盗んで逃げたときもそうだったけど、面白かった。毎日毎日命令されて、おんなじ声出して、球拾いして、グラウンドの隅っこに突っ立っているより、よっぽどな」

僕は杉の木立のあいだに見える夕暮れの空を仰《あお》いだ。

「だったら、よかったけどな」

「なんだか、おれ、部活に疲れちゃったよ」

僕はため息をついた。

「人生、楽しまないとな」

カナブンは右の頬に深いえくぼを作って、つぶやいた。その人懐っこい笑顔を見るとなぜだかホッとした。

「なあ、カナブンのえくぼって、ずいぶんおっきいな」

僕はそのとき気づいたことを口にした。

「あ、これ？　これは、えくぼじゃないんだ」

カナブンは右手の人差し指で頬に触れると、ふっと力を抜くように口元をゆるめた。

「え？」

「これは小さい頃に、木から落っこちて怪我した、その痕《あと》だよ」

「へえ、そうだったんだ」

僕はなにげなく言った。カナブンの右の頬のくぼみは、笑うことによってできる、えくぼだと思い込んでいた。

夕暮れが近づいたせいか、ヒグラシの鳴き声が勢いを増していた。参道を渡ってくる風がTシャツの吸った汗を冷やした。ブーンと翅音《はおと》を響かせて、なにかが森のほうへ飛んでいった。

「なあ」

背中でカナブンの声がした。「おれのあだ名、なんでカナブンっていうか、教えてやろうか？」

そういえば、さっき森のなかで木から足元に落ちたカナブンを見つけたとき、そのことが少し気になった。でも、なんとなく言いだせなかった。

「金崎文彦だから、カナブン、じゃないのか？」

「いや、おれのあだ名は、名前からきてるわけじゃない。さっき見つけた、昆虫のカナブンからきてるんだ」

「そうなんだ」

僕がこたえると、しばらくカナブンは夕焼けでも眺めているように黙っていた。

「おれはさ、今もそうだけど、小さい頃から身体がちっこかった」

カナブンは再び口を開いた。「それで、よく仲間はずれにされた。生まれたときは未熟児で、父親がいなくて、母親が夜の商売だろ……。なにかの遊びで、ジャンケンで勝ったやつが仲間を選んでいくとき、いつもおれが最後まで残った。嫌われ者の、余りものさ……。

なんだか、直樹が苗字のことでいじめられてるのを見て、自分と同じだなと思った。おれも自分が小さく生まれたかったわけじゃねえし、好きで今の家に生まれたかったわけじゃない」

「ああ」

僕は背中で聞いていた。

「今日みたいに虫採りに来たときのことさ。カブトムシやクワガタを採りに来て、カナブンしかいないと、みんながっかりするんだ。カナブンには、カブトムシのような立派な角はないし、クワガタみたいなかっこいい大きな顎もない。捕まえようとすると、クソを漏らして逃げようとする。『なんだ、カナブンかよ』って馬鹿にされて、相手にされない。嫌われ者で、だれもほしがらない。なんだか自分に似ているな、と思った。

ひとりで森に行ったとき、おれはカブトムシやクワガタが見つからないと、そんなカナブンを捕まえたんだ。虫かごはカナブンでいっぱいになった。それを見たやつが、気持ち悪がって、そのことを言いふらした。そういえばあいつは、カナブンに似ているとだれかが言って、おれはカナブンと呼ばれるようになった。——いらないやつ、という意味でさ」

「でも、おまえは小さいけど、バック転もできるし、運動神経だっていいじゃないか」

僕は森を眺めながら口を挟んだ。

「おれは、おれなりに努力したんだ。お袋に親父のこと、聞いたことがあるんだ。後ろ向きのとんぼ返りのうまい人だったって。それくらいしか、親父のことは知らないんだ。だからおれ、何度も何度も練習して、やっとバック転ができるようになった。『カナブン』と呼ばれて馬鹿にされると、よくバック転した。バック転すると、嫌なことも忘れることができるような気がしてさ」

カナブンの肩が揺れて、少し笑ったようだった。

「なんで『カナブン』って呼ぶなって、怒らなかったんだ」

「怒ったよ。おまえみたいに最初は嫌がった。抵抗もしたさ。そうしたらある日、木に登っているところを上級生に見つかってからかわれた。逃げようとして、木から落っこちたんだ。落ちたところに、切り株から伸びた枝があって、頬っぺたを貫通した。それが、このえくぼみたいな痕さ――。

みんな逃げやがってよ。血がたくさん流れた。痛くて、悔しくて、泣きながらひとりで家に帰った。姉ちゃんに病院に連れていかれて、口のなかを何針も縫ったんだ」

カナブンの声に悔しさが滲んだ。

――そうだったんだ。

僕はカナブンの心の痛みを感じることができた。

ただ、こうも思った。そんなことといったら、野球部で余計者扱いされている今の自分だって、カナブンじゃないか、と。

「それじゃあ、おれも、カナブンだな」

口に出して、そう言ってみた。

するとカナブンはふり返って、ぷっとふきだした。

「笑うなよ」

「ほんとに、そう思うのか?」

「思うよ、おれもカナブンだ」

僕はうなずいた。

そう認めてしまうと、なぜだか気が楽になった。それに、なんとなく金崎のやつは、自分に似ていると改めて思った。けっこう気が短くて、運動能力は高いけど、集団行動というやつはかなり苦手だ。人に合わせることが下手で、それに我慢の足りないところもある。

「でもな――」

とカナブンは話を続けた。「ある日、おれは森のなかで、すげーぇきれいなカナブンに出会ったんだ。全身が青緑色に光り輝いているやつ。カシの木にとまっていて、手をのばしたけど、もう少しのところで届かなかった。宝石みたいにきれいなやつで、すぐにブーンって飛んでいっちまった。

それからおれは、カナブンでいい、と思うようになった。人にどう思われようが、自分は自分なんだって。だからカナブンと呼ばれても、ちっとも動じなくなった。自分からニックネームは、カナブン、と名乗るようになった」

「ふうん」

「おれはカナブンのなかでも、光り輝くカナブンになる。そう決めたんだ」

金崎文彦はまぶしそうに言うと、唇を強く結んだ。

「そうか、そんなにきれいなカナブンがいるんだ？」

僕の口元が自然とゆるんだ。

「ああ、いるよ。おれはカブトムシより、クワガタよりも、そのカナブンにもう一度会いたい」

カナブンは右の頬に深いくぼみを刻んでいたが、笑っているわけではなかった。

「じゃあ、おれたちは同じカナブンだな。今度、その宝石みたいなやつを捕まえに、また森へ来ようぜ」

僕は切り株から立ち上がった。

背中をまるめたカナブンが、薄い笑みを浮かべていた。

そのとき僕は、たぶん自分で決めたのだと思う。人と同じであることにしがみつくのではなく、今いる場所ではないどこか別な世界を求めることを。かっこ悪くても、ひっくり返っても、もがきながら、もう一度カナブンのように起き上がり、飛び立とうと……。

僕は、二匹目のカナブンになった。


まだ早い時間だったが、一杯だけと自分に言い聞かせて、バーの扉を開いた。

自宅の最寄り駅近くにある店なので、仕事帰りに少しの時間だけ寄ることが多い。僕の住む地方都市には、ひとりで訪れるための居心地のよいバーは残念ながらあまりない。チェーン店の居酒屋ならいくつかあるが、声のトーンの調節もできないやかましいガキどもが溢《あふ》れ、あるいは若い親が本物のガキを連れてやって来る。とてもじゃないが落ち着ける場所には、ほど遠い。

訪れた店にはロバート・デ・ニーロ似のチュニジア人のバーテンダーがいるせいか、外国人の客の姿をよく見かける。店のなかでは、外国人同士がお互い流暢《りゅうちょう》な日本語で会話をしている。不思議な光景だ。おそらくこの街で稼いでいる外国人労働者の皆さんだ。

この日は時間が早いせいか、カウンターに近所にある古着屋の店主が座っているだけだった。古着屋は営業中なので、いつでももどれるように入口近くの席を自分の指定席にしている。常連のひとりで、おしゃべり好きな気のいい中年男だ。

僕はカウンターのまんなかあたりのスツールに腰を落ち着かせると、ギムレットを注文した。

「ジンは、どうしたますか？」

デ・ニーロの偽者は訊ねた。ときどき日本語が微妙におかしくなる。

「ビーフィーターで」

僕は誤りを指摘せずにこたえた。

バーテンダーは唇の端を吊り上げるいつものスマイルでうなずくと、僕の前にカクテルグラスを用意した。こんもりと肩には贅肉《ぜいにく》がついているが、まだ三十代だろう。日本人の奥さんと暮らしているらしい。ときおり、故郷の話なども聞かせてくれる。

バーテンダーは銀色のシェイカーに、赤い制服の衛兵が描かれたラベルのビーフィーター・ジン、ライムジュース、さらにフレッシュライムを搾《しぼ》り、粒氷を入れると、両手でリズミカルにふってみせた。彼のシェイカーをふる姿が、僕は好きだ。なぜならとても幸せそうに見えるから。

バーテンダーはカウンターに出しておいたカクテルグラスに、シェイカーのなかの乳白色に見える液体を最後の一滴まで注ぎ切ると、満足そうな笑みを浮かべた。その目は、さあ、飲んでくれ、と催促している。

フレッシュライムを使うせいか、この店のギムレットは少し白く濁りが入る。僕はグラスを持ち上げると、その色をまず楽しみ、薄いグラスの縁に唇を押し当てギムレットをすする。バーでの飲み物は、出来上がったらすぐに口を付けるのがいい。寿司と一緒で、長いあいだカウンターに置いておくものじゃない。さわやかなライムの香りが鼻をくすぐり、ジンの辛《から》みがキリッと効いた液体が、渇いた喉を滑り落ちていく。

偽者のデ・ニーロは再び古着屋の相手をするために、カウンターのなかを入口近くまで動いた。どうやら話題はベースボールのようで、イチローの打ちたてた偉業について話し合っているらしい。バーでは群れない主義なので黙って話だけ聞いていた。

そういえば、妻の話によると、篤人はスイミングも野球もサッカーも、今はやりたくない、と言っているらしい。「それじゃあ、なにをやりたいの?」と妻が問い質したところ、具体的な返事はなかったということだ。「なにかスポーツをやらせてみる」という妻の試みは、今のところ頓挫《とんざ》した状況にある。それでも「やりたくない」と自己主張できただけでもよかった気もするが、どうやら妻は不満らしい。

子供は親の思い通りにはならない。昔の自分を思い出せば、そんなことくらい簡単にわかりそうなものだ。自分が嫌だと子供の頃に感じていたことを、大人になって子供に繰り返し押し付けていたりする。

もちろん、妻だけが悪いわけではない。子育てにおける父親の役割を自分がじゅうぶんに果たしているかといえば、そうは言えない。実際、こんな場所で時間を潰している自分に、あれこれ言う資格などないのかもしれない。

「やっぱりイチロー、すごいですよ」

バーテンダーは調子を合わせてうなずいている。

「偉業ですよ、歴史的な瞬間ですよ」

髭《ひげ》を生やした古着屋の店主は、まるで自分の息子のことのように喜んでいる。それはイチローが大リーグ史上初となる九年連続二〇〇本安打を達成したという話だった。


中学一年の夏、明日から夏休みというその日の放課後、野球部の練習に参加した。僕は尻ポケットに退部届を忍ばせていた。

練習が終わると全部員が整列し、その前に監督の菊島が立った。ノックバットを握った菊島の表情をうかがうと、なにやら不機嫌そうだった。

「おまえら、勝ちたくないのか！」

菊島は部員の前で怒鳴った。

前に立っていた坊主頭の列がびくりと震え、背筋が伸ばされた。驚きから覚めると、「勝ちたいです！」という声が、そこかしこで上がった。

「本気で、勝ちたいと思っているのか！」

「思ってます！」

キャプテンがまず叫ぶと、輪唱のごとく「思ってます！」の声が続いてグラウンドに響き渡った。僕はちょっとそこで笑いそうになったが、我慢した。

菊島は満足そうにうなずくと、勝ちたい者への訓示を垂れた。いくつかあったが、驚いたのは、野球部員は投手のみならず全員肩を冷やしてはならない、という教えだった。よって、夏期休暇中、野球部員は海やプールへは一切入らない。また、長袖を常時着用することを誓い合った。不満や疑問を口にする者はいなかった。

その日退部届を提出するタイミングを逸した僕は、そのまま夏休みに入ると部活動をさぼった。僕は野球部の誓いを破って、カナブンと一緒に市営プールや稲毛《いなげ》の浜へ自転車で出かけては泳いだ。夏休みが終わったら、今度こそ野球部をやめるつもりでいた。

その夏、関東地方は八月中旬から記録的な長雨が続いた。母は買い物から帰るたびに、ナスやトマトなどの夏野菜の値段が高いと嘆いていた。おかげで我が家の冷やし中華には、キュウリの千切りが載らない事態となった、というのは嘘だが、それくらい天気の悪い夏だった。

夏休みも終盤に差し掛かった金曜日、約束通り一晩だけカナブンの家に泊まりに行った。自宅で夕食を済ませてから傘を差して、彼の住む団地に向かった。カナブンの話では、お母さんは仕事に出かけているらしい。こんな雨の夜でも働いているのだな、と星の見えない空を見上げた。昨日の昼頃、九州の南部に上陸した台風七号は、熱帯低気圧に変わり、大雨などの恐れはなくなったけれど、この夜もすっきりしない天気だった。

「金崎」と書かれた白いプレートの付いた鉄の扉の呼び鈴を鳴らすと、人の気配がして、チェーンが外される音がした。ドアが開くと、白のランニング姿のカナブンが、にっと笑って迎えてくれた。狭い玄関にはカナブンの運動靴が片方裏返しになってころがっていた。

「お邪魔しまーす」と一応声に出して玄関を上がると、ダイニングキッチンを通って、六畳の洋間に通された。テーブルや流し台の上はきれいに整頓されていた。

カナブンの住む家は団地の２ＤＫで、僕の小学生時代の友人も別の棟にひとりだけ住んでいた。そいつも母子家庭だった。

絨毯の敷かれたリビングらしき部屋で、僕らはコーラを飲みながらくつろいだ。今日は何時まで起きていようかとか、どういう向きで布団を敷こうかなどと、笑いながら相談していた。

すると、突然、隣の部屋との境の襖《ふすま》が開いて、白い袖なしのワンピースを着た女の人が顔をのぞかせた。僕は慌てて座卓の前で姿勢を正した。どうやらその人が、カナブンが自転車のない言い訳に使っていたお姉さんらしかった。カナブンには本当にお姉さんがいたのだ。

ただお姉さんが家にいるならいると、最初にひとこと言ってくれればいいものを、ひどく動揺してしまった。私服姿のお姉さんは、僕から見るとまったくの大人に見えた。

「君がメェーメェーヤギさんですか？」

初対面のお姉さんは、僕を見るとそう言った。

僕が唖然としていると、「やだ、怒らないでね」となぜだか笑われた。

「やめろよ、姉ちゃん」

カナブンは声を荒らげた。

「ごめん、ごめん、ブンのやつに、君のこと聞いていたからさ」

おそらくからかわれたのだと思う。カナブンのお姉さんは、弟のことを「ブン」と呼んでいるらしかった。

僕はカナブンを睨んだけれど、本当のことを言うと、それほど嫌ではなかった。なぜだろう。おそらくその理由は、カナブンのお姉さんの言い方にあったのだと思う。同じ言葉でも、言い方によっては、ずいぶんと受け手の気持ちは変わるものなのだなと感じた。それにカナブンのお姉さんが、きれいだったせいもある。涼しげな薄い眉、大きな黒い瞳、高くはないが形のよい鼻、笑うと薄く伸びる唇。どれも感じがよかった。

「ブンと仲良くしてやってね」

お姉さんが顔を傾けると、さらさらと髪の毛が耳の裏側からこぼれた。

「いいから、あっちに行けよ」

カナブンは追い払うようにした。

お姉さんが長い髪を揺らしながらキッチンへ向かうのを、僕は視界の片隅で追っていた。カナブンの姉とは思えないほど、やさしそうな人だった。

お姉さんがキッチンから隣の部屋へもどってしまうと、小声でお姉さんのことを訊いてみた。お姉さんは県立高校に通っている。名前は「美しい幸せと書いて、美幸《みゆき》」。何年生か訊くと、三年生だと言う。部活はなにかやっているのか訊いてみると、「姉ちゃんのことばっか、訊くなよ」と嫌な顔をされた。だから「おまえこそ、おれのこと話すなよ」と口を尖らせた。

僕が観たいと言うと、カナブンはテレビをつけてくれた。台に載せられた彼の家のテレビは、僕の家のテレビに比べるとかなりコンパクトで脚がなかった。アンテナはテレビの上に載せる箇易タイプだったので、映りもあまりよくない。

チャンネルは広島―巨人戦の野球中継に合わせてもらった。試合は三回の裏を終わって、四対〇で巨人のリード。セ・リーグのペナントレースは、首位巨人が二位ヤクルトを突き放し独走態勢に入っていたので、多くの野球ファン、あるいは国民の関心は、ひとりの偉大な選手の記録へと向けられていた。一回の表にその偉大な選手、背番号1の王貞治が通算七五二号となる二点本塁打を放っていた。

「どうせ、野球やめんだろ？」

カナブンは寝転がってテレビを観ながら言った。

「まあな」

僕は曖昧《あいまい》に応じた。

カナブンは立ち上がると、冷蔵庫から赤いビニールで包装された魚肉ソーセージを取り出し、一本を僕に投げてよこした。僕らはそれを齧りながらプロ野球のテレビ中継を観た。

耳を澄ますと、隣の部屋から音が聞こえてきた。それはお姉さんがインスタントラーメンをする音のようだった。その音に耳を澄ましていると、なぜだか僕はドキドキした。

七回の表に王が右翼席へ高々と第三七号、通算七五三本目のホームランを打った。

僕は思わずガッツポーズを取ったし、カナブンもうれしそうに手を叩いた。これで米大リーグのハンク・アーロンの持つホームラン通算七五五号という記録にあと二本、新記録へ三本と迫った。でも自分が野球をやめることを思い出すと、なんだか気持ちは急速に萎《な》えてしまった。

午後九時になると、カナブンは東京12チャンネルの木曜洋画劇場「続・猿の惑星」を観たいと言い出したので、チャンネルを変えることにした。カナブンは映画を観ながらくだらないギャグを飛ばしては、僕を笑わせようとしていたが、ちっとも面白くなかった。

しばらくしてカナブンはしゃべる猿に飽きると、早くも大きなあくびをした。

午後十一時を過ぎると、明かりを暗くして、テレビのボリュームを下げた。大人の時間のテレビは、それなりに刺激的で、それでいてなんだかやたらにもったいぶっていた。でも、女の人が妖しげな音楽に合わせて着ている服を一枚ずつ脱ぎ出すと、僕もカナブンもブラウン管を見つめたまま動かなくなった。隣にカナブンのお姉さんがいると思うと、余計に興奮した。口を開いたままのカナブンの頰に、ブラウン管の光が映り込んでいた。途中でカナブンがアンテナをいじると、余計観にくくなってしまい、思わず舌打ちをした。これから、というところで画面はCMに切り替わった。

11PMという番組が終わると、テレビを消した。布団を並べて敷くと、電気を消して横になり、声を潜めてしゃべった。僕はいつも黄色い豆電球をつけたまま眠るので、少しだけ不安になった。網戸にした二階の窓から涼しい風がときおり入ってきた。

お母さんは何時に帰ってくるのかカナブンに訊くと、「朝まで帰ってこない」という返事だった。いつもそうなのか訊くと、「まあな」と言ってごろりと背中を向けた。

「野球部、マジでやめんのか？」

カナブンは話題を変えた。

「ああ、やめるよ」

僕は天井を向いてこたえた。

「でも、野球が好きなんだろ。好きなのにやめちゃって、後悔しないのか？」

「そうだけど、今の野球は好きになれそうもない」

「じゃあ、直樹は、どんな野球がいいわけ？」

「うーん、そうだなぁ」

僕は暗がりで目を開けたままこたえた。「小学生のときに、学校が終わってから公園に集まって友だちと一緒にやった野球かな」

「なんだよ、それ」

カナブンは鼻で笑った。

「まず、なにか拾ってきてベースの位置を決めるだろ。それからジャンケンでチーム分けをする。先攻と後攻が決まって、ようやく試合が始まるんだけど、試合はいつも途中で終わっちゃうんだ。夕方になると、『おれ、もう帰る』なんて言い出すやつが必ずいてさ。そうすると、『じゃあ、おれも』なんてバットを持ってるやつが帰っちゃうと、そこでお仕舞になる。みんな逃げるように自転車に乗って帰るんだ」

「それって、草野球じゃん」

「まあね。でも、うまいやつはうまかったし、下手なやつも試合には出られた」

「それじゃあ、本当の試合と言えないだろ」

「もちろん、本格的な試合をやりたいと思うけどね」

「勝ち負けがなくちゃ、つまんねぇーだろ」

「そうかもしれないけど、おれは相手を野次り倒して勝つような野球はやりたくない」

暗闇に目が慣れてきたのか、天井に染みが浮いているのが見えた。

カナブンはしばらく黙ったあとで言った。「おまえがやりたい野球を、やればいいじゃないか」

「どういうこと？」

「相手の選手を野次るのが嫌なら、そんなことやめよう、と言ったらどうだ？」

僕はため息をついた。「言ったところで、変わらないよ」

「だろうな……」

カナブンは暗がりで笑ったようだった。

「なんでカナブンは運動できるのに、スポーツを真面目にやらないんだ？」

今度は僕が訊いた。

「かったるいっしょ」

「嫌いなのか？」

「嫌いじゃねーよ。おれは今を楽しみたいだけ」

カナブンは言ったが、こたえになっていないような気がした。

隣の部屋から蚊取り線香の匂いが漂ってきた。お姉さんの部屋の電気はまだついていて、襖の隙間から細く明かりが差し込んでいた。もしかすると受験勉強をしているのかもしれない。のぞいてみたかったが、カナブンに怒られそうなのでやめた。

そういえばカナブンのお父さんは小さい頃からいなかった、と聞いていた。どうしてなのだろう。やっぱりそういうことは、友だちであっても、訊くべきではないのだろうな、などと迷っていると寝息が聞こえてきた。

カナブンが先に眠ってしまうと、僕は焦《あせ》ってしまい、なかなか寝付けなかった。寝返りを打ってため息をつくと、コンクリートを打つ雨音と一緒に、雨の匂いが部屋に忍び込んできた。なにも考えないようにして眠ろうとしたが、うまくいかなかった。ホームランを打った王選手や、人間の言葉をしゃべる猿や、踊りながら服を脱いでいく女の人が、頭のなかに次々に浮かんでは消えていった。それでもいつのまにか僕も眠りに落ちた。


夏休みが終わり、新学期が始まったその日、僕は野球部を退部した。

職員室の菊島に退部届を持って行くと、「フン」と鼻で笑われ、「たった二カ月かよ」と言われた。おそらく野球部に在籍していた日数のことを言ったのだと思うが、僕は黙っていた。僕は野球部に入部して、グラウンドでバットを握ることさえ一度もなかった。

もっと嫌味を言われるかと思ったが、菊島は「わかった」と言って口を結ぶと、手の甲で僕を追い払った。入るのにはとても苦労したが、やめるのは実に簡単だった。おそらく菊島にとって、僕など取るに足らない存在でしかなかったのだろう。菊島にとっては、勝つための野球ができる選手しか必要ないのだ。

翌日、昼休みの廊下で野球部の篠原《しのはら》に声をかけられた。

「どうした、夏休み部活来ないで」

篠原はまだ僕が野球部をやめたことを知らないような口振りだった。

野球部のなかでは、篠原はめずらしく温厚なタイプで、彼に対して悪い感情を抱いてはいなかった。だから普通に話をして、昨日、野球部を退部したことを伝えた。

「ああ、聞いたよ」

篠原は平然とこたえると、話題を変えた。「明日なんだけどさ、巨人戦の野球のチケットが二枚あるんだ。よかったら、一緒に行かないか?」

それは思いがけない提案だった。「それって、もしかして?」と僕はすぐに訊き返した。

「後楽園の巨人対ヤクルト戦」

篠原は日に焼けた顔でさわやかな笑顔を作った。

「え、いいのか? 本当に……」

僕は驚きを隠せなかった。

「野球、好きなんだろ?」

「ああ、もちろん」と僕はこたえた。

野球部にもこういう親切なやつがいるのだと感激した。なぜ野球部のやつと行かないのかは、訊かないでおいた。余計なことを言って、ほかの人間を誘われては困ると思ったからだ。僕の胸は躍った。

家に帰ると家族に自慢した。いつもは出張の多い父も家にいたので、久しぶりに家族四人で夕飯のテーブルを囲んだ。明日、僕が観に行く「巨人―ヤクルト戦」の話で盛り上がった。

「三十一日の大洋戦以来、ワンちゃん打ってないからな。そろそろ出る頃だぞ」

巨人贔屓《びいき》の父はビールで赤くした顔で言った。

「きっと混むから、早めに球場に行ったほうがいいぞ」

野球にはそれほど興味のない兄も喜んでくれた。

「うん、座席は指定席だって言ってたから、心配ないよ」

僕が言うと、「気をつけて行くんだよ」と母はご飯のおかわりをよそってくれた。

試合当日の土曜日は昼までの授業だった。僕はカナブンと一緒に帰った。野球部は練習があるので、篠原とは駅の改札口に午後四時に待ち合わせることにした。カナブンに遊びに行こうと誘われたが、用事があると言って断った。巨人戦を観に行くことは、カナブンには黙っていた。僕はカナブンにさんざん野球部の悪口を言っていたし、一緒に行けないカナブンに悪い気がしたからだ。

午後四時少し前に駅の改札に僕は到着し、篠原が来るのを待った。肩に提げたバッグには、母が篠原の分も握ってくれたおにぎりが入っていた。

その夜、巨人対ヤクルト二十三回戦の試合が行なわれた後楽園球場には、満員の約五万人の観客が訪れた。三回の裏ワンアウト、走者なし。カウント、ツースリーからヤクルトの鈴木康二朗投手の投じた五十球目のボールを、左打席に立った巨人軍の王貞治は一本足打法で振り抜いた。球種はシュート。滞空時間約四秒の打球は、低く鋭く伸び、右翼席中段へ飛び込んだ。午後七時十分七秒。大リーガー、ハンク・アーロンの通算七五五号を抜く、七五六号の本塁打を記録し、王貞治が世界の最高峰に立った歴史的瞬間だった。

同じ日の午後七時十分七秒。僕は自宅から約七分離れた最寄り駅の改札口に立っていた。

——それにしても、遅いなあ、

と思いながら……。

だが、いつまでたっても篠原はやって来なかった。

駅の時計の針は午後七時半を回った。僕はあきらめることにして家路についた。期待に胸を膨らませていたせいだろうか、自分が同じ場所に三時間半も立っていた実感がなかった。チケットを渡されていなかった僕は、改札口で待っているしか術がなかった。

家の前まで来ると、網戸にしたリビングから野球中継の音声が微《かす》かに聞こえてきた。音を立てないように鉄の門扉《もんぴ》の閂《かんぬき》を抜いて庭に入った。様子をうかがうと、どうやら僕以外の家族で、僕が観に行っているはずの巨人対ヤクルト戦を観戦しているようだった。

「直樹のやつ、ついてるなぁ」

兄の声がした。

「なんてったって、歴史的瞬間を球場で見たんだからな」

父の興奮した声だった。

家族はテレビ中継ながら歴史的瞬間を目撃したらしかった。僕はそこで初めて王選手が今夜ホームランを打ってしまったことを知った。

愕然とした僕は、このまましばらく街をさまよい、後楽園に行って来たことにしようかと思った。でも、きっとばれるにちがいなかった。それに自分は悪くないのに、なぜ家族にまで嘘をついて、その嘘を背負って生きなければならないのか、と考え直した。

僕は観念して家に入ると、玄関の暗がりに立っていた。しばらくすると、トイレに立った母が僕を見つけてくれた。

「どうしたの？」

母は眉間に皺を寄せて大きな声を上げた。

「待ってたけど、来なかった」

僕はうつむいたまままつぶやいた。

リビングのドアが細く開くと、兄が顔を出した。「直樹じゃないか……どうした？」

僕は密林のジャングルからの帰還兵のように直立不動でいた。

テレビの野球放送の音が鮮明に聞こえた。

「後楽園には、行かなかった」

僕は小さな声で告げた。「おにぎり、食べなくて、ごめんなさい」

「そんなこといいから、早く入んなさい」

母のやさしい声が聞こえた。

ふたりがリビングにもどってからも、しばらく玄関の暗がりに立っていた。リビングから父の「馬鹿がっ」と叫ぶ声が聞こえた。僕が後楽園に行かなかったと聞いたせいだ。だれに向けられた「馬鹿がっ」なのかわからなかったけれど、それは僕のことかもしれないな、と思った。でも、それは僕が歴史的瞬間をその場で見ることができなかったことに対する、父の悔しさの表れだとわかっていた。悔しいのは、僕だけじゃなかった。

僕はダイニングのテーブルでひとり夕食を摂《と》った。母は持っていったおにぎりではなく、温かい夕飯を食べさせてくれた。いつも食べている大根の千切りの味噌汁が、なぜだかいつもよりありがたく感じた。家族はあれこれ僕に訊くことはしないでくれた。

食事を済ませると、自分の部屋に行き、明かりを黄色い豆電球だけにすると、横になった。いつもならラジオを聴きながら寝るのだが、この日はやめておいた。九月に入ったとはいえ、まだ暑さで寝苦しく、ため息を何回もついた。

僕はその夜、プロ野球ニュースを観なかった。だから歴史的瞬間を知らないまま眠りについた。自分が騙《だま》された、とは思いたくなかった。でも、駅の改札で待っている途中で、もしかすると、と気づいた。もし僕を騙したのだとしたら、そんなことをして、なんの意味があるのだろう。いったいなにが面白いのだろう。でも、僕には偶然の出来事ではないように思えた。ただ本当のことなんて知りたくなかった。

――カナブンに悪いことをしたな。

そう思った。

あいつだったら、こんなことは絶対にしない。

それだけは信じられた。

だから、僕も絶対にしてはいけない。

月曜日、登校すると、男子生徒のあいだでは、王選手の世界記録のことで話は持ちきりだった。

本当なら、後楽園球場で見たその瞬間について、僕がみんなに解説してあげるはずだったのに。

篠原は約束を破ったことについて、自分からなにも言ってこなかった。まるでそんな約束など最初からなかったように、平気な顔をして廊下で僕とすれ違った。僕からも篠原にはなにも訊かなかった。この話は、長いあいだ誰にもしなかった。早く忘れてしまおうと思った。

野球部員たちは、相変わらず僕を遠くから見ているだけで、誰ひとり話しかけてくる者はいなかった。野球部はやめたけれど、まだ終わっていないんだな、と気づかされた。


カナブンがサッカー部をやめ、僕が野球部をやめ、僕らふたりは帰宅部となった。

とはいえ、帰宅部となった僕らは、授業が終わってすぐに家に帰ったりはしなかった。僕らが最初にしたことは、放課後の教室の机を並べ替えることだった。ギーギー、ガタガタと他人の机を十二台寄せ集めた。

「よし、こんなもんでいいだろう」

カナブンは両手を叩いた。

「そんじゃ、始めますかね」

僕が言うと、カナブンは赤いラバーのラケットと白いピンポン玉をカバンから出してきた。高校で卓球部に所属しているお姉さんの道具を拝借してきたらしい。僕らはさっそくピンポンを始めた。

放課後の教室には僕らふたりしかおらず、誰に文句を言われることもなかった。することもなかったので、放課後はしばらくそんなことをして過ごした。

やがて僕らに仲間がひとり加わった。そいつは僕が入学式の日に殴ったあの梅木弘だった。並べた机で僕とカナブンがピンポンに興じていると、詰襟のホックを外した梅木がふらりと教室へ現れた。

「よっ、ウメもやるか？」

カナブンが声をかけた。

「いや、見物させてくれよ」

髪を伸ばした梅木は、きまり悪そうな笑い方をした。

雰囲気からして、入学式の帰り道の報復に来たのではない、とすぐにわかった。

最初は見物すると言った梅木だが、ゲームを試合形式にするとラケットを握った。僕らは笑いながら、それでも真剣に対戦を楽しんだ。戦績は一位カナブン、二位に僕、三位が梅木。僕と梅木は入学式の日のことは、お互いなにも言わなかった。

僕は自分が梅木を殴ったことを誰にもしゃべったりしなかった。自慢できることではないし、そんなことを言うのは、梅木にも悪いと思った。でも何人かの人間は、そのことを知っていた。最初はカナブンがしゃべったのかと思ったが、そうではなかった。梅木自身が、「あいつの苗字を馬鹿にするのはやめとけ」と言って、話したらしい。「いきなりだぜ……」とかなんとか言いながら、入学式の話を面白おかしく語っていたようだ。

梅木は僕を怒らせるような真似はもうしなかった。身体は大きかったが、元々戦闘的な性格の持ち主ではなく、軽口なところはあったけれど、案外気のいいやつだった。その後、僕は梅木のことを「ウメ」と呼ぶようになり、ウメは僕のことを「直樹」と呼ぶようになった。僕らは対等の友だちになった。

僕とウメは喧嘩をして、友だちになれた。だからといって人を殴るのはまんざら悪くない、と言うつもりはない。ただ僕らはそのようにして友人になった。そのことは貴重な体験だった。人は一度憎しみ合っても、やり直すことができる。そういうことだ。

どうやら部活をやめたウメには、遊ぶ相手もいなかったようだ。毎日、ひとりの時間を持て余していたのかもしれない。自分の居場所がないのは辛かったはずだ。

――こいつも、カナブンだな。

ラケットを握って、僕に笑いかけるウメを見て、そう思った。

僕とカナブンは退屈な学校生活をいかに楽しむか、いつも真剣に考えていたような気がする。そういう意味では、クラスでは問題児と呼ばれる場合も少なくなかった。

カナブンがにやける。それはいつもよからぬことを思いついた合図になった。

「なあ、直樹、給食で残った牛乳は、いったいどうなると思う？」

ある日の放課後、突然カナブンがそんなことを言い出した。僕らは立ち入り禁止の屋上から校庭を眺めていた。

「そりゃあ、廃棄処分でしょ」

僕が錆《さ》びた手すりにもたれてこたえると、「もったいないぞー！」とカナブンは青空に向かって叫んだ。そしてしばらくすると、にやりとした。

当時の牛乳は肉厚の透明な瓶に入っていた。容量は二百ミリリットル。飲み口の部分は、厚紙の丸いキャップで閉じられ、薄紫色のビニールの覆《おお》いがかぶされていた。給食で飲み終えた牛乳瓶は回収され、再利用される仕組みになっていた。

給食の際、クラスで残った牛乳は、飲みたい者がおかわりすることが許されたが、たいていの場合、それでも数本余っていた。僕やカナブンもおかわりをするのだが、一度にそんなに飲めるものではない。

カナブンの家が裕福ではないことは、家に行くまでもなく感じていた。彼の身なり、彼の言動、彼の匂い、そんなものから気づいていた。別段、自分の家が裕福だと思ったことはないが、彼に比べれば恵まれていた。だからといって、カナブンが牛乳を家に持ち帰りたい、と考えたわけではない。

――もったいない。

そう思っただけだ。

まだ残暑の残る九月だったこともあったのだと思う。僕らは喉が渇きやすかった。学校には自販機などはなく、カルキ臭い水道の水を飲むしかなかった。一度、余っている牛乳のことを考えると、カナブンはどうしても飲みたくなったようだ。

給食が終わると、食べ終えた食缶や食器、それに牛乳瓶を詰めたカゴは校内にある給食室へと集められる。そこで牛乳は空き瓶と未開封の瓶とに選別され、コンテナーに積み込まれる。内偵の結果、コンテナーには毎日大量の余った牛乳が載せられていることがわかった。僕らはそのコンテナーが給食センターの車に積み込まれる直前に、牛乳を強奪する計画を立てた。

ウメを呼び出して、僕らの「もったいない牛乳救出作戦」は敢行された。当日は僕が見張り役となって、給食室の車両搬入口の前に待機した。配送車の到着する時間が近づくと、コンテナーは給食室から車両搬入口へ運ばれる。僕は、給食のおばさんたちがコンテナーから離れるタイミングをふたりに伝える役をした。

コンテナーにカナブンとウメが忍び寄り、僕の合図を待つ。僕が立てた親指を下にふると、ふたりは白い牛乳の入った瓶を抜き取り、ダッシュした。コンテナーの向こう側には、白衣を身につけた給食のおばさんたちの姿が見え隠れしている。見事な連携で僕らは最初の作戦を成功させた。

さっそく校舎の裏に行って、盗んできた牛乳を分け合って試した。

「ブフォッ！」

喉を鳴らしたウメが勢いよく吐き出した。雑草の生えた赤土に白い溜りができた。ウメの顔面には、自らふきだした牛乳の飛沫《ひまつ》が付いている。

「どうした？」

僕が訊くと、「生ぬるくて、飲めたもんじゃない」と涙目になった。

「たしかに、このままじゃ、うまくないな」

カナブンも顔をしかめた。

どうやらコンテナーに載せられているあいだに、牛乳が温まってしまったらしい。

「じゃあ、水で冷やそう」ということになった。

さっそくウメがどこからかバケツを見つけて水を汲んできた。牛乳瓶をバケツの水に沈めると、塀際に育った大きな手のような葉をしたヤツデの葉陰に隠しておいた。

しばらく遊んだあとで飲んでみると、悪くなかった。水を飲むよりよっぽどおいしかった。

僕らは牛乳を強奪してはバケツに補充し、放課後になって喉が渇くと、校舎の裏へ牛乳を飲みに行った。バケツの数を増やし、冷やしておく牛乳の本数も増やした。ウメが家から砂糖とストローを調達してきたので、甘い牛乳も楽しめた。

たまには趣向を変えて、メンバーを募《つの》り、牛乳の一気飲み大会を開いたり、口のなかに牛乳を溜めたまま笑いを堪《こら》えるゲームをやったりした。ウメは笑うと鼻から牛乳を出すので、それがさらに多くの笑いを誘った。そのうちウメは鼻から牛乳を飲むという得意技まで身につけてしまった。

一度だけ連携ミスから給食のおばさんに見つかってしまったことがあった。するとそのおばさんに「今日は何本持って行くの？」と訊かれた。「五本」とこたえると、牛乳を渡され、「ちゃんと瓶は返すんだよ」と声をかけられた。どうやら、僕らの所業《しょぎょう》はとっくにばれていたようだ。

そのようにして、「もったいない牛乳救出作戦」は長期間にわたり見事に成功したかに見えた。しかし、十月の下旬に僕とカナブンは突然職員室に呼び出された。誰かが密告したらしい。長々とハイテンション昌子に説教された。

カナブンは残っていた牛乳を飲んだだけ、と無罪を主張したが、途中でめんどうくさくなったのか弁解はやめにした。

「アンダースタンド？　牛乳は、給食時間内に飲みなさい」

吊りあがった赤いメガネをかけた昌子は、そう言ったあとで話をすり替えた。「それから、あなたたち部活をやめたけど、それでフラフラしていたんじゃ、しょうがないでしょ。ふたりとも体育だけはできるんだから、もったいないわよ」

僕もカナブンも黙っていた。

「部活動で学べるものはたくさんあります。たとえば、礼儀、忍耐、仲間と協力して喜びを分かち合う心。貴重な経験を積める場なのよ。もう一度、なにかやってみれば？」

ハイテンション昌子の言う「なにか」とは、おそらく部活動のなかのなにか、という意味なのだろうな、と思った。

給食の時間に飲むときより、なぜだか放課後の牛乳はおいしく感じた。それと同じように、決めごとのなかでの活動というのではなくて、僕だけの、あるいは僕らだけの放課後の活動を始めるのも悪くないな、と密かに思った。

ハイテンション昌子に呼び出されたあとも、僕らは懲りずに気が向けば牛乳を盗んだ。秋も深まると水も冷たくなり、牛乳はよく冷えるので旨《うま》さも増した。ただし、やるべきなにかは、そう簡単に見つかりそうもなかった。


放課後に牛乳を二本飲んだ帰り道。僕とカナブンとウメは、三人とも詰襟のホックを外し、ポケットに片手を突っ込んで歩いていた。

不審な男子生徒を最初に発見したのはウメだった。僕らと同じ窪塚中の学生服を着たその男子生徒は、住宅地の舗道をなにやらジグザグに歩いていた。道路の右側の電信柱から左側の電信柱へ、左側の門柱の陰から、右側の植込みの陰へと……。見れば、前をひとり歩くセーラー服の女子生徒の姿があった。

「あいつ、あの女のあとをつけているみたいだ」

ウメは目を細めた。

たしかに、女子生徒と一定の距離を保ちつつそいつは歩いていた。

「なにがしたいんだ、あいつ」

カナブンが首をかしげると、「つけてみようぜ」とウメは面白がり、僕らの尾行の尾行が始まった。

女子生徒のあとをつけている背の低い男は、窪塚中の生徒にちがいなかったが、三人とも名前を知らなかった。生真面目にしっかりと学帽を被り、詰襟のホックを留め、両手で大切そうに厚みのある黒い学生カバンを抱えている。掛けているメガネは銀縁。完全に自分の世界に入り込んでいる様子だった。

「あの女、A組の桐原《きりはら》だろ」

ウメの言う桐原とは、一年生で評判の美系とされる桐原瞳のことだった。

「あいつ、もしかして桐原のやつに、惚《ほ》れてんのかな？」

カナブンがなにげなく言う。

電柱の陰に隠れている男に見つからないように、電柱の後ろに隠れている僕ら三人は、先頭からカナブン、長身のウメ、そして僕が一列に続いた。なんだか三人でムカデ競走でもやっているような格好だった。

「これから、告白でもする気かな？」

カナブンは笑いを漏らす。

「まさか」とウメはつぶやいた。「いくらなんでも桐原とあいつじゃ、つり合いが取れないっしょ」

僕とカナブンはうなずいてみせた。

すると男が立ち止まり、カバンからなにやら取り出そうとしている。

「なんだ、あれ？」

最後尾の僕が言うと、「双眼鏡かな？」とカナブンはこたえた。

「やっぱ変態だわ、あいつ」と言って、ウメのやつが例のひきつったチェシャ猫のような顔で笑い出した。そのとき僕らの横を通り過ぎた車がクラクションを鳴らした。

「やばい、気づかれた」

カナブンが叫んだので顔を上げると、男が走り出していた。

なにも気づいていない桐原瞳は少し先の瀟洒《しょうしゃ》な白い家の角を右に曲がった。僕らはなぜだか逃げていく男のあとを追った。野良犬と同じで、逃げる者を追いたくなったのかもしれない。

「おい、待てっ！」

カナブンは呼びとめたが無視された。僕らは教科書なんて一冊も入っていない薄く潰した学生カバンをふりながら走った。

左手に曲がった男は、その先の児童公園に逃げ込んだ。だれも使っていないブランコのあいだを通り抜けようとしたとき、風に煽《あお》られて学帽がふわりと後ろに飛んだ。その慌てた瞬間を逃さず、カナブンとウメで追い詰めた。

「なんで、逃げんだっ！」

カナブンは叫んだ。

逃げた男子生徒はツツジの生垣の前で膝をつくと、両手を上げて降参した。銀縁メガネが鷲鼻《わしばな》の上で躍っていた。髪の毛は両耳を隠していて、肩の近くまで伸びていた。

児童公園にたまたま居合わせた子供たちが、なにやら不思議そうに見ているなか、そいつを連行すると公園のベンチに座らせた。銀縁メガネをまんなかにして、僕とウメが両側に座り、正面にカナブンが立った。

「まず、クラスと氏名は？」

刑事ドラマのようにカナブンは取り調べを始めた。

銀縁メガネは膝の上にカバンと帽子を載せ、うつむいていた。

「おまえ、窪塚中の一年坊だろうが？」

ウメは胸につけられた学校の名札の色を見て言った。黄枠の名札には「小島」とある。

小島は肩をすぼめたまま黙っていた。

「どうして桐原瞳のあとをつけてた？」

カナブンの問いかけに、やはりこたえない。

「黙秘かよ……」

ウメは両腕を組んで睨んだ。

「上等じゃねぇーか」

カナブンは指の骨を鳴らす真似をした。

小島の隣で聞いていて、僕はおかしくなって笑いそうになるのだが、ふたりは真剣な顔で刑事役を続ける。

「こたえろよ！」

不意にカナブンがベンチの腰かけ部分を蹴ると、「うおっ」と声を上げて驚いたのはウメだった。

なにもこたえない小島にカナブンは苛《いら》ついているようで、何度も舌打ちをした。

クラスの背の順で言えば、小島は前から二番目あたり、カナブンは四番目、僕はまんなか、ウメは後ろから三番目といったところだろうか。銀縁メガネの小島は見るからに内気そうなのだが、長髪にしているあたりに反抗的な匂いがして、どこかアンバランスな印象を与えた。

「なあ、おれたち質問してるだけだろ。こたえてくれたって、いいんじゃないか？」

僕は温情派の刑事を演じるようにやさしい口調で試してみた。

それでも小島は黙っている。

「おまえ、口がねぇーのか？」

カナブンは身体を揺すった。

もしかすると本当にしゃべれないのかと不安になった。そうでなければ、僕らを怒らせようとしているようなものだ。

「そういえば、おまえなんか持ってたよな？」

ウメのその言葉に、初めて小島はびくりと反応した。小島は自分のぶ厚い学生カバンを胸に強く抱いて、身を硬くした。緊張のせいか、紅潮した頬に幾筋も汗が垂れていた。

「こいつ、なにか隠してんぞ」

カナブンが言うと、小島はベンチから立ち上がろうとした。だが、カナブンとウメに簡単に組み伏せられてしまった。

胸に抱いた革の学生カバンをウメが強引に奪い取り、かぶせ蓋《ぶた》の留金を外すと、なかには一台のカメラが入っていた。おそらく小島は、僕らにカメラを奪われると警戒したのだ。

「ばーか、おれたちは、おまえのカメラを盗ったりしないよ」

僕がそう言うと、小島は驚いたような表情を浮かべた。

カナブンはカメラを手に取ると、いろんな角度から眺め回したが、すぐに興味を失ったように小島に返した。

「女の写真を撮りたかったのか？」と僕は訊いた。

小島は首を横にふった。

「じゃあなんで、桐原瞳を追いかけてた？」

ウメが立ち上がり、小島の前に立った。上背があるので威圧感があった。

小島は耳の垂れた犬のようにおとなしそうだったが、やはり口を割らなかった。いつもそうやって自分にとっての難局を乗り越えてきたのかもしれないな、と小さな小島を見ていて思った。

しばらくそんな一方的なやり取りが続いた。

「おい、そろそろ行かねぇか？」

なんだか僕はめんどうくさくなって言った。

「そうだな、こんなやつ相手にしても、しかたねぇな」

カナブンは我に返ったように首を回した。

「なあ、おれの家でトランプでもやろうぜ」

カナブンが言うと、「いいねぇ」とウメは自分のでかい鼻を撫でながらこたえた。

僕らは小島を公園に置いて歩き出した。

「おまえはそうやって、一生自分の殻に閉じこもってな」

僕は小島を一瞥《いちべつ》すると言った。

公園の出口でふり返ると、小島はひとりぼっちでベンチに座っていた。どこか呆然としているその姿が印象に残った。小島に向けた僕の言葉は、なんだか昔の自分に言っているような気がした。

考えてみれば、小島もいい迷惑だったとは思う。でも、女をコソコソ追いかけるなんて卑怯だ。頑《かたく》なに口を閉ざしている態度も気にくわなかった。それは相手を無視しているのと同じだ。僕らとまったくちがうタイプに見える男と仲良くなれる気がしなかった。

その帰り道に、僕はやっぱり用事があると言ってふたりと別れた。家に帰ってひとりで再放送の「コンバット！」をテレビで観ながら、あいつはいったいなにがしたかったのだろう、とぼんやり考えていた。

それから数日後のことだ。僕とカナブンはふたりで西口商店街を駅に向かって歩いていた。帰りのホームルームが終わるとすぐに教室を出たので、夕暮れ前だった。駅前ロータリーに出ると、駅のアナウンスや車のエンジン音、右折するバスのシグナル音やパチンコ屋から流れる演歌などで、急に騒がしくなった。

白いペイントの剝《は》げかけた横断歩道を渡り、不動産屋の前を通るとき、カナブンが学帽のつばを親指でひょいと持ち上げた。

「あれ、こないだのやつじゃん」

カナブンの視線をたどると、前を行くふたり連れの姿があった。私服姿の男と肩を寄せ合うように歩いているのは、まぎれもなく、こないだ会った学生服姿の小島だった。黒塗りのタクシーが三台並んだタクシー乗り場の向こうをゆっくり歩いて行く。

小島は先日と同じように学帽を深く被り、厚みのある黒い学生カバンを提げていた。一緒に歩いているのは太った男で、小島より頭ひとつ背が高かった。白のトレーナーに深緑色のカーペンター・パンツを穿《は》き、ポケットに両手を突っ込んでいる。中学生には見えたが、学年は僕らより上のような雰囲気だった。

「放置自転車撤去」の黄色い看板の前に並んだ自転車をよけながら、彼らのあとについていった。別に今日も尾行をしようと企んだわけではなく、たまたま進む方向が同じだった。ふたりは僕らの存在に気づいていないかった。

小島と太った男は、僕らがいつも通っている、線路をくぐって東口に抜ける地下道へ降りていった。なぜか老人のように歩く速度が遅かった。少し遅れて僕らも地下道のスロープを進んだ。「自転車は降りて通りましょう」の注意書きの前を過ぎ、地下道に入ると、ふたりに追いついてしまった。

「よっ」

カナブンが声をかけると、小島は肩をすくませた。太った男だけこちらを見たが、すぐに視線を外した。

追い越すときに小島の横顔をうかがうと、なんだか引きつった顔をしていた。

ふたりを追い越してから、前を向いたままカナブンに耳打ちした。

「なんかあいつ、からまれてんじゃゃねぇの?」

「やっぱ、そう思うか?」

カナブンも首をひねった。

車一台がようやく通れるくらいの道幅の地下道は、四十メートル足らずで再び上りのスロープに変わる。地下道には、蛍光灯が等間隔に設置されているものの、そのいくつかは切れているか、黒ずんでちらついていたので薄暗かった。路面は外が晴れていようといつも地下水でも染み出ているように濡《ぬ》れているので、余計に不気味な感じがした。だから女子生徒はこの地下道を使わないという話だった。いたずら書きを消すために、何度も壁は白いペンキで塗り重ねられていた。その壁に挟まれた通路の空気は、どこか重たく小便くさい臭《にお》いがした。

「ちょっと様子見てみるか？」と僕。

「そうしてみっか」

カナブンは口笛を短く吹いた。

生ぬるい風の抜けていく出口に差し掛かったとき、肩越しに後ろをうかがった。トンネルのなかには、彼らふたりしかいなかった。ふたりはまだ地下道のまんなかあたりを歩いていた。

僕らは地下道の外に出ると、素早く右と左に分かれて、壁に身を潜めた。気づかれないように、なかの様子をうかがうと、いつのまにかふたりは地下道の途中で立ち止まっていた。小島は壁を背にして、男に言い寄られている格好だった。

「どうする？」

カナブンが声をかけてきた。

「どうせあいつ、こないだと同じで黙りこんでるだけだろ」

僕がこたえると、「試してみる？」とカナブンがにやけてみせた。

僕は勝手にしろ、という態度をとった。

突然、カナブンが地下道の入口に立つと、両手でメガホンを作るようにして叫んだ。

「お——い」

地下道に反響した声が返ってきた。「おまえ、もしかして、その人にからまれてんのかー？」

薄暗い湿った穴のなかからは、なにも言葉は返ってこなかった。

僕も壁から顔を出して、内部をのぞいたが、ふたりは微動だにしない。男はじっと小島に視線を置いたままだった。切れかけた蛍光灯がまばたきするように、激しく点滅していた。

「もし、助けが必要なら、『ワン』って鳴いてみろー！」

カナブンの言葉に、思わず僕は笑いを漏らした。

小島はやはり黙ったままだった。

「さあ、行こうぜ」

僕はため息をついてから言うと、「そうだな」とカナブンもトンネルに背を向けた。

「あんなやつ、やられちまえばいいんだよな」

カナブンは落ちていたジュースの空き缶を蹴った。スロープを転がる空き缶が乾いた音を立てた。

壁に貼られたピンクチラシを眺めながら歩いていると、「ワン！」という声が背後のトンネルのなかで反響した。

僕とカナブンは顔を見合わせると、続いて「ワン、ワン！」という声が聞こえた。

カナブンがにんまりと笑みを浮かべるのを合図に、僕たちは同時にふり返ると駆け出した。こうなると、僕らも小島を見捨てるわけにはいかなくなった。こっちはふたり、相手はひとり。しかも悪いのは向こうとはっきりしている。

地下道へ引き返すと、僕らは太った男に近づいていった。

男の左手にカナブン、右手に僕。地下道の端に腰を抜かしたように小島が座り込んでいる。こないだと同じように学生カバンを胸に抱えていた。

相手は身構えていたが、その顔は身体と同じようにどこか締まりがなかった。眉毛を剃ったニキビ面はいかにも悪ぶっていたが、無理をしているようにも見えた。小学生時代に運動ができなかった太っちょが、今は不良になりました、という風貌《ふうぼう》だ。そんなふうに冷静に相手を観察できたのは、カナブンが一緒だったからにちがいなかった。

「あんた、なにやってんだよ？」

僕が声を低くすると、男は「関係ねぇだろ」と言って視線を外した。

「関係ないことないよ、こいつ、おれたちのダチだもん」

ひしゃげた学帽のカナブンが言うと、男はフンと鼻を鳴らし、自ら緊張を解いた。自分は戦わない、そう意思表示をしたように見えた。

案の定、男は二重顎を持ち上げてこちらを睨むと、背中を向けて反対側の出口に歩き出した。白のトレーナーの背中には、なにやら墨文字の言葉が躍っていた。どうやらうちの学校の生徒ではなさそうだった。

カナブンがその背中に向かって「ワン！」と吠えると、一度ふり向いたが、そのまま行ってしまった。

ちょうどその頃、他県では中学生による殺人事件などが起きており、テレビや新聞では校内暴力という言葉が頻繁に使われるようになっていた。市内の中学校では、上級生が下級生を使って、数十人の生徒から現金を脅《おど》し取る集団恐喝事件が起きたばかりだった。街では悪ぶった格好の連中の姿を見かける機会が多くなった。

「殴られたのか？」

僕が訊くと、「大丈夫です」と息を荒くしてこたえた。

小島には怪我はなく、カバンのなかのカメラも無事だった。

「じゃあ、気をつけて帰れよ」

カナブンが言うと、小島はようやくよろよろと立ち上がった。

「あのう？」

歩き始めると背後で声がしたので、ふり返ると、そこには今にも泣きそうな顔をした小島が立っていた。

「どうした？」

カナブンはうっとうしそうに言った。

「こないだは、すみませんでした」

小島はぺこりと頭を下げた。

「ああ、もういいよ。気にすんな」

カナブンが言って、僕らは再び歩き出した。

靴音が後ろからついてくるのがわかったけれど、黙って前を向いて歩いた。小島は地下道のスロープを上がって東口のロータリーに出てからも、僕らの後ろをついてきた。

「なんなんだろ、あいつ？」

僕はため息をついた。

「ワンと鳴くぐらいだから、捨て犬みたいなものかな。捨て犬ってのは、一度やさしくすると、ついてきたりするだろ」

カナブンが言ったので、「捨て犬は、ひどすぎるだろ」と僕は返した。

「ほらみろ、もう愛着が湧いてきたんじゃねぇの」

カナブンは笑ってみせた。

「あのう？」

小島が後ろからまた声をかけてきた。

「なんだよ。こないだは、口もきかなかったくせによ」

カナブンはふり向くと、早口で冷たく言い放った。

学帽を取った小島は緊張した面持ちで、「今日は、ありがとうございました」と丁寧な口調で言った。

なにげなく地下道の入口のほうを見ると、数人の男たちがスロープをのぼって出てきた。だれかを捜すようにきょろきょろしていた。皆、なぜだか白いトレーナーを着ている。ひとりの男が背中を向けると、そこには写経のような墨文字があった。その集団のなかのひとりは、まぎれもなく地下道で会ったデブだった。

「やべえ、さっきのやつ、仲間呼んできた」

そう口にした途端に、僕の胸の鼓動が一気に高まった。

「おい、逃げんぞ！」

カナブンが叫んだ。

僕とカナブンとそれから小島は、クリスマスの飾り付けが早くも始まった東口商店街のアーケードを、ボウリング坂に向かって走った。後ろはふり向かなかった。どこまで逃げれば安全なのかわからない。左手のビルの上に、孤独に立った巨大なボウリングのピンが見えてきた。

前方には、僕らを飲み込もうとでもするように、うねるような坂が大きな口を広げている。その坂の両側に並んだ背の高い銀杏《いちょう》が黄金色に染まりだしていた。冬はもうそこまで来ていた。


白いトレーナーの一味からの逃走に成功した僕とカナブンは、小島の家を訪れた。しつこく小島に誘われたからだ。ボウリング坂の交差点までたどり着いて一息つくと、「お礼がしたい」と小島は言い出した。どうしたものかと、僕とカナブンは顔を見合わせた。

小島を救い出すために、僕は地下道にもどっていったわけではない。そんな正義感からではなく、言ってみれば面白半分だった。弱そうなやつを脅そうとする太った男の態度にむかついただけだ。そういう自分も、こいつなら勝てるという計算がどこかにあった。女子生徒を尾行する小島を捕まえたとき、彼は僕らと口をきこうとしなかった。嫌なやつだと思った。そんな小島を救うふりで、自分の力を誇示したかったのかもしれない。

カナブンにしたって似たようなものだ。カナブンは小島に「ワン」と鳴くことを条件に助けることを約束した。屈辱的な行為を小島に求めたのは、やはり自分たちを認めさせるためだ。「ワン」と小島が鳴いたのは笑えた。あのとき小島が「ワン」と鳴いたとしても、僕らは助けに行かない、という選択もできた。なぜだかしらないけれど、小島は僕らを信じたのだ。

それなのに小島は「お礼がしたい」と言う。そしてなんだか友だちのいない転校生が使う手口のような誘いまでかけてきた。「家に来れば、いいものを見せてあげる」と言うのだ。

「どうするよ？」

僕が顎を持ち上げてみせると、「まあ、付き合ってやっか」とカナブンはしかたなさそうにうなずいた。

小島の家は西の三丁目にあった。その通りは幅員《ふくいん》が広く、比較的大きな家が建ち並んでいた。白を基調とした小島の家は、二階建てのモダンな一軒屋で、敷地はかなり広かった。車二台が入る屋根付きのガレージがあり、そこにはフォルクスワーゲンのクリーム色のビートルが停まっていた。もう一台分の空いたスペースには、ロッジ風の小洒落《こじゃれ》た犬小屋があった。キャッチボールのできそうな広さの芝生には、胸の毛だけが白い茶色のコリーが放し飼いにされていた。自分の家を自慢したくて呼んだのかよ、と勘ぐったが、別段そんな素振りを小島は見せなかった。

「こいつ、なんて名前？」

カナブンはコリーの顔をくしゃくしゃに撫で回しながら訊いた。赤い舌を垂らして呼吸する犬は、なんだか笑っているように見えた。

「クーン」

「変わった名前だな」

「祖父がつけました」

小島はポケットをまさぐりながらこたえた。

「祖父とか言ってんなよ、ちゃんと、おじいちゃんって言え」

カナブンは小島の堅苦しい言葉遣いをたしなめた。

家にはだれもいないようだった。小島は鍵を使って玄関のドアを開けた。重厚な一枚板のドアには、鷲を模《かたど》った真鍮《しんちゅう》のドアノックが付いていて、カナブンが必要もないのにそれをカツカツとしつこく打ち鳴らしたので、「いい加減にしろよ」と言った。

「どうぞ」と声をかけられて入った玄関は、カナブンの団地のダイニングキッチンほどはあろうかという広さだった。

「すげえ家だな」

思わず僕はつぶやいたが、カナブンは認めたくないのか黙っていた。玄関がこれだけ広ければ、いちいち靴を靴箱に仕舞う必要もなさそうなものだが、靴は一足も見あたらなかった。いかにも高級そうな刺繍《ししゅう》のスリッパに爪先をもぐりこませると、きょろきょろしながら廊下を進んだ。

二階の小島の部屋に通されると、よく冷えたパインジュースを小島がお盆に載せて運んできてくれた。カナブンは添えられていたストローを使わずに一気に飲み干すと、わざとらしく下品なゲップをしてみせた。おれたちはこういう出自の者だと言わんばかりに。

南向きの窓のある小島の部屋には、まだ新しいライティングビューロ、冬の海の色のようなカバーの掛けられたセミダブルベッド、黒いラックに納められたオーディオセット、本や雑誌の詰まった背の高い書棚があった。作り付けの飾り棚には、精巧な鉄道模型や外国製のミニカーなどが向きを揃えて並べられていた。オフホワイトの明るい壁に、ブルース・リーの等身大ポスターが一枚だけ画鋲《がびょう》でとめられていた。

「なんだか、この部屋には似合わないな」

汗を浮かべて身構えるブルース・リーに視線を留めて言うと、「人は、自分にないものに惹《ひ》かれるものですよ」と小島はこたえた。

小島によれば、僕らの遭遇した白いトレーナーの連中は、隣街にある馬立中の生徒たちだろう、という話だった。少なくとも小島にからんできたデブは、そう名乗ったそうだ。馬立中は、近隣の中学校のなかでも特に荒れていて、うちの学校の不良たちでさえ、その校名に怖れをなしていた。

「弱者を狙った恐喝ですね」

木目の浮いたフローリングに体育座りをした小島は言った。

「おまえ、あのままおれたちが通り過ぎてたら、どうするつもりだったわけ？」

ライティングビューロの肘掛け付きの椅子に座ったカナブンは、椅子を回しながら訊いた。

「お金を渡して勘弁してもらおうと思ってました。でも、たぶん、カメラも奪われていたでしょうね」

他人事《ひとごと》のような口振りだった。

「簡単に言うなよ、ちっとは戦えよ」

僕はむっとして言った。

「無理ですよ、僕には」

「なにが無理なんだよ、逃げんなよ、そこで。自分なりに、抵抗すりゃあいいだろ」

カナブンも語気を強めた。

小島はブルース・リーを背負って黙ってしまった。

「なあ、おまえと最初に会ったとき、本当はなにをしてたんだ？」

僕は話を蒸し返した。小島が桐原瞳を尾行していたときのことだ。もし、小島がちゃんとこたえないようなら、すぐに帰ろうと思った。

「あれは……」

脇腹でも痛むような顔をして小島は続けた。「桐原瞳の写真を撮るために、あとをつけていました」

「やっぱ、そうだったのか」

カナブンは勢いよく椅子を回転させると、「あー、目がまわる」と言った。

「でも、自分の意志ではありません」

話を聞くと、写真部に所属している小島は、これまでにも何人かの女子生徒の写真を撮った経験があると言った。それはすべて先輩の命令だったらしい。今回言いつけられたターゲットが、たまたま桐原瞳だったと漏らした。撮影された写真のネガはストックされ、焼き増ししては男子生徒に密かに販売されているらしい。

「そんなのありかよ？」

「本人の承諾を得ない盗み撮りなわけですから、卑劣な行為ですよね」

「写真部でも、上下関係とかあるんだな」

僕が言うと、「文化部のくせによ」とカナブンは顔をしかめた。

「でも、断ればいいことだろ？」

「そうなんですよね……」

小島は言い淀《よど》んだ。

「じゃあ、桐原瞳のこと、おまえ自身どう思ってる？」

カナブンは横道にそれた。

「きれいな人ですよ、でも、特別な感情は抱いていないです」

「じゃあ、おまえ、だれがいいと思うんだ」

少し考えたあとで、「増田《ますだ》睦美《むつみ》は、かわいいと思います」と小島はこたえた。

睦美は、カナブンのお気に入りのB組の女の子だった。それを聞いたカナブンは気をよくしたのか、口元をゆるめた。単純すぎる。それに小島も小島だ。自分のいいと思った子をいとも簡単に口にするなんて、僕にはできなかった。

それから僕らは、女子生徒ではなくて、小島が自分の意志で写したという写真を見せてもらうことにした。紙焼きの束を受け取ると、僕とカナブンは黙りこんでしまった。写真に感動したわけではない。なんと言っていいのか、わからなかったからだ。

おそらく小島はなにかしらの意図を持って写真を撮ったのだろうが、理解に苦しんだ。被写体は、雨に濡れたマンホールの蓋、塗装の剝げかけた公園のオットセイ、廃墟のようなビルの鉄の扉、赤く明滅する工場の煙突、ボウリング場の屋上に立っているピン……。それらはすべて夜間に撮影されたようで、なんとも寒々しく暗い風景ばかりだった。

「なんか、よくわかんねぇーな」

正直に感想を漏らすと、「もうちょっとマシなもん撮れよ。こんな写真撮るなら、女の子のほうがよっぽどいいだろ」とカナブンは言った。

「『昼の光に、夜の闇の深さがわかるものか』」

小島はつぶやいた。

「えっ、なんだよ、それ?」

「あ、すいません」

小島は薄く笑うと、「ニーチェの言葉です」とこたえた。

僕とカナブンは顔を見合わせた。なんだか小島と関わっていると、僕らはよく顔を見合わせることになった。

「そういえば、ふたりは部活は?」

小島は写真をデスクの引き出しに仕舞うと話題を変えた。

「おれたち、元サッカー部と元野球部。部活はやめたから、今は帰宅部」

カナブンは胸を張るようにして言った。

「どうして、やめたんですか？」

「つまんないから」と僕。

「でも、部活って、やめるのも大変そうですよね」

「まあね、直樹なんて、おかげで野球部の連中から今も狙われてるんだぜ」

茶化すように言ったので、睨んでやった。あまりその話は思い出したくなかった。

「僕も、いまひとつ、わからなくなっているんですよね、今のクラブ。写真部の活動には、学校行事の記録撮影とか、合同での撮影会なんかがあるんですけど、結局は個人によって撮影したい対象はちがうわけです。そういう意味では、部にはあまり一体感とかなくて、おまけに先輩からは、おかしな用事を押しつけられるし……」

「そうだよな、おまえは女の尻じゃなくて、マンホールの蓋を撮りたいんだもんな」

カナブンはへらへらと笑った。

「自分でよく考えるんだな」と僕が言うと、「そうそう、人生、楽しまないとな」とカナブンはいつもの台詞を重ねた。

「やめたからといって、楽しくなりますかね？」

「どうだろうな……」

その問いには、はっきりとはこたえられなかった。

部活をやめたからといって、それだけじゃ楽しくならないだろう。クラブ内での人間関係や強要される慣習や規則からは解放される。競争のなかでの緊張や感情の起伏を味わうこともなくなる。でも、確実に自分の居場所を失う。仲間からも遠ざかることになる。僕の場合は、好きなスポーツをやる機会を失った。代わりとなるものが、今はあるとは言えなかった。

放課後、カナブンやウメと遊ぶこともあるが、それでもやはり多くの場合はまっすぐに帰宅する。基本的には毎日学校から家に帰ると、テレビの再放送の「コンバット!」や「大都会」や「傷だらけの天使」なんかを観ているに過ぎない。どこかで、無為に過ごしている、と感じる瞬間がある。

カナブンが物めずらしそうに書棚を眺めていると、小島は映画のチラシのコレクションを出してきた。大切にしているらしく、チラシは折れないようにビニールのクリアファイルにきちんと仕舞われていた。「小さな恋のメロディ」「時計じかけのオレンジ」「ダーティハリー」「仁義なき戦い」「ゲッタウェイ」「ポセイドン・アドベンチャー」「007死ぬのは奴らだ」「ジャッカルの日」「燃えよドラゴン」「日本沈没」「スティング」「エクソシスト」「アメリカン・グラフィティ」「エアポート'75」「ドラゴンへの道」「オリエント急行殺人事件」「トラック野郎 御意見無用」「ストリートファイター」「ジョーズ」「狼たちの午後」「カッコーの巣の上で」「ミッドウェイ」「タクシードライバー」「オーメン」「犬神家の一族」「キングコング」……。

たかがチラシじゃないか、と思ってめくっていたが、一枚一枚のチラシには個性があって、見ていて飽きない。映画のタイトル、切り取られた名場面、キャッチコピー、解説文などが上手にレイアウトされ、作品のエッセンスが凝縮されている。僕の観た映画もいくつかあった。

小学生のとき、仮面ライダーカードやベースボールカード集めに一時期はまったことがあった。映画館で無料配布されるチラシでも、こんなふうに集めることによって趣味のひとつになるのだな、と感心した。

「このチラシの映画、みんな観たのか？」

僕が訊くと、「ええ、ほとんど観てるはずです」と小島はこたえた。

「チラシがあるということは、映画館で観るんだろ。だれと観に行くわけ？」

「小学生の頃は、祖父……じゃなくて、おじいちゃんとよく行きましたが、最近はひとりですね」

「え、ひとり？　それってどこまで？」

「一番多いのは、やっぱり千葉ですかね」

こいつは千葉までひとりで行けるのか、と感心した。僕の住んでいる街から一番近い都会である千葉までは、電車に揺られて五十分くらいかかるはずだ。僕はまだひとりで行ったことがなかった。

「映画、好きなんだ？」

僕の言葉に小島はうなずいた。そういえば書棚には「スクリーン」と「ロードショー」がずらりと並んでいた。なにも二冊とも買わなくてもよさそうなものだが、小島の家にはそういう余裕があるらしい。芸能誌も「月刊平凡」と「月刊明星」がやはり二冊ともあった。

「これ、読んでもいいかな？」

雑誌に手をのばすと、「どうぞ」と言われた。僕はグラビアページを眺め、小島は映画のチラシの整理を始めた。

しばらくすると手持ち無沙汰にしていたカナブンが、「なんか、つまんねぇな」と椅子をきい軋《きし》ませながらつぶやいた。大きなあくびをして眉間に皺を寄せると、「さて、そろそろ帰るか」と言って立ち上がった。

小島は慌てて四つん這《ば》いで進むと、飾り棚の下の引き戸を開けた。そこにはたくさんのレコードジャケットが並んでいて、思わず僕もにじり寄った。

小学生時代は歌謡曲ばかり聴いていた僕は、小島の聴いている音楽に興味を持った。僕の知っているビートルズやカーペンターズのほかに、まだ聴いたことのない海外のミュージシャンのレコードがたくさんあった。

「すげえじゃん」

思わず声を漏らした。そんなにたくさんのレコードを持っている知り合いはいなかった。しかもEPレコードだけじゃなく、LPがかなりある。兄のレコードを借りたりすることはあったが、その蔵盤数は比ではなかった。

銀縁メガネをかけた背の低い小島は、運動はできそうになく、なんだかつまらなそうなやつだと思っていた。しかし写真や映画や音楽といった多彩なジャンルに趣味を広げている。しかも小島はひとりで映画館に映画を観に行ける。それに比べて僕の世界はとても狭い。喧嘩は弱そうな小島だったが、僕より彼の世界のほうが奥行きはありそうな気がした。そして、さらにそのことを証明する品を彼は用意していた。

「ちょっと待ってよ」

小島はなにやら厚みのあるレコードジャケットを取り出した。

それは「世界名曲全集　ピアノ協奏曲　ショパン／グリーグ」のジャケットだった。小島はそのジャケットを僕らの前の床に滑らせると、今まで見せなかったゆるい笑みを浮かべた。

「なんだよ、気持ちわりーな？」

カナブンはなにげなく言った。

小島はおもむろにジャケットのカバーを開いた。現れたのは一冊の洋雑誌だった。ブロンドの髪を激しくかき上げ、腰をくねらせている女が鋭い目付きでこちらを見ていた。赤いルージュを塗った厚い唇は、Oの形をしていた。

「おお、これは！」

カナブンは感嘆の声を上げた。

それは普段僕らが本屋の雑誌コーナーで横目でちらちら見ている「週刊プレイボーイ」の類とは、明らかに異質な存在感を放っていた。かなり妖しげで、危険な香りが漂っていた。小島の言っていた「いいもの」とは、これだったのかと気づいた。

「この本、どうしたんだ？」

カナブンは表紙の女に見入ったまま訊いた。

「夏休みにハワイに行ったんです。そのときに持ち帰りました」

小島はなんでもないことのようにこたえた。無論、僕はハワイなど行ったことはなかった。カナブンだって位置さえ知らないはずだ。だが、ワイセツな雑誌の国内への持ち込みが違法行為であることくらいもちろん知っていた。もしかすると、それは喧嘩以上に度胸のいる一本勝負のようにも思えた。

「ハワイ直輸入かよ、やるねえ小島君」

カナブンが初めて小島を認めた瞬間だった。

小島は自分の秘密をさらけ出してまで、僕らと仲良くなりたいらしい。そういう決意を感じた。

「ノーカット？」

「もちろん、アメリカ製のノーカットです」

小島の言葉は滑《なめ》らかだった。

ただ、その言葉を聞いた十分後には、僕らは憤慨して小島の家をあとにしていた。

「どうしたんですか？」

玄関まで追いかけてきた小島を僕らはふり払った。小島は気の毒なほど困惑した表情を見せた。

コリーのクーンが、僕らを非難するみたいに激しく吠えたてた。

「あんなもの、見せやがって」

通りを歩きながら僕が言うと、「まったく、なんてやつだ」とカナブンもうなずいた。

僕とカナブンにとって、初めてのノーカット版のポルノ雑誌は、素直に「いいもの」と喜べるものではなかった。僕らは初心《うぶ》すぎたのかもしれない。すべてが載っているという小島の解説を聞いたあと、恐る恐る未知への扉を開いたが、そこで遭遇したものは僕らの予想を凌駕《りょうが》していた。予想以上にアメリカはオープンかつハードだった。僕らはもう少し段階というものを踏むべきだったのかもしれない。

雑誌のページをめくるたびに新しい発見の喜びというより、「どうして、ここまで……」という戸惑いのほうが勝った。そして最後にはため息をつき、黙り込んで雑誌を閉じた。

初めて見る性器を露《あら》わにした異性の裸体は、僕を性的な興奮には導かなかった。美しい女性の口元の微笑とは裏腹に、恥部と呼ばれる大切な場所をさらけ出した人間の生身は、やさしさとは程遠い気がした。なにか苦い現実を突きつけられたような沈んだ気持ちになった。正直にいえば、見なけりゃよかった、と後悔した。

「帰るか？」

僕がつぶやくと、カナブンは黙ったまま顎を引いた。

小島にしてみれば納得いかなかっただろう。僕らのとった態度は、子供じみていたかもしれない。あるいは度の過ぎた照れ隠しのように映っただろうか。小島はわかりやすく僕らに未知の世界を提示してくれた。その未知の世界は、自分を窮地に追いやるかもしれない危険な賭《か》けによって手に入れたものだ。いわば小島にとっては宝物であり戦利品だ。せっかくそれを見せてくれたというのに、僕らは受け入れなかった。ある意味では、知るということは、残酷な儀式のような気がする。

「あの、テツガクの野郎」

カナブンは舗道の角ばった石ころを蹴飛ばした。

「なんだよ、それ？」

「なんだか言うことが、いちいち偉そうだろ。言い方っていうかさ」

「哲学？」

「いや、本棚の一番上にやたらと難しそうな本が並んでたよ。そのなかに『哲学とは何か』って本があった。あいつ、あんな本を読んでるんだぜ」

小島はその日から僕らのあいだでは「テツガク」というあだ名になった。小島の名前は、小島哲人《てつひと》といい、哲学とは一文字ちがいだった。


そんなことがあってから、放課後になるとテツガクは僕らの前に顔を出すようになった。最初はテツガクのことをカナブンやウメは煙たそうにしていた。あまりにも自分たちとタイプがちがったからだ。テツガクは、学校の定期テストの成績は学年でもトップクラス。先生の評判も悪くない。家は裕福で、映画をひとりで観に行く。運動はからっきし駄目で、わけのわからない暗い写真ばかり撮っていた。

でも、テツガクと付き合うメリットは、まちがいなくあった。そういうわけで僕はテツガクからブルース・スプリングスティーンの「明日なき暴走」とイーグルスの「グレイテスト・ヒッツ」を借りて、洋雑誌の件はチャラにした。カナブンは「おれ、やっぱりジャパニーズじゃん」などとなにげなくリクエストを口にし、その手の国内成人雑誌を用立ててもらったようだ。ウメはテツガクのコミックの蔵書に感動し、コミックの貸し借りを始めた。僕らの知らないことを、テツガクは知っていたし、僕らの持っていないものを所有していた。そんなテツガクだからこそ、僕らのなかで貴重なアクセントとなったのかもしれない。

ウメともテツガクとも、クラスはちがった。それでも仲が良くなれたのは、なんだかうれしかった。自分の世界の境界の垣根がひとつ、パタンと倒れたような気がした。これまではいつもクラスという囲いのなかで物事を考えるような視野の狭さが僕にはあった。たとえば好きな女の子も無意識のうちにクラスのなかから選んでいたような気がする。でも、カナブンはちがうクラスの女の子の話をしたし、テツガクは海の向こうの話題にも精通していた。

その後、テツガクはあっけなく写真部を退部した。僕らは部活動に入っていない、という共通項を持った仲間になった。そんなわけで、テツガクこと小島哲人が四匹目のカナブンになった。放課後になると、樹液の滴《したた》るカシの木にカナブンが集まるように、僕らは同じ教室に顔を揃えた。

冬休みが明けてしばらくすると、やっかいな噂を耳にした。野球部の連中が僕に制裁を加えると息巻いている、というのだ。最初に情報を仕入れてきたのはウメだった。ウメも僕と同じく元野球部員だったが、野球部の一部の一年生とは付き合いがあるらしい。だとすれば、情報の確度は高いと言えそうだった。野球部をやめた点では、ウメも僕も同じ立場のはずだが、なぜだか僕だけが恨まれていた。

　自分自身そういう兆候は察していた。些細《ささい》なことだが、視線を感じると、同じ学年の野球部員が何人かでこちらの様子をうかがっていた。だれの仕業かはわからないが、靴箱の上履きのなかにガムが捨てられていたこともある。ひとりで下校した日、野球部が練習をしているグラウンド脇の道を通っていると、僕の歩いているすぐ後ろのフェンスにボールが当たった。グラウンドを見ると、なにもなかったようにトス・バッティングの練習が続けられていた。金網の震えが止まってから歩き出すと、今度は少し先のフェンスにボールが飛んできた。わざとでないのであれば、ボールを取りに来るだろうし、謝るはずだ。僕は目の前で弾んでいる白いボールを拾わずに、無視して通り過ぎた。

「とにかく、気をつけろよ」

　めずらしく話の最後までウメは口元をゆるめなかった。

「関係ねえよ」

　僕は強がってこたえた。心配してくれているのは、よくわかった。関係あるかないかは、相手が決めるものかもしれない。でも、認めたくなかった。それに「気をつけろ」と忠告されても、なにをどう気をつければいいのかわからない。いつ起こるかしれない天変地異に怯《おび》えるように生きるのはご免だった。小学生の頃に苗字でからかわれたときと同じように、自分は悪くない、悪いのはあいつらだと決めつけていた。

　カナブンは腕組みをして、黙ってウメの話を聞いていた。テツガクは事情がよく飲み込めず、ウメにそのあたりの経緯を訊ねていた。

　もう冬だというのに、夏休み明けにやめた部員をまだ許そうとしない。突然退部して、挨拶しなかったことをずっと根に持っているらしい。でも、退部する人間が挨拶をする場など、顧問の菊島は用意しなかった。やめる部員の気持ちなんて、これっぽっちも考えちゃいない。部活動において、やめる部員は悪で、残る選手は善であるように演出でもしているようだった。とにかくあの野球部には、野球と関係のない煩《わずら》わしさが多すぎた。

　おそらく部活をやめた僕が、なんだか楽しそうにやっていることが気に入らないのだろう。放課後、校舎の裏手でカナブンとキャッチボールをしていたのが癇《かん》に障《さわ》ったのかもしれない。でも、野球部に入らなくても、野球をする自由くらいあるはずだ。部活をやっている生徒のなかには、帰宅部を軽蔑している人間が少なくない。あいつらは楽をしているだけだと実際に口にするやつもなかにはいた。放っておいてくれればいいのに……。


　一月も終わりに近づいたその日は、朝から雨が降っていた。いつものようにカナブンたちと一緒に帰った。カナブンと僕が傘を差してふたり並んで前を歩き、後ろからテツガクとウメが映画の話をしながら、やはり傘を差してついてきた。テツガクは最近観たＳＦ映画についてウメに熱心に解説していた。北風は僕らの口数を減らしたが、首にマフラーを巻き、革の手袋をしたテツガクだけは例外のようだった。最近テツガクはおしゃべりになった気がする。

水溜りのできただれもいないグラウンド沿いの道を通って、いつものように東側の校門を出ると右に曲がった。コンクリートで護岸された水路の短い橋を渡るとき、川面から湯気が立ち昇っているのが見えた。春にはもてはやされる桜並木は、今はだれの関心も引かずに、膝にできたかさぶたのような樹皮を雨で黒く染めていた。湿ったアスファルトに張り付いた朱色の落ち葉が、死にかけた蛾《が》の翅のように風に震えていた。

不穏な空気を察知したのは、カナブンだった。ゆるやかな坂道の途中で不意に立ち止まると、風の匂いを嗅《か》ぐ草原のトムソンガゼルのようにふり返り、首を伸ばした。

気づいていたけれど、僕は黙っていた。昇降口を出たときから、すでにつけられている、と感じていた。追われているのは、この僕だった。相手はひとりではなかった。

テツガクは夢中になって、映画の特撮シーンの飛躍的な進歩についてウメに語っていた。ウメはときどき話に突っ込みを入れるものの、たいして興味はなさそうだった。ふたりの会話は、乗りの悪い若手の漫才師の掛け合いみたいだった。

カナブンはすぐに何事もなかったように歩き出した。僕は傘の陰で息を殺すようにして耳を澄ました。傘の黒いナイロン地に雨滴がぶつかる音が、やけに大きく鼓膜に響いた。傘を握った右手と、潰れた革のカバンを抱えた左手の指先が、寒さでかじかんでいた。

「こっちから、行こうか」

カナブンは言うと、いつもの道ではなく、狭い坂道を選んだ。

「え、どうして？」

テツガクは行き過ぎるようにしてふり返ったが、カナブンはこたえなかった。住宅を囲んだコンクリートの壁が両側に高く張り出した坂道は、車一台がようやく通れるくらいの道幅しかなかった。少し遅れたウメとテツガクは早足になってついてきた。

坂道をのぼり始めると、濡れた舗道を鳴らすいくつもの靴音が背後から迫ってきた。靴音の響きからかなり人数が多いことは容易に知れた。カナブンがふり向くのと同時に、僕も首を後ろにねじった。蝙蝠《こうもり》傘を差した二十人を超える学生服姿の男たちが押し寄せ、あっというまに坂道を埋め尽くした。

テツガクは、慌てて僕の背後に回った。いつのまにかウメも、僕とカナブンを追い越して距離をとっていた。僕らが対峙《たいじ》したのは、同じ学年の野球部員たちだった。雨で練習が休みのこの日に、どうやら申し合わせて集まったらしい。人数は多かったけれど、狭い道に入ったので囲まれることはなかった。

「おい、ちょっくら、ツラかせや」

先頭に並んだ三人のまんなかに立った男が、すかさず声をかけてきた。わざと巻き舌にしたようなしゃべり方をしたのは、野球帽のサイズが六十センチの今関《いまぜき》だった。この寒いのに学生服の第二ボタンまで外していた。

どうやら前に立った三人が首謀者らしかった。体格のいい次期四番候補の今関、補欠組のリーダー格の清宮《せいみや》、それにレギュラーと補欠のあいだを彷徨《さまよ》っているキツネ顔の鵜沢《うざわ》だ。

「なんの用だよ」

カナブンは低い声で言った。

「おめえには関係ねぇよ。今日はそいつに、きっちりとけじめをつけてもらう」

清宮が身体を揺らすようにして言うと、「半端なことしやがって」と鵜沢が怒りに鼻孔をふくらませた。

今関と清宮は背が高く、鵜沢は僕と同じくらいだった。しかしこの三人のなかで一番やっかいなのが、鵜沢だ。狭い額《ひたい》に深く剃り込みを入れ、眉毛を細く剃った鵜沢は、キレやすく粘着質な性格の持ち主だった。野球部にいるとき、なにかとちょっかいを出してきた。おとなしい部員をいじるのが大好きで、部内でも問題児とされていた。

「謝るだけじゃ、済まねぇぞ」

今度は清宮がすごんだが、もともとは地蔵顔なので、こちらはあまり効果がない。

野球部員たちは申し合わせていたように一斉に罵《のの》りの言葉を吐いた。卑怯者だの、根性無しだの、汚いだの、思いつく限りの罵詈《ばり》雑言。精いっぱいの憎しみを込めた言葉が雨空の下に渦巻いた。試合のときに使うエース殺しのお得意の野次を聞いているようだった。ひとりではなにも言えないくせに、徒党を組むとよく声が出る。

それは喧嘩でいえば、ほんの前哨戦《ぜんしょうせん》に過ぎなかった。でも僕は坂道の途中で呆然と立ち尽くしていた。すでに戦意を失いかけてすらいた。こんなに多くの人間を敵に回したのは生まれて初めてだったし、恐怖というよりもあっけにとられた。そのせいか冷めた気持ちで並んだ顔を眺めることができた。

新チームのレギュラー組も何人かいたが、一年生エースや、巨人戦に僕を誘った篠原の姿はなかった。思えばあのときも、ほかの野球部員が関与していたのかもしれない。多くの者が補欠の連中だった。在部中は同じ立場で苦い思いを味わった部員たちが、今はこうして僕の敵に回っている。なぜおまえまでここにいるのか、と首をかしげたくなるようなおとなしい男の姿もあった。

情けない気持ちでいっぱいになった。こんなにも多くの人間が自分を憎んでいる。その理由さえ判然としなかった。思い当たることといえば、練習をさぼったこと、突然退部したことくらいだ。おそらく自分が野球部をやめたことで、ここにいる同じ学年の野球部員全員に罰がくだされたのだろう。そうとしか思えなかった。

「おまえら、スポーツとかやってるわりには、卑怯者なんだな。こんな大勢で寄ってたかってよ……」

カナブンが嘲《あざけ》るように言うと、「うるせえ、おめえは引っ込んでろ」と鵜沢が声をかぶせた。

呆れたようにカナブンは鼻で笑った。

なにを言っても無駄なような気がした。膝が震えたりはしなかったが、みぞおちのあたりが空腹のときのように痛くなった。乾いた唇をなめながら、この先いったいどうなるのだろう、となぜか傍観者のように構えていた。いったい自分をどこへ連れて行き、なにをしようというのか……。

「おら、さっさと来いよ」

鵜沢のふった傘から飛び散った水滴が、頬にかかった。

一瞬、焼け跡が残りそうな怒りが、こめかみから頭上に駆けのぼった。こいつだけは、いつかやってやる、そう思って睨みつけた。

黙ったままの睨み合いのあとで、「よし、やろうぜ。おれも一緒に相手になる」。怒りを押し殺すような低い声でカナブンが言った。

視線を流すと、カナブンはこれまで見たことのない険しい表情をしていた。本気だと感じた。カナブンのその言葉が僕に勇気をくれた。折れかけた気持ちをまっすぐにもう一度立たせてくれた。油断をすると涙がこぼれそうなほど、うれしかった。

胸の鼓動が高鳴り、戦え、戦え、戦え、とうるさいほど早鐘《はやがね》を打ち始めた。僕の味方は、ただ一匹のカナブンだけだったけれど、それで充分だった。

「おら、口ばっかりじゃなく、さっさとかかってこい！」

カナブンは吠えて、開いた傘と一緒に自分のカバンを舗道に放り投げた。

「てめえ、この野郎！」

カナブンより頭ひとつ背の高い今関が唾を吐いて迫ってきた。

「早いとこ、土下座して謝っちまえ！」

清宮は慌てて、今関の腕をつかんで止めに入った。

これだけの人数を集めたのだから、ただでは帰れないのだろう。なんらかの落とし前をつけよう、というわけだ。それは僕の謝罪ということだとわかった。土下座をすれば、この場は収めるということかもしれない。猶予を与えるような沈黙が続いた。

でも、僕は謝らなかった。僕は喧嘩をしたいわけではなかったけれど、カナブンはまるで望んでいるかのように好戦的な態度を見せた。一歩前に踏み出し、顔を付けんばかりに今関を睨みつけた。いよいよ僕も腹を決め、傘をたたんだ。冷たい雨が髪の毛に染み込み、頭皮を通って額から頬へ、そして首筋へと流れ落ちた。たたんだ傘とカバンは、ウメが後ろで受け取ってくれた。

身体が反応するままに動けばいい、と覚悟を決めた。屈服はしない。嫌なものは、嫌だし、許せないことは、許せない。そのやり方は、ずっと変わらないし、変えるつもりはない。たとえ暴力という手段を使おうとも、守る。倒れようとも、何人かは道づれにしてやる。そう思った。

黙ってはいるものの、ウメもテツガクも逃げずに後ろにいた。少なくとも、僕の側《がわ》に立ってくれている、そう信じられた。覚悟を決めると、雨さえもなぜだかすがすがしく受けいれることができた。

今関の目に怯えのような色が一瞬浮かんだ。清宮は視線をそわそわと泳がせ始めた。鵜沢だけが嚙みつきそうな目で変わらずに睨んでいた。なぜそれほどまでに人を憎めるのか、レポート用紙三枚以内に書いて、明日までに提出してもらいたいくらいだった。

そのとき背後からなにやら声が聞こえてきた。その声は次第に近づいてくる。野球部員たちが首を伸ばすようにして、顔を上げた。間の抜けたクラクションが鳴ったのでふり返ると、一台の青いトラックがすぐ後ろまで迫っていた。運転席には、額に手拭いを巻いたおじさんが座っていた。

「お取り込み中、すまんけど、通らしてもらうよ」

窓から顔を出すとおじさんは言った。荷台にはブルーのシートが被せられていたが、どうやら廃品回収の車のようだった。

慌ててカナブンが裏返しになった傘とカバンを拾い上げた。急いで端に寄ってトラックを避けると、続いて野球部員たちもぞろぞろと道路の両脇に寄った。

「ほら、ふたてに分かれろ！」

「もうちょっと端に寄れ！」

「おい、押すなって」

道幅が狭いので声をかけ合っていた。身体をブロック塀に倒すと、腕立て伏せをするような格好で両手をついて並んだ。

「サンキュー、ベルマッチ！」

おじさんは片手を上げると、間の抜けたクラクションを短く鳴らした。

黒い二列の人垣のまんなかをトラックはノロノロと通りながら、「毎度おなじみの～ちりがみ～交換でぇございま～す」という鼻にかかったテープの声を流した。

「逃げましょうか？」

テツガクが後ろでささやいたが、逃げたりはしなかった。

トラックが通り過ぎると、再びカナブンは自分のカバンを舗道に落し戦闘態勢に入った。僕もだれから攻めるかを決めた。一番威勢のよさそうな鵜沢だ。鵜沢と今関を潰せば、どうにかなるかもしれない。

だが、廃品回収の車の声に気勢を削《そ》がれたのか、あるいは頑なな態度を崩さない僕に呆れたのか、何人かの部員が相談を始めた。喧嘩でもして問題になり、対外試合ができなくなると怖れたのかもしれない。あるいはそのことを言い訳にして、ここらで引き揚げようと潮時を計ったのか。どうやら野球部員のあいだでも温度差があるらしかった。冷めた態度のやつもいた。単に興味本位だったり、あるいは嫌とは言えずに足を運んだやつも、なかにはいたはずだ。なにかしらの不満のはけ口を求めていたのかもしれない。

野球部員たちは、傘もカバンもなにも手放さなかった。

「クズを相手にしても、しょうがねぇな」

今関は口元をゆるめて卑屈に笑った。

「負け犬」

鵜沢はどろりとした唾をアスファルトに糸を引いて垂らした。

捨て台詞を吐き、蔑むような視線を流すと、部員たちはあっけなく背中を向けて引き揚げていった。何人かの目は、おまえを許したわけじゃないと警告を発しているようにも見えた。でも、最初から手を出すつもりはなかったような気もした。やつらのそんな魂胆《こんたん》をカナブンは見抜いていたのかもしれない。

すっかり雨に濡れてしまった僕に、テツガクは自分のハンカチを差し出した。断ろうかと思ったが、あいにくハンカチは持っていなかったので借りることにした。ウメはカバンを拾い上げて、雨粒を手で払いカナブンに手渡した。

「けっ、腰抜けどもめ」

カナブンは憎々しげにつぶやいたあとで、犬のように頭をふって伸びた髪の雨粒を飛ばした。

「『卑怯者は、安全なときにだけ、威丈高《いたけだか》になる』」

テツガクが言った。

「なんだよ、それ？」

「ゲーテの言葉です」

曇らせたレンズの奥の目をテツガクは細めた。

緊張を解いたせいか、身体がぶるぶると内側から震え出した。白い息を細く吐くと、歯の根が合わずに前歯が細かく音をたてた。寒さのせいなのか、怖れの余韻のせいなのか、よくわからなかった。

「ちぇっ、行くか？」

濡れそぼったカナブンは、にやけながら言った。

「行こうぜ」

僕は低くこたえ、再び雨の坂道を四人で歩き出した。


冷たい雨は、その夜、雪に変わった。

わかったことがいくつかあった。ひとつは、予想以上に自分は人に嫌われ、敵を作っていたということ。そしてもうひとつは、自分はひとりではない、ということ。寒々しいことと、あったかいこと。カナブンに礼などは言わなかったけれど、救われた、そう心の底から思った。カナブンがいなければ、自分はどうにかなっていたような気がする。カナブンが僕をひとりから解放してくれた。僕の人生の年表に、この日の事件は太字で刻み込まれた。

たぶんその日を境にして、僕のなかで得体の知れない獣が雪解けを迎えたようにむっくりと起き出した。いつのまにか自分の声は妙に低くなり、顔には望まない白い蕾《つぼみ》をつけたニキビの花が育ち始め、いろんなところに毛が生えてきた。好むと好まざると、成長の軌道を大人へと確実に進み出した。

学校に行くと、なぜだかひどく疲れるようになった。いつまた起きるか知れない野球部員との衝突に緊張していたせいかもしれない。家に帰ると、以前は午後四時からのテレビドラマの再放送を必ず観ていたが、ベッドに直行し寝込むようになった。

中途半端な睡眠のなかで、嫌な夢を繰り返しみた。それは、人に追われる夢や、居場所がばれないようにじっと身を隠している——なぜだかいつも跳び箱のなかにいた——夢や、逃げるためにビルからビルへ飛び移ろうとする夢——多くの場合、足を踏み外して落下する——などだ。その夢の途中で、僕は何度もうなされ、声を上げた。ときには突然金縛りに襲われることもあった。

夕食の時間になると目覚まし時計で起きるのだが、寝覚めはひどく悪かった。目は開いているのに、身体はまだ眠りのなかにある、あるいはその逆の感覚の場合もあった。無理やり引き剝がすように睡眠から意識をもどすと、気分はいつもささくれ立っていた。癇癪《かんしゃく》を起こし、ひとりベッドのなかで溺《おぼ》れるように手脚をばたつかせ、まるで幼児に返ったように泣いたりもした。何度もため息をつくが、いったい自分がなにに対してため息をついているのかさえ定かではなかった。嫌な汗をかいて、息苦しく、余計にぐったりとした。

その頃、父は出張や残業が多く、母子家庭のような生活を送っていた。保険の集金係をやっていた母は愚痴っぽくなり、夜遅くまでウイスキーを独りで飲むようになった。心配になってやめるように諫《いさ》めると、野良猫のようにキッと睨んできた。

夕方の睡眠のあとで、どうにか自分を立て直して夕食の席に着くと、今日はこんなことがあったと母から話を聞かされるのだが、それはたいてい仕事で不愉快な思いをした話だったので、僕の気分はさらに暗くなった。兄は黙っていたけれど、たぶん聞いていなかったのだと思う。そういう術を持っている人だった。僕は我慢をして聞いていたが、責任の一端は母にもあるように感じると、そこを突いて批判をした。すると母は、「だれも私の話を聞いてくれない。うん、うん、と話を聞いてくれるだけでいいのに」と言って、怒りながら泣くのだ。でも僕はそんな役割はごめんだった。だから早々に我慢の限界に達して、そんな話は聞きたくない、と席を立つのだった。

集金してきたお金を数えているときも、母はよく愚痴をこぼした。自分の意志で保険に入ったくせに、毎月の集金に訪れると払ってくれない人がいるからだ。何度家を訪問しても、なんだかんだ理由をつけて「今度にしてくれ」と追い返される。「借金取りじゃあるまいし」とか、「三千円くらいのお金がどうして家にないもんかね」などとブツブツと文句を言った。母にしてみれば、意地悪をされているとしか思えなかったのだろう。実際にそうだったのかもしれない。この世のなかは、理由さえない悪意に満ちている気がした。

そんなとき母がよく口にしていたのが、「荒川のババア」の名前だった。「まったく、荒川のババアのやつときたら」などと口の悪い母はつぶやきながら、森永のココアの空き缶に入れた釣銭の小銭を数えていた。

ココアの空き缶の釣銭の金額が合わないので、母は何度も計算をし直していた。そのこともストレスだったのかもしれない。計算が合わないのはあたりまえだった。なぜならココアの空き缶から、僕がちょくちょく小銭をくすねて買い食いをしていたからだ。いつかバレると思っていたが、母は一度もそれを口にしなかった。

母を見ていると、仕事をする、あるいはお金を稼ぐというのは、嫌なことがつきまとうものなのだと知った。今は学校に通って、嫌々勉強をして、それが終わると、今度は嫌な思いをして働かなくてはならない。人間の一生なんて、ずいぶんと辛いことの連続じゃないか。いったいどこまで生きれば楽になれるのだろう。将来の希望なんて持てそうもなかった。

気を滅入らせる話は、それだけじゃなかった。家の隣には二階建ての古い木造アパートが建っていて、その二階の部屋には子連れの夫婦が住んでいた。ちょうど僕の部屋の北側の窓と、その子連れの夫婦の部屋の窓が同じ位置にあった。その窓の雨戸を僕はいつも閉めたままにしておいた。赤ちゃんの夜泣きがうるさかったからじゃない。夜になると酒を飲み始め、くどくど説教をたれ、遂には怒鳴りだす男の湿った声がたまらなく嫌だったのだ。たいていは赤ちゃんが泣き始め、奥さんが嗚咽《おえつ》を漏らしだし、延々と爛《ただ》れた男の声が続く。僕は布団のなかで耳を塞ぎ、あるいは「あう、あう、あう……」と自分の声を耳の奥にわざと反響させ、身体をまるめて夜が本来の静けさをとりもどすのを待った。

「今日こそは、お金をもらってくる」

そう言うと、母はその夜、自転車で「荒川のババア」の家に集金に向かった。だが、母はお金をもらうことも、家に帰ってくることもできなかった。「荒川のババア」の家に行く途中で、タクシーにはねられ、近くの病院に入院してしまったのだ。幸い命に別状はなかったけれど、大腿《だいたい》骨《こつ》にひびが入り、むち打ち症と診断された。

父親はその頃ビルマと呼ばれていた国へ出張中だったので、急遽《きゅうきょ》、母方の祖母が京都から家にやって来ることになった。祖母は七十歳を過ぎて腰が曲がっていたが、家事をちゃっちゃかとこなした。ただ祖母の作る食事は、魚料理や煮物が多く、味付けも関西風で馴染めなかった。

そんな暮らしが続いた影響もあったのかもしれない。生活のサイクルが狂ったせいか、僕は片頭痛に悩まされ、学校を何日か休んだ。夢のなかでの逃走劇にも疲れ果てていた。

そして僕の心に灰色に積った不満の塵《ちり》は、誕生日ケーキの蠟燭《ろうそく》の火を吹き消すようにして、一気に吹き上げられた。もうだれにも僕の感情に首輪を結び、手綱で抑えることはできなくなった。

もちろん僕自身にも……。

その日の夕方、買い物帰りの祖母が家の近くに差しかかると、動物の吠える声を聞いた。「いったいなんの鳴き声やろ?」と思って角を曲がると、その声は家に近づくにつれ次第に大きくなった。玄関の前に立つと、家の二階からその声が漏れていることに気づいた。遂に、孫の直樹がおかしくなった、祖母はそう思ったそうだ。

祖母は獣に気づかれないように家に入ると、一階のリビングで身を硬くして獣の叫び声が止むのを待った。よく聞けば、叫び声には意味のある言葉も混じっていた。「このやろー!」とか「ちくしょー!」とか「クソババア!」などである。祖母は決して二階の部屋には近寄らなかった。包丁やハサミや凶器となりそうなものを急いで仕舞い込んだ。

やがて獣の叫び声が収まってしばらくすると、階段を降りてきた僕がけろっとした顔をして、「おばあちゃん、メシはまだ?」と訊くのだった。「この子には悪魔でも乗り移っているかもしれへん」と本気で祖母は思ったそうだ。

自分のことを「クソババア!」と叫ばれていると勘違いした祖母は大きなショックを受け、翌日近所の病院に入院している自分の娘を訪ねた。「あの子は、精神病院に入れたほうが、ええのとちがうか?」。祖母は疲れた顔で打ち明けたらしい。

その後も僕は夕方になるとベッドの上で獣の声で叫ぶ日が続いた。毒が身体に回ったように、得体の知れないなにかに必死で抗《あらが》っていた。

やはりその日も、学校から帰るとベッドで眠りについた。しばらくは穏やかに眠っていたのだが、やがて頭のなかで地虫が鳴くような不快な音で目を覚ました。その邪悪な黒い音は、起きてからも鳴り止まなかった。眠りを中断され逆上した獣は、叫び声を上げると階段を踏み鳴らして地上に降りた。そして黒い音を発する忌まわしい装置を見つけると、それを鷲づかみにした。すると音は止み、装置は人間の言葉を話した。

「もしもし、荒川ですけど」

声が漏れてきた。「ずいぶん待たせるのね。お母さん、います？」

その気だるそうな声を聞いた瞬間に、「荒川のババア」の声だと気づいた。と、同時に叫んでいた。「うるせえーんだよ、このクソババア！」

獣と化した僕は叫び、受話器を叩きつけた。

隣のアパートからは、酒乱男の声が聞こえてきた。僕は自分の部屋の北側の雨戸を乱暴に開けると、「うるせーぞ、この酔っ払いオヤジ！　さっさと出てけ！」と晩酌をしている男を唐突に怒鳴りつけた。男は一瞬ぽかんと口を開いたあとで、窓を開けてこちらの部屋に飛び移ろうと身構えたので、慌てて雨戸を閉めた。

それから、一週間ほど学校を休んだ。

母がようやく退院し、祖母は新幹線で早々に京都へと帰って行った。事の顚末《てんまつ》を祖母から聞き出した母は、荒川のババアの家に謝りに走り、隣のアパートの酒乱男の部屋にも、自分が飲もうと買い置きしていたウイスキーを手土産《てみやげ》に謝罪に向かった。僕に一緒に付いてくるようには言わなかった。

相変わらず母は荒川のババアの愚痴をこぼし、ココアの空き缶の釣銭を何度も数え直し、隣のアパートでは酒を飲んだ男がネチネチと説教をたれていた。

――僕のいる世界は、いっこうに変わらなかった。

もうすぐ春休みを迎えようとしていた。進級すればクラス替えになる。その場合、僕を憎む野球部の連中と同じクラスになる可能性がある。それを考えるだけでうんざりした。このままではなにも変わらない気がした。なにか手を打たなければと思うが、よい手は見つからない。僕は布団のなかを熱いため息で満たして、身体をまるめてじっと動かなかった。土のなかのカナブンの幼虫のように……。


夕方、目を覚ますと、なぜだかそこに小島哲人の顔があった。

「大丈夫ですか?」

そう動いたテツガクの口のまわりの産毛には、うっすらと白い粉を吹いたような跡がついていた。こいつ、放課後に牛乳を飲んできたな、と思った。

「どうした?」

ベッドから身体を起こそうとすると、「無理しないでください」と止められた。枕もとには新刊のコミックが積まれている。どうやら土産に持参してくれたらしい。

「お見舞いにきました。さっきまでウメもいたんですけど、テレビが始まるって帰っちゃいました」

「そうか、カナブンは？」

あたりを見回すと、そこはいつもの自分の部屋だった。

「ニュースがあるんです」

テツガクの言葉にハッとした。自分がいないあいだに、カナブンが野球部の連中に攻撃を受けたと直感したからだ。ベッドに寝たまま首をがくりと後ろに折った。すまないことをしたと後悔し、目を閉じた。

「実はですね、昨日、カナブンが増田睦美に告白しました」

「えっ？」

「そしたら、なんと、オッケーらしいんですよ」

テツガクはくすくすと笑いを漏らした。

どういうことだよ、それ。人がこんなに塞ぎ込んでいるというのに、なにかあったんじゃないかと心配したのに、そんなことを、やつはしていたのか……。

「聞いてないよ」

思わず口を開いた。

それは本当だった。睦美はかわいい、とたしかにカナブンは言っていた。でも、睦美の話題が出たのは二回か三回の話だ。そこまで想っているとは気づかなかった。

「知らなかったですか？　ひょっとして、隠してたのかな……」

「どうして？」

「それは、直樹が真面目だから、言いにくかったんじゃないですか」

「真面目、……おれが？」

「そう思いますよ」

「おれには、秘密だったってことか……」

「『青春とは、はじめて秘密を持つ日』」

「また、それも、だれかの言葉か？」

「亀井勝一郎」とテツガクはつぶやいた。

「なにが、青春だよ」

僕は石ころでも蹴飛ばすように言った。

「それから、カナブンからの伝言です。『人生を楽しむには、だれかを好きになれ』ってことです。今日は睦美と一緒に帰るから、行けなくてごめんって言ってました」

「そうか……」

なんだか馬鹿馬鹿しくなってきた。

それから僕は、自分は病気なのだが実は病気ではないのだとテツガクに打ち明けた。いろいろと嫌なことがあって、学校に行きたくなくなったと話した。なぜだか自分より喧嘩の弱そうなテツガクには、自分の弱さをさらけ出すことができた。

「野球部をやめてから、それなりに毎日を過ごしてきたつもりだけど、でも、本当はするべきことがなくて、身体を持て余している気がする。おれには将来の夢どころか、目先の目標すらないことに気づいたんだ。なんだかさ、毎日が虚しいんだよ。ある意味、怖いというか……」

テツガクは黙ったまま聞いてくれた。

「野球部の連中にも、本当のところどうして憎まれているのかわからない。おれは野球がやりたかっただけなのに……。でも、たぶん原因があるんだろ。それにおれが気づいていないだけなのかもしれない。あんなに憎いんだぜ、おれのことが……」

ため息をつくと、窓ガラスが音を立てて揺れ始めた。自衛隊のヘリコプターが家の上空に差しかかったようだ。今日はやけに低空を飛んでいる。それに抗議するように家全体が戦慄《わなな》くように震えた。

「終わらせないとな。それには、戦うしかないような気がする。だけど、そこまでの勇気が本当にあるのかどうか。あのときだって、おれひとりだったら、どうなってたかなって思うよ」

「あのとき……」

とテツガクは言った。

「うん」

「あのとき、僕はなにもできませんでした。直樹とカナブンの後ろに隠れて、震えてました。正直、逃げ出そうかと思ったし、自分は関係ない、そういう素振りをしようかと思ってました。僕だって、カナブンやウメがあそこで逃げなかったから、たぶん一緒にいられたんだと思う。だからなんていうか、勇気っていうのは、ひとりだけで発揮できるもんじゃない、そういうふうにも思います」

「いいんだよ、そんなこと」

僕はもちろんテツガクを責めているわけではなかった。

するとテツガクは明るい声で言った。「ねえ、今度の日曜日、みんなで映画を観に行きませんか？」

「映画？」

「そうです」

「どこに？」

「千葉。千葉の京成サンセットで、面白そうな映画をやってるんです」

ふーん、と頭のなかで唸《うな》った。映画か……。

「カナブンとウメにも相談したんですよ。行く行くって、張り切ってました。ただ同じ日に京成ウエストでやってる『北京原人の逆襲』がいいって言うんですよ。だから、それには断固反対しました。同時上映が『カラテ大戦争』。そうしたらカナブンが、千葉セントラルでやっている『新・青い体験』はどうだろうって言い出して、なんだかあの人、最近ちょっと変ですよ。ウメはウメで、千葉劇場の『タワーリング・インフェルノ』が観たいと言い出すし……、まあ、ポール・ニューマン、スチーブ・マックイーン、フェイ・ダナウェイが主演ですから、もちろんこの映画は必見ですけど、実は僕、もう観ちゃったわけで……」

「で、いったいなにを観るんだよ？」

僕は口を挟んだ。

「そりゃあもう、『ボーイズ・ボーイズ』で決まりですよ」

そうテツガクは言った。

「『ボーイズ・ボーイズ』？」

「そうです」

「それって、面白いのか？」

「ええ、きっと気に入ると思います。アメリカ映画で、舞台はたしか西海岸のロサンゼルス」

「どんなストーリー？」

「ええと、まあ、僕らみたいな少年たちの話、とでもいいますか……」

「そうか！」

僕はベッドから起き上がった。海の向こうでは、僕らみたいな少年たちは、いったいどんなふうに毎日を送っているのだろう。なんだか知りたくなった。それに休みの日に友だちだけで千葉へ映画を観に行くというのは、小さな旅のようであり、冒険のような気がした。

「どうですか？」

テツガクは探るような目をした。

「うん。じゃあ、映画に行こう！」

僕は人間の声で叫んだ。

三月上旬の日曜日、最寄り駅の改札口前に午前九時に待ち合わせると、僕らは新しいステンレス車両の京成電車に揺られて、千葉まで映画を観に出かけた。僕とカナブンとウメとテツガクの四人だ。

乗り換え駅の津田沼が近くなると、停車駅を知らせる鼻にかかった車内放送の声を、ウメが真似して笑わせた。津田沼で跨線橋《こせんきょう》を渡って千葉線に乗り換えると、僕とカナブンはなにもつかまらずに電車の床に立ち、どちらが足の裏を離さずに我慢できるか競争した。電車は埋め立てられて遠くなった海に沿って南へ進んだ。カーブで大きく車両が傾くと、揺れた吊革が銀色のパイプに当たってカチカチと音を立てる。思わず僕はよろけてしまい、カナブンは勝ち誇った顔でにやけてみせた。

千葉駅が近づいた頃、調子に乗ったウメが車両の連結部分で遊んでいると、見知らぬおばさんに叱られた。そんな落ち着きのない僕らを、窓から射し込む陽だまりのシートに座ったテツガクが静かに笑いながら見ていた。

「ボーイズ・ボーイズ」という映画は当たりだった。すごく面白かった。主人公は僕らと同じ年頃の少年三人組、ケニーとダグとシャーマン。彼らは特別なことを成し遂げるわけではない。夜の道路に酔っ払いが倒れているように人形を置くいたずらをしたり、好きな女の子にドキドキしながら告白したり、鑑別所帰りの悪童ジョニーと対決したりする。決していいことばかりじゃなく、ときには憂鬱なことも起きる。それでも毎日を陽気に生きて乗り越えていく。まぶしい太陽の下で繰り広げられる冒険に満ちた彼らの日常には、最後までわくわくさせられた。

――映画っていいな。

しみじみと、そう思った。

強く印象に残ったのは、彼らの多種多様な遊びであり楽しみだ。アメリカンフットボール、フリスビー、手製のレーシング・カー、ハロウィンのお祭り、そしてなにより自由を象徴するようなスケートボード。大きな坂道を、風を切ってくだってくるケニーとダグの悠然《ゆうぜん》とした姿が目に焼き付いた。もちろん、それは銀幕の世界のことなのだけれど、こんなふうに過ごせたら愉快だろうな、とうらやましくなった。

帰りの電車で、隣に座ったテツガクは映画館で買ったパンフレットを開いた。テツガクは、監督のドン・コスカレリーが二十三歳の若さであることに感激し、自分もいつかこんな映画を撮ってみたいと興奮していた。

「あいつらさ、部活なんてあんのかな?」

ふと思って、僕は口を開いた。

「どうだろう、そんなものないみたいだったね」

テツガクはこたえた。

詳しいことはよくわからなかったけれど、彼らはなにかに縛られているようには見えなかった。退屈な日々の繰り返しではなく、ちがう毎日を生きているように映った。すごく自由に見えた。もちろん、それはフィクションと知ってはいたけれど、それでも憧れてしまった。

「デブのジョニーのやつ、憎たらしかったな」

カナブンは拳をふってみせる。

「マーシーって女の子、かわいかった……」

ウメは目を細くしてうっとりした表情を浮かべた。


翌日、僕は学校に行くことにした。

三月に入ったとはいえ、朝はまだまだ冷え込みが厳しく、ずっと眠っていたかったけれど、「えいやー!」と布団を蹴り飛ばし、起きあがった。

僕の暮らす地方都市の朝は、映画で見た陽光きらめく西海岸とはかなりの隔たりがあった。しかし僕らには僕らの現実の日常生活があるわけで、それからは逃れられない。いつまでも映画の余韻に浸っているだけでは、自分の世界の見え方は変わらない。でも僕は、人生を楽しくする方法は、なにも学校が与えてくれるもののなかだけにあるとは限らないことに気づいた。

僕は背中をまるめながらも、灰色の通学路を進んでいった。いつものことながら試練のようなボウリング坂に差しかかった。どんよりと曇った冬の終わりの空に、胴体の丸い輸送機がなにかの種子のように見える鼠《ねずみ》色の落下傘をばらまいていく。僕は坂道で立ち止まり、すべての落下傘が無事に開くのを見届けると、再び坂を歩き始めた。

春休み前に、カナブンが写真部の飯岡《いいおか》という同じ学年の生徒を殴った。現場となったのは学校近くの公園で、僕もその場にいた。元写真部のテツガクは常緑樹の生け垣の向こうに身を隠していた。飯岡は、カナブンの付き合いだした睦美の写真を撮ろうと、嫌がる彼女にしつこくカメラのレンズを向けた疑いがあった。

「だれに頼まれた？」

顔を押さえている飯岡の薄い胸板をカナブンが右手で突くと、あっさり白状した。飯岡が口にしたのは、意外な生徒の名前だった。

「一年B組の松尾《まつお》君です」

「松尾って、野球部のか？」

驚いた僕が訊くと、飯岡は救いを求めるような目をしてうなずいた。唇の裏側が切れたのか、前歯の隙間に血が滲んでいた。

松尾は野球部ではあまり目立たない生徒だ。でも、あの日僕を吊るし上げようとした集団のなかに、彼はいた。

「おまえ、金を受け取ったのか？」

「まだです……」

「それじゃあ、おまえが撮った写真とフィルムを全部持ってこい」

カナブンが胸倉をつかむと、飯岡は「わかりました」とうなだれた。

「松尾には、今日のことは言うなよ」

僕が付け加えると、飯岡は黙ったままうなずいた。

その帰り道、三人になるとテツガクが意見した。「こういうやり方は、うまくないよ」

「なにがだよ？」

興奮の冷めていないカナブンが睨んだ。

「暴力じゃ、なにも解決しないよ」

テツガクは努めて穏やかに話そうとしたが、カナブンに聞き入れる様子はなかった。

「じゃあ、どうしたら解決するって言うんだ。おまえみたいにコソコソ隠れていればいいのか？　方法があるなら教えてくれよ。こたえもないくせに、カッコつけたようなこと言うな」

カナブンの言葉に、テツガクは沈黙した。


次の日の放課後、カナブンは野球部の松尾を呼び出した。僕とカナブンは校舎の裏で、バケツに冷やした給食の余りの牛乳を飲みながら待っていた。カナブンは「これはおれの問題だから」と言って、テツガクやウメを誘わなかった。僕だけが立ち会うことになった。松尾は野球部の練習着に着替えてひとりでやってきた。

「なんの用？」

平静を装った松尾は、僕らのいる場所まで来ると、まず僕に顔を向けて言った。その善良そうな丸顔を見ると、なぜあの日あの場所にいたのか、問い質したくなった。でも、自分がみじめになるだけのような気がしてやめた。黙ったまま、立てた親指でカナブンを指した。松尾が顔を寄せるようにしてふり向くと、カナブンは口に含んでいた牛乳をその顔にふきつけた。

「ぶわっ！」

松尾は叫び、前かがみになって両手で顔を覆うと、カナブンにいきなり無防備の急所を蹴りつけられた。不意打ちといえたが、効果は抜群だった。喧嘩に卑怯もクソもない。それがカナブンのやり方だった。松尾は地面に倒れ込むと、ダンゴムシのようにまるくなって身を守ろうとした。

「増田睦美に、ちょっかいを出すな」

カナブンは低い声で警告し、松尾の返事がないとみると、革靴の先で太腿《ふともも》の側面を蹴りつけた。

「うっ」という短い悲鳴が聞こえた。僕はだれかが来ないか見張りをしながら、その様子を眺めていた。松尾は抵抗しなかった。写真部の飯岡に睦美の写真を頼んだことが表沙汰になるのを恐れたのかもしれない。「わかったから」と松尾は泣きそうな顔で言うと、急所を押さえて立ち上がった。カナブンの許しを得た松尾は、腕を組んだ僕の前を無言で通り過ぎていった。

一緒にいた僕は、これで野球部からますます反感を買う立場になるにちがいなかった。それならいっそ彼らに対して引くのではなく、攻めに転じることに決めた。その決意をカナブンに伝えると、「それがいい」と賛成してくれた。そして当然のようにカナブンは一緒に戦う意志を表明した。僕とカナブンは、野球部員に対して報復を加える作戦を考え、実行に移すことにした。

まず狙ったのは、僕の吊るし上げの首謀者のひとり、補欠組のなかで一番偉そうにしていた清宮だ。放課後、僕とカナブンは野球部の練習が終わるまで時間を潰し、ボールが見えなくなる頃に校門を出ると、少し先の暗がりで待ち伏せた。清宮は補欠の連中を引き連れるように先頭に立ち、ひとり声高になって歩いてきた。

しばらく夕闇に乗じてあとをつけると、清宮は仲間と別れてひとりになった。僕らは素早く距離を詰めた。清宮はすぐに僕らに気づいたが、それはそれで構わなかった。僕らの存在がわかるように咳払いをしたり、わざと空き缶を蹴飛ばして音を立てたりした。追われる恐怖というやつを、清宮にも味わわせてやることにした。

清宮は気づいているのに立ち止まらなかった。歩くスピードが速くなった。僕とカナブンは、清宮の靴の踵をいつでも後ろから踏める位置まで接近した。それでも清宮はふり返らなかった。

「やけに、急いでんな」

ひと気のない暗い通りに入ると、カナブンが清宮の耳元でささやいた。

清宮の両肩がびくりと反応した。そこで初めて清宮は立ち止まり、こちらを向いた。

「なんだよ？」

媚びるような笑みが貼りついた顔は、見苦しかった。

「なに、ニヤついてんだ？」

カナブンが言うと、「おまえらに関係ねぇだろ？」と清宮は鼻で笑うようにした。

清宮と目が合うと、僕は黙ったまま自分のカバンを足元に落とした。清宮の意識がカバンに振れた瞬間、固く結んだ右の拳でそのゆるんだ顔面を捉えた。ゴツンという、頬骨を捉えたたしかな手ごたえがあった。野球で鍛えている清宮は、後ろによろけたが倒れずに持ちこたえた。

「なんだ、てめえっ」

目をしばたたかせながら清宮が向かってきたので、胸倉をつかみ、額と額をくっつけるようにして睨みつけた。金色のボタンがひとつ飛んだ。

カナブンが清宮の後ろに素早く回り込むのが見えた。

「卑怯だぞ、ふたりがかりで……」

清宮の声が裏返った。

「なにが卑怯だ、大勢でやってきたのは、そっちのほうだろ」

カナブンは背中から吠えた。

「おれひとりで充分だ！」

僕は叫ぶと、清宮の胸倉を押しやって殴りかかった。清宮はカバンで顔を防御しようとしたが、構わずにその上からパンチを浴びせ続けた。何発か手ごたえがあった。清宮はよろめいて、ようやくカバンから手を離した。カナブンは靴の踵で、それを何度も踏みつけた。

「おら、どうした。こっちから、来てやったぞ」

後退する清宮の脚を薙《な》ぎ払うように、何度も回し蹴りを膝の裏側に打ちつけた。清宮は眉毛を八の字にゆがめて、あとずさりした。

「おまえ、相手をまちがえたな」

カナブンは嘲るように言った。

清宮の顔がゆがみ、喉がひゅーひゅーと嫌な音を立てた。

「謝れよ」

もう一度胸倉をつかんで揺さぶると、不意に清宮の目に涙が浮かんだ。

「謝れっ！」

右手の拳をふり上げ恫喝《どうかつ》すると、清宮は絞り出すような声で「すいませんでした」と言った。

「松尾、清宮……。次はだれにすっかな。おまえらが全員謝らない限り、戦いは続くかんな」

カナブンは清宮のカバンを拾い上げ、真っ暗な舗道の先に放り投げた。

しゃがみこんだ清宮を暗がりに置いて、僕らは歩き出した。

「次は、今関をやろう」

カナブンが言ったので、うなずいた。

今関は上背もあり、体格もいい。松尾や清宮のようにはいかないだろう。それでもあとに引くつもりはなかった。喧嘩は、背が高いから強いわけじゃない。カナブンを見ているとよくわかった。怒りの度合いが勝負には大きく左右する。それは特に喧嘩をする相手に対する感情でなくても構わない。沸騰した怒りで自分の制御をいったん解いて残酷にさえなれれば、人を殴ることは、そう難しいことではない。ためらいなく靴の裏で昆虫を踏み潰すことと似ている。

清宮を殴った拳がひりひりと痛んだ。カバンの上から殴ったときに金具で切ったのかもしれない。歩きながら何度も自分に言い聞かせた。こうするしかなかったのだ、と。悪いのは自分じゃない。種を蒔《ま》いたのは、あいつらだ。自分は悪くない。何度も心のなかでつぶやくと、少しだけ気持ちが楽になった。興奮は急速に汗と共に冷めた。今の自分の胸の内のような、ただ暗い帰り道をふたりで歩いた。

短い春休みが終わると、二年生となりクラス替えがあった。新しいクラスの教室に初めて入ると、教室にはカナブンとテツガクの姿があった。残念ながらウメとは別のクラスだった。三年に進級する際は、例年クラス替えはないので、クラスメイトとは卒業までの長い付き合いになる。

遅れて教室に入っていった僕に、すでに席に着いているテツガクが手をふった。教室の後ろのロッカーにもたれたカナブンは、なにか不満でもあるような憮然《ぶぜん》とした態度だった。その理由はすぐにわかった。教室の前の窓側にあるヒーターの近くに、野球部員が数人集まっていた。そのなかには僕らが次の標的に選んだ、今関の姿があった。

教室はざわついていた。早くも新しいグループ作りに躍起になっている女子のはしゃぐ声がうっとうしかった。担任は、僕が退部したバレーボール部の顧問の国重だったが、まだ姿を現していなかった。誕生日順に並んでいる自分の席の位置だけ確認して、カナブンのほうへ歩いていった。

「よっ」

カナブンが胸の前で小さく拳を握ってみせたので、自分の拳を軽く合わせた。

僕はカナブンと並んでロッカーにもたれて、教室を見渡した。野球部員は今関のほかに三人いた。ひとりを除いて、三人は僕の吊るし上げに参加した生徒だ。僕とカナブンは特に口をきくわけでもなく、その場所を動かなかった。何人かの知った顔から声をかけられた。

しばらくそうしていると、今関がこちらを見ているのに気がついた。目が合うと、今関はヒーターから気だるそうに腰を持ち上げ、机のあいだを縫うようにして、ゆっくりとこちらに向かって歩いてきた。大股で上履きを必要以上に外側にふるような、品のない歩き方だった。

僕は学生ズボンのポケットに突っこんでいた右手を抜くと、「ボーイズ・ボーイズ」を観た直後から伸ばし始めた髪の毛を指で後ろに撫でつけた。カナブンは唇を噛むようにして、ロッカーから背中を浮かせた。いつでも戦闘態勢に入れるよう心の準備をした。

一メートルほど離れて僕の正面に立った今関は、黙ったまま僕を見ていた。脂ぎった額には、いくつものにきびの爛れた痕があった。詰襟のホックを今日はきっちりとはめている。広くがっちりとした肩は、強肩を思わせ、充分に威圧感があった。僕は次期四番バッターの呼び声高い男の意識的に細められた目を、瞬きをせずに見つめ返した。今関も僕の目から視線を外さなかった。

教室の扉が開く音がすると、ざわめきが治まっていった。どうやら担任の国重の登場らしい。

不意に今関の口元に力を抜いた笑みが浮んだ。

「悪かったな……矢木」

五分刈りの頭を撫でまわすと、今関は言った。

黙ったまま僕は今関を見ていた。

「あのときは、悪かった。同じクラスだ……、よろしくな」

照れくさそうに今関がそう言ったので、僕は初めて瞬きをして、小さくうなずいた。

黒い大きな背中が、僕の前から去っていった。

「チェッ」というカナブンの小さな舌打ちが聞こえた。

「おい、さっさと席に着け」

教壇に立った国重は、愛想のない濁った声で言った。

僕と野球部との長い確執は、おそらくカナブンが舌打ちをしたその瞬間に幕を閉じた。カナブンは突然の戦闘の終結に不服そうだったけれど、僕はもう懲り懲りだった。こんなことは早く終わりにしたかった。

その後、今関と同じように何人かの野球部員が僕のところに謝りに来た。結局、よくわからなかったのだけれど、やりすぎた、と彼らは気づいたのかもしれない。僕は彼らを赦《ゆる》すことにした。殴った清宮には気の毒だったが、僕の示威《しい》行為はそれなりに効果があったような気もする。

長いあいだ霧のように立ち込めていた不快な薄い膜が僕の視界から消え去った。今関とは普通に口をきくようになり、しばらくすると友だちといえる関係にすらなった。多くの野球部員ともわだかまりなく話せるようになった。不思議なものだ。ただキツネ顔の鵜沢とだけは、いまだ和解することはなかった。

季節が本格的な春を迎え、僕の気分もゆるみだした。二年生になった僕のまわりでは、ほかにもいくつかの変化が起きていた。

「やっぱ、身体を動かしたくてさ、テニスをやることにした」

ウメは赤く染めた両頬を持ち上げるようにして笑うと、軟式テニス部に入部すると言った。

やつがそんなことを考えていたとは気づかなかった。ウメは新しい世界に飛び込むと、僕らから少しずつ離れていった。それはそれでしかたのないことだ。カナブンにしても睦美と一緒に帰る日が多くなり、必然的に僕はテツガクと過ごす時間が長くなった。学校の帰り道に彼の家へしょっちゅう寄るようになった。

僕が塞ぎ込んでいた頃、「人生を楽しむには、だれかを好きになれ」というカナブンの伝言を受け取った。だからというわけではないけれど、僕にも気になる女の子ができた。新しいクラスの最初の席替えで隣になった村瀬《むらせ》晶子《あきこ》だ。社会の授業で地図帳を忘れたときに、頼んでもいないのに見せてくれた。彼女は黙ったまま自分の地図帳を半分だけ僕の机の上に侵入させてきた。横を見ると、なぜだかすまなそうな顔をしていた。

村瀬は髪がきれいだった。他人の髪の毛を美しい、と感じることなど、それまでの僕には経験がなかった。僕にとって、髪の毛は頭部に生えている毛でしかなかった。それに別の意味を持たせたのは、村瀬晶子が最初だった。彼女は僕と同じ帰宅部だった。

彼女は目鼻立ちが整っているのだが、そのすべてが控えめだった。目は一重で、鼻は高くなく、唇が薄く、耳たぶは小さかった。性格も同様に控えめで、声は小さく、大きな声を上げることなどなかった。隣に座っていたが、ほとんど口をきかなかった。

僕は密かに彼女を見るようになった。彼女の横顔をなにげなく見たり、教科書を持つ指の爪の形を見たり、スカートにできた皺を見たりした。もちろん春の柔らかな陽に艶《つや》やかに輝く、くせのない黒髪を見ることも忘れなかった。

掃除の時間には、男子も女子も、頭に三角巾を被るのが決まりになっていた。村瀬晶子の三角巾は、あざやかなやさしい緑色をしていた。その色をなんと呼べばいいのか、僕は知らなかった。黙々と掃除をする彼女の姿を、僕はいつしか目で追うようになっていた。掃除中に彼女を捜すとき、いつもその三角巾の色で彼女の居場所をたしかめた。彼女の三角巾の色もまた、僕のなかでは特別な色として記憶に刻まれた。

久しぶりにカナブンがテツガクの部屋にやってきたとき、女の子と付き合う、とはどういうことなのか訊いてみた。

「直樹、遂に好きな子でもできたか?」

カナブンは寝転がってマンガの週刊誌を読みながら、鋭いことを言った。

「そうじゃないけど……」

僕は頬の火照《ほて》りを気取《けど》られないように、雑誌のアイドルのグラビアに顔を伏せた。

「そうだな、付き合うっていっても、おれたちの場合、一緒に下校しながらいろんな話をするくらいかな」

「いろんな話って？」

「たとえば、直樹とかテツガクのこととかさ」

「なんだよ、それ。意味ねーじゃん。自分のことを話せよ」

僕は笑ってやった。

「まあな。それから夜になると、電話をかけ合うとかさ。最近、交換日記をすることになった」

それを聞いて、黙りこんでいたテツガクが「プッ」とふきだした。

「笑うな。しかたないだろ、女はそういうのが好きなんだよ」

「日記にカナブンは、なにを書くわけ？」

「そりゃあ、いろいろだよ。今日の夕飯はコロッケだったとか、母ちゃんと姉ちゃんが喧嘩をした、とかさ」

僕とテツガクは一緒に笑った。

「そういえば、カナブンの姉ちゃん、どうしてる？」

僕は最近会っていない美幸さんのことを訊いた。

「短大に合格したよ。保母さんの資格を取るらしい」

「そうか、よかったな」

「まあね。でも、最近、姉貴も変わったよ」

「なにが?」

僕が訊くと、カナブンは曖昧に笑ってごまかしたので、その話はそれっきり終わってしまった。

「夏休みに、睦美と旅行に行こうと思うんだ」

カナブンは急にそんなことを言い出した。

「睦美ちゃんと旅行って、まさか泊まり?」

「テツガクは、やっぱエッチだなぁ」

カナブンはにやけたあとで、ため息をついた。「あいつ、あんまり家にいたくないみたいでさ。親がいろいろ、うるさいらしいんだよ。テストの成績のこととか、服装のこととか……。交換日記にしたのも、本当は電話をかけにくくなったせいもあるんだ」

「へえ」

テツガクは意外そうな声を漏らした。「恋するふたりにも、悩みはあるってわけだ」

「あたりまえだろ」

カナブンは眉毛を段ちがいにするようにして言った。

「ところでさ、うちのクラスで人気のある女子って、だれなの?」

たいして興味なさそうな素振りで、僕は訊いてみた。

「うちのクラス、たいしていいのいないよな」とカナブンはそっ気なかった。

「まあ、秋吉《あきよし》美里《みさと》、中原《なかはら》優香《ゆうか》くらいかな。坂本さんも性格的には好印象だけど」

テツガクはすらすらと名前を挙げた。

僕の気になっている村瀬晶子の名前は入ってなかった。喜ぶべきなのか、悲しむべきなのか。彼女の人気がないこと自体は残念だった。でも村瀬が男子にもてはやされている場面など見たくなかった。僕は彼女に告白するつもりなどなかったけれど、そう思った。ただ自分には、女の子を見る目がないのかもしれないと不安になった。いやいや、そうではなくて、彼女のよさに気づいているのは自分しかいないのだ。そう考えることにした。

たしかに村瀬晶子には、人気者の桐原瞳のような華やかさはない。どちらかといえば、ひっそりと野に咲く花のようなタイプだ。女子のなかの中心的グループからは大きく外れている。そういう自分だって、カナブンと一緒にちょっといかれた帰宅部というレッテルを貼られているにちがいない。生活態度はかなり問題あり、と目されている半端者だ。いずれにしても村瀬と自分との接点など、どこにも見当たらなかった。

「じゃあ、キスもしていないんだ？」

テツガクが突然そう言ったので、僕は「あたりまえだろ」と口走ってしまった。

「え？」

唖然とするテツガク。

「ああ、してないよ」

カナブンがこたえてくれたので、ホッと胸を撫でおろした。

「あいつ、本当はすごくさびしがり屋なんだよ」

「ふーん」

僕があまり興味なさそうに鼻を鳴らすと、部屋には沈黙が訪れた。カナブンと僕はマンガ、テツガクは「春の新製品特集」と大きく表紙に打たれた映像制作の情報誌を読みだした。テツガクは来月の誕生日に8ミリカメラを買ってもらう計画を立てていた。

うっとうしい梅雨が明けると、学校は夏休みに入った。早くも暇を持て余し始めた八月最初の日曜日、僕はテツガクの家を訪れた。

ビリー・ジョエルの曲が流れる部屋で、彼が誕生日に買ってもらった最新式の軽量タイプの8ミリカメラで撮影した映像を見た。テツガクはカメラをスチールから8ミリに持ち替えたわけだが、彼のレンズは相変わらず人に向けられていなかった。

それは「犬の散歩」というタイトルの一風変わった作品で、カメラは犬の目線となって、夕暮れの街を移動していく。アスファルトに張りついた化石のようなガム、蟻《あり》に引かれていくキリギリス、ぺしゃんこになった清涼飲料水の缶などの上を、なめるようにカメラは通り過ぎていく。特になにが起きるわけでもなく、散歩は終わる。

僕が黙っていると、テツガクは特に感想を求めなかった。

映像に少し酔ってしまった僕は、テツガクの部屋の二階の窓から庭を眺めた。隣家との境にある高いコンクリートの壁をアゲハ蝶《ちょう》が物ともせずに越えて来ると、芝生をひらひらと横切っていった。ガレージにはクリーム色のまるい屋根のフォルクスワーゲン・ビートルが一台だけ停まっていた。そのいつも同じ位置に鎮座《ちんざ》する車のバンパーの日陰で、ふわふわとなにかが僕を誘うように揺れていた。目を凝らすと、それは犬のクーンの尻尾だとわかった。どうやらこの暑さのせいでボンネットの下に潜《もぐ》り込んでいるらしい。

「ねえ、今日は、お母さんは？」

空はよく晴れているのに、なにひとつ干されていない物干し台を見つめながら訊ねた。

「ああ、いないよ」

テツガクはなにげなくこたえた。

「お父さんは仕事？」

「いや、いない。ふたりとも、ここには住んでいないんだ」

テツガクは映画雑誌に視線を落したまま早口になった。そういえばこの家で一度もテツガクの両親と顔を合わせたことはなかった。

「そうなんだ……」

少し伸びすぎた庭の芝生を見つめた。

「僕は、じいさんに育てられたんだ」

テツガクが祖父でもなく、おじいちゃんでもなく、新しい呼び名を使ったので口元がゆるんだ。テツガクのおじいさんは、家で何度か見かけたことがある。背の高い髪の白い紳士だ。山羊のような顎鬚《あごひげ》を伸ばしている。でも、話をしたことはなかった。

「じゃあ、おばあちゃんは？」

「ばあさんは、もうお陀仏《だぶつ》だよ」

テツガクは乾いた音を立てて雑誌のページをめくった。

「そっか……」

僕は日陰で揺れている犬の尻尾が気になった。こんな大きな家にテツガクはおじいさんとふたりきりで住んでいるんだなあ、と感心した。それ以上詳しい事情は訊かなかった。

「なあ、たまには、外で遊ばない？」

僕が誘うと、「いいよ」と言ってテツガクは顔を上げた。

僕とテツガクは庭に出ると、芝生の上でキャッチボールを始めた。ボールは庭に落ちていた古いテニスボール。途中からクーンも参加した。テツガクがボールを後ろに逸《そ》らすと、クーンが待ってましたとばかりに興奮してボールを追いかけるのが面白かった。小一時間もするとTシャツにうっすらと汗をかき、飽きてしまった。

ガレージの屋根の日陰に入ると、今度はサッカーをやった。ボールはテニスボールを使ったのでなかなか難しかった。ほかにボールはないのか訊くと、テニスボール自体自分のものではないと言われた。どうやら持ち主はクーンらしかった。ボールどころかグローブもバットもテツガクは持っていなかった。

ガレージの奥には、いろいろなガラクタが置いてあった。実は車自体がガラクタで、もう何年も動かしていないという話だった。「きっとじいさんは乗り方を忘れたんだ。そういう意味では、じいさん自身がすでにガラクタに近いよ」とテツガクは笑ったけれど、そのおじいさんにもしものことがあったらどうする気だろう、と心配になった。

古いタイヤや錆びたチェーン、使わなくなった石油ストーブ、蓋の壊れた工具箱、空っぽの立派な水槽、そんなものがコンクリートの壁に寄せて積まれていた。そのなかから懐かしいお宝を発見した。

「これって、使えるかな?」

僕が取り出したのはローラースケートだった。鋼鉄のシャーシーに四つの黒い合成樹脂の車輪が付いていている。爪先の下の部分にあるのは、ブレーキの役目をする赤いゴム製のストッパーだ。靴を履いたままシャーシーに乗せてベルトで固定する古いタイプで、裏側のネジで調節すればシャーシーの長さを自分の履いている靴に合わせることができる。四輪なので安定感があり、僕も小学校の低学年の頃によく遊んだ覚えがあった。

「ほとんど使ってないけど、もう錆びてるでしょ?」

テツガクは車のバンパーに腰掛けて言った。

「本当だね、それにベルトが腐りかけてる」

僕はガレージのコンクリートに胡坐《あぐら》をかいた。クーンの抜け毛が、毛玉のように集まって風に吹かれて行ったり来たりしていた。

「ねえ、モンキーレンチある?」

「モンキーレンチ? どれのこと?」

テツガクは蓋の壊れた工具箱を引きずってきた。

「これだよ」

僕は回すボルトによって顎のサイズを変えられるレンチを取り出した。銀色にメッキされたその工具はひんやりとして、心地よい重さだった。

「これ、分解してもいいかな？」

「どうぞご自由に。もう捨てるものだし」

テツガクは近くに座って、僕の作業を興味深そうに眺めていた。

僕はローラースケートを分解し始めた。裏側にある六角ナットをモンキーレンチでゆるめ、サイズが最大幅になるようにシャーシーを広げてみた。二十五センチくらいの靴までならなんとか収まりそうだった。さらに六角ナットをゆるめていき、ボルトをネジ穴から完全に抜き取ると、スライド式のシャーシーは予想通り前輪部分と後輪部分のふたつに分かれた。それらについているベルトや金具をすべて取り外した。

「いったいなにをやろうっていうんだい？」

テツガクに訊かれたが黙っていた。自然と自分の口元がゆるむのを意識した。

「ノコギリとトンカチはある？」

「えーと、あるよ」

「釘《くぎ》はどう？」

「ちょっと待って」

テツガクは埃《ほこり》だらけの工具箱を漁《あさ》った。「このサイズでどうかな?」

「もう少し太くて、長いのがいい」

「じゃあ、こっちは?」

「いいね、それを十本くらい用意してよ」

「オーケー」

テツガクもコンクリートに座り込んだ。クーンは日陰に寝そべって、赤い舌を前後に揺らしながら目を閉じていた。ジェット機がひこうき雲を引きながら、唸るような低い音を立てて遥か上空を通り過ぎていく。どこかの家の軒先に吊るされた風鈴の音が聞こえた。

「ねえ、この家に、使っていい木材はあるかな?」

僕が訊くと、テツガクは申し訳なさそうに首を横にふった。

「じゃあ、近くに家を建てているところって、ない?」

「建築中の家ってことなら、この先に一軒あったはずだよ」

「よし、そこに行ってみよう!」

さっそくテツガクの案内で家の前のゆるやかな坂道をのぼって、その建築現場へ向かった。

日曜日のせいか大工さんの姿はなく、トンカチで釘を叩く音や、ノコギリを引く音は聞こえてこなかった。まだ基礎に柱を建てただけの状態の家は、組まれた仮設の足場に沿ってブルーシートで半分覆われていた。僕はその覆いのなかに入り込んで落ちている木切れを物色した。三センチほどの厚みのあるイメージに合う木片をいくつか拾うと、ガレージにもどっていった。

拾ってきた木片をノコギリで切断し、長さ約七十センチ、幅約二十センチの長方形の板に整えた。さらに板の片方の端がV形になるようにノコギリを当てた。そして先端がV形になった板の前の部分に分解したローラースケートの前輪を釘で打ち付けた。

「わかった！」

そこで初めてテツガクは気がついたようだ。僕がいったいなにを作ろうとしているのか。

僕は笑い返しながら、後輪部分を板の後ろのほうに取り付けた。

「完成！」

僕が叫ぶと、犬のクーンが驚いて顔を上げた。

一階のリビングのサッシの近くにテツガクのおじいさんが立って、こっちを見ていた。僕らが見ると、おじいさんはレースのカーテンの奥にすっと消えた。

「すごいよ、直樹！」

テツガクはそう言ってくれたが、知らない人間が見れば、それは前後に車輪の付いた板きれにしか見えなかったかもしれない。僕が思いつきで作ってみたのは、春に映画で見たあの乗り物だった。

——スケートボード。

まだ本物を手にとったことはなかったので、手探りで作った。

「ちょっと、乗ってみようぜ」

テツガクが言ったとき、玄関のドアが薄く開いておじいさんが顔を出した。

僕が軽く頭を下げると、テツガクを手招いた。テツガクが走り寄ると、おじいさんはなにかを手渡してすぐに家に引っ込んでしまった。

もどってきたテツガクの手には、埃まみれのオイル差しがあった。

「君に渡せば、きっとわかるって？」

テツガクは不思議そうな顔をしていた。

「おまえのおじいさん、なかなかやるじゃん！」

僕は言うと、板に取り付けた四つの車輪のベアリングにオイルを差した。手のひらで車輪を弾《はじ》くように回すと、錆びついてジャリジャリと鳴っていた音がシャリシャリに変わっていった。車輪は滑らかに回り出した。

僕らはガレージにある犬小屋を隅っこに移すと、手作りのスケートボードを試した。乗り心地はザラザラとしていたが、スケートボードに乗ること自体初めてだったので、よいも悪いもなかった。それよりも自分の手で作ったスケートボードに乗った喜びのほうが大きかった。

おそらく、東京や千葉まで足を延ばせば本物のスケートボードは売っていたと思う。でも、作るという選択をしたのは、きっとそれが僕にとってあたりまえの行為だったからだ。サンダース軍曹の持っていたトンプソン・サブマシンガンや、ブルース・リーのヌンチャクをかつて自分で作ったように……。

「いい感じ！」

僕が言うと、「乗せてくれよ！」とテツガクがせがんだ。

元々ローラースケートの車輪の幅が狭いせいか、ボードはぐらぐらした。左足をボードの上に乗せ、ゆっくりと右足でこぐ。スピードがついたら、左足のやや後方に右足を乗せバランスをとるように両手を広げる。すぐにガレージの端に到達してしまうのだが、飽きなかった。僕らは交代で手作りのスケートボードで滑った。いつのまにかリビングのサッシの前におじいさんが立ってこちらを見ていた。その顔は笑っているように見えた。

次の日、テツガクの家へ行ってみると、驚いたことにスケートボードが二台に増えていた。それからボードの上に手袋がふたつ置いてあった。

「あれから、僕も作ってみたんだ」

テツガクは得意そうに言った。使わなくなった一足のローラースケートは、二台のスケートボードに変身した。手袋はテツガクのおじいさんが用意してくれたものだった。

テツガクのボードは、僕の作ったものよりも足を乗せるデッキの幅がやや広く、その分不格好ではあったが、安定感はよさそうだった。これで交代して乗る必要がなくなったわけだ。僕らはガレージで思う存分遊んだ。

滑り疲れて休憩すると、お互い競うようにしてデッキの先端を馬蹄《ばてい》形に整えたり、紙やすりで角を擦ったりした。デッキのささくれ立った部分が丸味を帯びてくると、なんだか愛着が増すような気がした。

「うちの両親はさ、僕が小さい頃に別れたんだ。いわゆる離婚だよね」

紙やすりを動かす手を止めずにテツガクは話した。僕がなにかを彼に訊ねたわけではなかった。

「父親がさ、怒りっぽい人でね。母親はすごくだらしない人だった。お互いに非があるのに、夜になると何度も喧嘩をしてね。最後には、父さんが母さんを叩くんだ。『おまえが悪い、こうして暴力をふるう原因も、おまえが作っているんだ』ってね。母さんは、たしかにだらしなかったから、僕にもそう思えたこともあった。でもね、なにも変わらなかった。父さんは、きっと今でも怒りっぽいし、母さんは、きっとだらしないよ。暴力じゃ、なにも解決しないんだよ」

僕は黙って彼の話を聞いた。離婚した両親は、どちらも仕事を持っていて、ひとり息子の彼を育てる意志を示さなかった。しかたなく、テツガクは母親の両親に引き取られることになった。

やがてテツガクの母方の祖母が亡くなると、祖父とのふたりだけの生活になった。

ひとりぼっちのテツガクはおじいさんに支えられて生きてきた。休みの日には一緒に映画を観に行った。犬を飼うことも許してくれた。カメラを教えてくれたのもおじいさんだった。テツガクはおじいさんに全幅の信頼を寄せているようだった。

今でも母親だけはときどき会いに来る。そのときテツガクは、自分のほしい物のリストを紙に書いて渡す。次に来るときまでに母親はそれらを買い集めて持ってくる。そういう関係らしい。

「ねえ、人を殴るって、どんな感じ？　気持ちいいかい？　スカッとする？」

テツガクは素朴な疑問を口にするように言った。

僕は少し考えたがこたえられなかった。あまり思い出したい場面でもなかった。

「いい子ぶるわけじゃないけど、僕は人を殴れない。一度殴ったら、きっとやめられなくなるような気がするんだ」

「殴ったあとで、ずっと気になるよ」

僕の言葉に、「本当は、殴りたいわけじゃないんだね」となんだか悔しそうにテツガクは言った。

「殴る方法しか、そのとき思いつかないんだよ」

僕は思ったことを口にした。

去年の夏休み、僕はカナブンの家に泊まった。集合住宅の質素な家だった。そのときは父親のいない家庭で暮らすカナブンのことを、どこかで気の毒に思った。でも、テツガクの話を聞いて、立派な邸《やしき》に住み、贅沢《ぜいたく》な生活を送っているように見える彼に対しても同じような感情を抱いた。

だけど、そのことは口に出すべきことではなく、そんなふうに思うべきでもないような気がした。僕はどこかで自分のことを、つまらないという意味を込めて「普通」だと思っていた。でも、もし自分に「普通」というメモリを与えるとすれば、「普通」というのも案外難しいのかもしれないと思った。そしてそんな尺度には、意味なんてないことを知った。

「ねえ、ボードに名前をつけないか?」

急に思いついたようにテツガクが言いだした。

「名前？」

「うん、僕のボードは、『ボーイズ1号』という名前にする」

「じゃあ、おれのは『ボーイズ2号』か？」

ちょっと不服そうな声になった。

「直樹の好きな名前をつければいいよ」

「わかった、考えてみるよ」

僕はこたえると、すべすべになったデッキの表面を撫でた。

「喉が渇いたから、家でなにか飲もう」

テツガクはそう言うと立ち上がった。

「ねえ、これ、自分の家に持って帰ってもいいかな？」

僕はスケートボードを胸に抱いて訊いてみた。

「もちろんさ、君のじゃないか」

テツガクは口元をほころばせると、そう言ってくれた。

テツガクの部屋で自分の家で飲む二倍の濃さはある、おじいさんが作ってくれた贅沢なカルピスを飲みながらレコードを聴いた。ボズ・スキャッグスの「ウィ・アー・オール・アローン」を聴いていると、なんとなくテツガクに自分の秘密を打ち明けたくなった。自分だけ、彼の秘密を知っているのはフェアじゃない気がした。僕は好きな子ができたことを打ち明けた。

「へー、直樹も、やっとか」

そう言われた。「いったいだれだよ？」

テツガクは軽い調子で訊いてきたけれど、それ以上話すつもりはなかった。

「同じクラスの子だろ？」

「どうして？」

「それくらいわかるさ。当ててみようか？」

テツガクは銀縁メガネの奥の目を光らせるように言ったが、僕はこたえなかった。でも、わかるわけがない。そう思った。

「名前を言ってもいいかい？」

しつこいので、「一回だけだぞ。たぶん外れるよ」と僕はこたえた。

「そうかな」

「じゃあ、言ってみろよ」

僕は彼を見ないで言った。

「ム　ラ　セ　ア　キ　コ」

テツガクの間延びさせた声が聞こえた。

——村瀬晶子。

僕はなにも言えずに笑ってしまった。

「どうだい？」

「どうして、わかった？」

こうすんなり当てられてしまうと、白状するしかなかった。

「なんとなく、わかったんだ。直樹の好みじゃないかなって。村瀬さん、いいよね。とてもお淑《しと》やかな人だ」

「おまえはだれなの？」

僕が訊くと、テツガクは口元に笑みを浮かべたまま首を弱くふった。

「ずるいぞ、絶対に教えろよ」

僕はテツガクの足をつかんで四の字固めを掛けようとした。

「本当なんだよ。かわいいと思っても、好きにはなれないんだ。なんだか怖いんだよ、真剣に人を好きになるってことが……」

テツガクは身体をのけ反《ぞ》らせながら、すまなそうな暗い顔をした。

その日の夜、僕はベッドに入るとラジオを聴きながら自分のスケートボードの名前を考えた。最初はテツガクの「ボーイズ1号」に対抗して、もっとカッコいい名前をつけようと頭をひねった。でも、そのうちになぜだか村瀬晶子の姿が頭に浮かんできた。村瀬は、すべての椅子をひっくり返して机に載せた教室にひとりぼっちでいた。黙々と教室の窓ガラスを真新しい雑巾で拭いていた。彼女の動きに合わせて、あざやかな緑色の三角巾が揺れている……。

――グリーン・トライアングル。

僕は暗闇でひとり微笑むと、緑色の渦のなかに吸い込まれるように眠りに落ちていった。

お盆休みが明けると、再びテツガクの家へ行った。彼の「ボーイズ1号」は大変なことになっていた。

「いったいどうしたの、これ？」

「ペイントしたんだよ。いかすだろ？」

テツガクのボードの表面には、派手な彩色が施されていた。下地を黒で塗られたデッキの表面には、ノーズからテールにかけて銀色の稲妻が走っていた。その上に、赤や青や白のペイントが横殴りの雨のように飛び散っている。「ボーイズ1号」は、ずいぶんと過激なボードに様変わりしていた。見た目には、建築現場で拾ってきた木片には見えない出来栄えだった。プラモデル用の余っていた塗料を使ったそうだ。

手作りのスケートボードに、テツガクが愛情を注いでいることがわかってうれしかった。テツガクは母親に頼めばいつでも好きなものを買ってきてもらえる、と言っていた。そうであれば、それこそ最新型のスケートボードにしたって、きっと手に入ったのではなかろうか。

僕はテツガクに頼んで緑色のラッカー塗料を借りた。そして自分の右足と左足を乗せるデッキの部分に緑色の三角形をふたつ描いた。その緑色は微妙にあの色とは異なっていたけれど……。

「なんだい、それ？」

テツガクに訊かれた。

「グリーン・トライアングル・スペシャルだ」

僕がボードに命名すると、テツガクは首をかしげていた。

その日、僕らは遂にガレージから飛び出した。家の前のなだらかな坂道で初めてスケートボードを試してみることにした。

幸いテツガクの家の前の通りは、住宅地のせいか車はたまにしか走ってこない。道幅もそれなりに広く、きれいに舗装されている。坂の傾斜はボードに両足を乗せると、ゆるゆると加速していく程度だ。足でこげば、それなりにスピードが出る。道路は十五メートルくらい先で丁字路になっている。丁字路で出合い頭に車とぶつかる危険性があったので、ひとりが坂の下で見張りにつき、交代で滑ることにした。僕らはテツガクのおじいさんにもらった手袋を両手にはめた。

テツガクの家の前からゴールの丁字路の地点まで、途中で足を着かずに降りることを目標にした。でも、どうしても僕のボードは左へ、テツガクのボードは右へカーブを描いてしまう。不思議に思って、ふたりで焼けたアスファルトに腰をおろしボードを裏返してみた。なるほど僕の車輪は左に、テツガクの車輪は右に、微妙に曲がって取り付けられていることが判明した。しかし釘で打ちつけた車輪を外して付け直すのは、難しそうだった。

そのとき自分たちのスケートボードの致命的な欠陥に気づいた。僕らの作ったスケートボードは、そもそも曲がれないのだ。映画で見た本物のスケートボードは、ケニーが体重を左に掛ければ左へ、右に掛ければ右に曲がるように操作できた。左右に身体を揺するようにすれば、スラロームだってこなせるだろう。おそらく車軸がそういう構造になっているからだ。ローラースケートを分解した車輪を長方形の板に取り付けただけでは、あたりまえだけれど本物のスケートボードにはならないのだ。

でも、だからといって、あきらめたくなかった。僕は何度もチャレンジを続けた。ボードが左に曲がってしまったら、重心を後ろに少し掛けてボードの先端を浮かす。その瞬間にボードを素早く右にスライドさせ、方向を修正する技に取り組むことにした。

最初は後ろに重心を掛けすぎて、ボードだけが前にすっ飛んでしまった。バランスを崩して転んだこともあった。アスファルトに手をついたけれど、手袋のおかげで怪我をしないで済んだ。何度か繰り返すうちに、少しずつ感覚をつかめるようになっていった。

そして遂に、僕は一度も足を地面に着けずに、丁字路の突きあたりまで自分のボードで滑降することに成功した。

「やったぜ！」

僕は拳を突き上げて叫んだ。

すると坂の上にテツガクのおじいさんが立っていて、僕に向かってガッツポーズをしてみせた。あっけにとられていると、おじいさんはくるりと背を向けて家にもどっていった。

「さすが、直樹。やっぱり、運動神経がちがうよ」

あきらめ顔でテツガクは言った。

「大丈夫、きっとできるようになるさ」

僕が励ますと、テツガクは両手を持ち上げるポーズをとった。

「がんばれよ」

僕が睨むと、「いいことを思いついたんだ」と言って、テツガクはボードを抱えて坂を駆け足でのぼりだした。

どうやらテツガクには難しいようだった。運動が苦手なせいか、どうしても及び腰になる。言ってみれば、思い切りが悪いのだ……。この夏はあまり会っていないカナブンのことを考えていた。あいつなら、きっとうまく乗りこなすだろうに……。今頃いったいなにをやっているのだろう。そんなことを雲ひとつない夏空を仰ぎながら思った。

家に帰ったテツガクが坂道にもどってきたときには、彼の手に派手な「ボーイズ1号」の姿はなかった。代わりに、8ミリカメラと三脚が握られていた。

やれやれ、と思いながら、僕は「グリーン・トライアングル・スペシャル」を抱えて、ゆっくりと坂をのぼった。


夏休みが終わり、新学期が始まると、席替えがあった。隣だった村瀬晶子とは残念ながら離れてしまった。村瀬は教室の窓側の一番前の席。僕は廊下側の一番後ろの席。まるで神様のいたずらのように、今度は一番遠くになった。

これまではあまりにも近すぎて、彼女のことを長く見ることができなかった。今度の席からなら黒板を見るふりをして、左のほうに視線を流せば、望むだけ眺めることができた。だからそれはそれでよかったのかもしれない。

最近、テツガクはスケートボードに飽きてしまった様子だ。8ミリの撮影や編集に夢中になっている。しかたなく、僕はひとりで近所の坂道で滑るようになった。道幅が狭く、斜面も急なのでなかなか難しい。それでも始めた頃に比べれば、かなり上達した。体重を後ろに掛けてノーズを上げ、テールでブレーキをかける技。同じようにノーズを上げて百八十度ターンする技も習得した。

スケートボードはだれかと競うわけではない。けれど身体を使って楽しいというたしかな実感があった。

放課後の教室にテツガクと一緒に残っていた。テツガクはカバンに忍ばせた8ミリカメラを僕に見せると、「映画を撮る」となぜだか妙に真剣な顔をして宣言した。

「映画って、どんな?」

「今しか撮れない作品だよ。僕らの今を記録しておくんだ」

「なんのために?」

「理由なんかないさ」

テツガクは言った。「初めて、人物を撮る気になった。こないだ直樹がいい顔をしてスケボーで坂道をくだってくるのを見て、決めたんだ」

「ふーん。でも、おれたちの今なんて、つまんないだろ？」

「面白いと思えるものに目を向けるんだよ。それに自分たちで面白くしなくちゃ」

「ずいぶん前向きなんだな」

僕は小さく笑った。

「協力してくれる？」

「まあ、いいけど」

僕の言葉に、テツガクはうれしそうにうなずいた。

その話をした日、僕とテツガクは下校中にさっそく撮影に取り組むべき場面に遭遇した。テツガクは、最初は乗り気ではなかった。「やっぱり、まずいよ」と渋い顔をしたけれど、「構わないよ、面白そうなものを撮るんだろ」と僕が言うと、その気になったらしい。僕らの前には、増田睦美と一緒に歩いている、やけに真面目くさった顔をしたカナブンの姿があった。

カナブンと睦美は、夏休みに計画していた旅行にふたりで出かけた。行先は南房総の勝山《かつやま》という海水浴場。映画を観に行った千葉よりも、もっとずっと遠くだ。京成電車だけではたどり着けない。千葉で内房線に乗り換え、ひたすら東京湾に沿って南へくだる。

「そこまで行けば、きれいな海がある」

テツガクはカナブンにそう教えた。そこはテツガクが小さい頃に、まだ仲の良かった両親と一緒に夏休みに出かけた想い出の海ということだった。

カナブンと睦美は海水浴場に到着し水着に着替えると、思いっきり海で遊んだ。昼になると睦美の手作りのお弁当を食べて、午後からは砂浜で肌を焼き、それにも飽きると水中メガネを着けて沖の岩場まで泳いだ。

帰りは安房《あわ》勝山駅午後三時三十五分発の千葉行に乗る予定だった。時刻表を読めないカナブンにテツガクが教えてやった。テツガクはその電車に乗り遅れると、次の電車は約一時間後までないと注意した。でも、ふたりは楽しさのあまり時間を忘れてしまった。気づいたときには、すでに電車の発車時刻が迫っていた。

カナブンは急いで睦美と海から上がった。でも、睦美が「帰りたくない。海に沈む夕陽を見たい」と言い出した。カナブンは睦美を説得しようとしたが、すぐにあきらめた。カナブンも早く家に帰りたいわけではなかった。家に帰ったところで、だれが待ってくれているわけでもない。

やがて砂浜に咲いたパラソルの数が減ってくると、ふたりは海の家でシャワーを浴び、着替えを済ませると、昼間の太陽の熱を閉じ込めた防波堤に並んで腰をおろした。山のほうからひりひりとヒグラシの鳴く声が聞こえてきた。ふたりは初めて海に沈む太陽を目にした。夕陽のオレンジ色の最後の一滴が、群青色《ぐんじょういろ》に飲みこまれるまで眺め続けた。

いよいよ海が夕闇に包まれると、とぼとぼと駅への道を歩き出した。途中、お腹が減ったのでラーメン屋に入って、醤油《しょうゆ》ラーメンとチャーハンを分け合って食べた。交通量の多い一二七号線の道路に出ると、カナブンは睦美の手を引いて急いだ。

駅のホームに着くと、しゃがんで長いあいだ電車を待った。ようやくやってきた上りの各駅停車に乗り込むと、運よく座席に並んで座ることができた。波に揺られているような錯覚を覚えながら、ふたりはすぐに眠りについた。カナブンと睦美がそれぞれの家にたどり着いたときには、すでに午後十一時近くになっていた。

睦美は「六時半までには必ず帰る」と家を出るときに母親と約束した。だれと海に行くのか問われたので、友人の名前を何人か挙げた。午後六時半を過ぎても、家には一度も連絡を入れなかった。心配した睦美の両親は友人の家や学校の先生にまで連絡を入れたので、騒ぎは大きくなった。その一件は噂でだれもが知ることとなった。

「テツガクの教えてくれた海、きれいだったよ。水中メガネで、アオベラをたくさん見たよ……」

カナブンは何事もなかったように、楽しそうに僕らに話してくれた。

しかしその事件は当然ながら学校でも問題になった。カナブンと母親は、担任の国重に呼び出しをくった。カナブンは母親にこっぴどく叱られたらしい。

そんなことがあったばかりだったので、僕はちょっとカナブンにイタズラを仕掛けて元気づけてやろうと企んだ。テツガクの部屋でビデオ上映会を開けば、大爆笑まちがいない。カナブンなら途中でバレても、きっと笑って許してくれると信じた。僕が前を歩き、テツガクが僕の背中に隠れるようにして8ミリカメラを回した。

ふたりは昼の火照りを残した舗道を、ゆっくりと西に向かって歩いていた。おそらく睦美の家のある方角なのだろう。日中よく晴れた空にはまだ夏の気配が色濃く残っていたが、日は急に短くなったようで、早くも西の空は夕焼けが始まっていた。積乱雲の崩れたような雲が、薄紫色の影を帯び、その雲の背後から夕陽の色が溶け出すように空に広がっていた。

白のワイシャツ姿のカナブンは学帽を目深《まぶか》に被り、左腕で薄っぺらな学生カバンを抱え、いつものように右手はズボンのポケットに突っ込んでいた。三角形の赤いスカーフを襟から出したセーラー服姿の睦美は、両手でカバンを前に提げ、うつむくようにして歩いていた。並んだ肩は触れることはなく、お互いの手も結ばれることはなかった。

ふたりが不意に立ち止まったとき、僕は慌てて左側の家の刈り込まれたカイヅカイブキの生け垣に身を寄せた。テツガクも一緒に素早く移動した。カメラを回す微かな音が、ちりちりと耳元で途切れずに鳴り続けていた。

カナブンが睦美のほうを向き、なにか言った。

睦美は黙ったまま、うつむいている。

カナブンは首を横にふり、また、なにか言った。けれどその言葉は聞き取れない。

睦美はなにも言わずに、小さく首を縦にふった。

「わかった。もういいよ!」

弾けるようなカナブンの声がした。

カナブンは歩き出してすぐに、後ろをふり向いてなにか言った。

そのとき、カメラを持ったテツガクの身体が揺れて、「あっ」という小さな声を漏らした。

睦美を舗道に置いたまま、カナブンは長い影を曳《ひ》いて、コンクリートの街に沈む夕陽に向かって歩き出した。それでもテツガクのカメラは、執拗に去っていくカナブンを、そしてしばらくして歩き出した睦美の背中を追い続けた。睦美は、おそらくカナブンに追いつこうとしていたわけではない。ふたりの距離は、いつまでたっても縮まることはなかった。

　ふたりの姿が見えなくなると、テツガクはカメラのスイッチを静かに切った。顔を見合わせると、僕は口元をゆるめたが、テツガクは結んだままだった。

「なんだか、ちょっとおかしな雰囲気だったな」

　僕はカバンにカメラを仕舞うテツガクに向かって言った。

「うん」

　テツガクは渋い表情のままだった。

「気づかれたかな？」

「わからない。でも、僕らに気づいたとしても、カメラを回していたことはバレてないと思う。フィルムを現像して映写すれば、すべては、はっきりするけど」

「撮影したことは、黙っとくか？」

　僕は小さく舌打ちした。

「とりあえず、そうしますか……」

「まずかったかな？」

「まあ、しょうがないよ。一発くらい殴られる覚悟はしておく」

　テツガクはしょんぼりして言った。

「まあ、これも青春のヒトコマって感じかな」

わざと明るく言うと、「まあね」とテツガクは薄く笑った。

僕らはカナブンと睦美の消えた舗道に背を向けて歩き出した。いつの日か僕も女の子とあんなふうに、ふたりで歩く日が来るのだろうか。自分の隣を歩く村瀬晶子を想像してみた。そのときはいったいどんな話をすればいいのだろう。そんなことを考えていると、実際に彼女と話をしてみたくなった。隣にいるのは難しい顔をしたテツガクだったけれど、僕は自分の影を踏みながら、仄暗《ほのぐら》くなっていく舗道を彼女を想いながら歩いた。自分がしゃべるより、彼女の話を聞きたかった。彼女の話ならどれだけ聞いても、僕はきっといつまでも飽きないだろう。そう思った。


「結局、あなたはそうやって毎晩お酒を飲んで、逃げているだけなのよ」

帰宅すると妻に言われた。

たしかに僕はバーに立ち寄って酒を飲んで帰った。僕がカウンターでカクテルを何杯かすすっているあいだも、妻はひとりで息子の心配をしていたのだろう。

その日、小学校へ学習参観に出かけた妻は、この春四年生に進級した篤人には、将来の夢がなかったと嘆いた。廊下に貼り出された四年二組の『自己紹介カード』のなかで、篤人だけ「将来の夢」の欄が空白だったそうだ。二十九人中ひとり。ほかの子供たちは、プロ野球選手とか地方公務員とかお菓子屋さんとか、なりたい職業をちゃんと挙げていた。

「結局、あなたは篤人と向き合おうとしていない。関心がないだけなのよ。同じクラスの翔太君《しょうた》の将来の夢はサッカー選手。翔太君のパパは、翔太君の入っているサッカークラブのコーチをやっている。パティシエになりたい優衣《ゆい》ちゃんは、休みの日にはお父さんと一緒にケーキ屋さん巡りをしている。そうやって、父親も自分の子供と向き合っているのよ。結局、そういうことなのよ」

この夜の妻は「結局」が多かった。妻としては、早いうちになにか将来の目標になるものを篤人に見つけさせたいようだ。そして目標に近づくために役立つことを始めさせたいと考えている。それは悪くないアイデアだと思う。でもなにかに決めろと、性急に押しつけるようなことではないはずだ。妻によれば、新しいクラスになっても篤人は殻に閉じこもっているらしい。

「結局、なにが言いたいの?」

僕がそう言うと、「ふざけないで!」と怒鳴られた。

篤人が学年末の通信簿をもらって帰った日の夜は、行動の評価欄「相手の気持ちや立場を思いやり、仲良く助け合う」や「約束や社会の決まりを守り、人へ迷惑をかけずに生活する」に○印がない、と悲観した。たしかに成績自体パッとしなかった。でも、ふと目を転じてみると、通信簿の学級活動の欄には『生き物係』とあった。そういえば僕もやった覚えがある。朝登校すると水槽のメダカに餌《えさ》をやったり、花を生けた花瓶の水を交換したりする係。思わず口元がゆるんだ。『生き物係』は大切な役目だ。地味な係かもしれないが、なにしろ生き物を扱うわけだから。

篤人は、妻の勧めたスポーツクラブや教室には入ろうとしなかった。かといってスポーツ以外のなにかに興味を示しているともいえない。学校からまっすぐ帰ってくると、ひとりでテレビを観たり、ゲームをしたりしている日が続いている。妻の目からすれば、篤人はなにも始めてはいなかった。

「将来のことなんて、今からわかるわけないよ。他人と同じじゃなくてもいいさ」

僕が言うと、「なにを根拠にそう言えるの？」と疑問で会話に蓋をされた。妻は視線を外していたが、わざとそうしているように眉間に縦皺を寄せていた。

――自分の経験。

そう言おうかと思ったがやめておいた。息子が僕と同じようになることを、妻は望んではいないだろう。

「私が心配しているのは、あなたのことでもあるのよ」

哀れみの目差《まなざ》しを僕に向けると、妻はリビングから出ていった。「おやすみなさい」は言い忘れたようだ。

僕はウイスキーの水割りを作ると、今現在の自分自身の将来の夢について考えた。そして妻の夢について想像してみた。なぜ大人は、子供の夢ばかり気にするのだろう。自分の夢には、早々に見切りをつけたからだろうか。まだ人生の大半を残しているというのに。

そういえば「あなたの将来の夢はなんですか？」と訊かれなくなったのは、いつからだろうか――。

結局、僕はどうするべきなのか、わからなかった。

カナブンと増田睦美が別れたと知ったのは、ふたりの下校姿を8ミリカメラに収めた数日後のことだった。髪をビョルン・ボルグのように伸ばし始めたウメのやつが教えてくれた。睦美と親しい女子から聞いたそうだ。海水浴からの帰宅が遅くなったお騒がせ事件から約一カ月がたとうとしていた。睦美自身は「別れたくなかった」と言っていたらしい。

「なんで別れたんだろう?」

僕が言うと、「どうせ、別れさせられたんだろ」とウメはおぞましそうに髪をふった。

「だからどうして?」

「睦美は、いいうちの娘らしいからな」

ウメはテニスラケットのガットの張り具合をたしかめながら言った。

「ところで、テニスは楽しい?」

テツガクが訊くと、ウメは頬をゆるめて、「今度、ダブルスの試合に出るんだ」とうれしそうにこたえた。

「その髪型、すごく似合ってるよ」

僕が嘘をつくと、「てへへへ」とウメは笑った。

僕とテツガクは、8ミリで撮影したふたりの映像を観た。撮影時間はそれほど長くない。五分足らずだ。でもそこにはいろいろなものが映りこんでいた。微妙に手ぶれしている画面のなかのカナブンと睦美は、逃亡者のように暗く張り詰めた表情をしていた。夕暮れの通学路はやけに暗く、モノクロームのように色彩に乏しい。肉眼で見ていた情景とは、まるでちがって見えた。

「もしかすると、これって、ふたりの別れのシーンだったのかもしれないね」

テツガクは声を潜めるように言った。

「今になって思えば、そんな気もする」

僕は画面を見つめたままこたえた。

「このシーン、もう一度観てみよう」

テツガクはフィルムを巻きもどし、そして映写する。

フィルムに焼かれたふたりの影は、あの日と同じ行動を忠実に繰り返してみせた。

「最後に、なんて言ってるのかな？」

テツガクは銀縁メガネのつるをつかみ、首をかしげた。

カメラはカナブンと睦美を捉えている。

うつむいたまま黙り込む睦美。

カナブンがなにか言う。

睦美が小さくうなずく。

「わかった。もういいよ！」と叫んだカナブンの声をかろうじてマイクが拾っていた。表情は険しかった。

そして歩き出したカナブンがふり向きざまになにか言う。表情は一変して、悲しげになる。

「あっ」という撮影者のテツガクの声が入ってしまっていた。

「ここだよ。口の動きからすると『……たのに』と動いているように見えるね」

「まあ、そうだな」

僕は曖昧にうなずいてみせた。

テツガクはやけにその部分にこだわっていた。

「『信じてたのに』かな？」

あてずっぽうで僕がこたえると、「うーん、どうかなあ」とテツガクは腕を組んで唸った。

「じゃあ、『スキだったのに』？」

「最初にそう思ったけど、でも口の動きがなんかちがう気がする」

「『好き』でもないとすると、なんだろう。よくわからないな。いずれにしても、過去形だよね。終わってるんだよ、カナブンのなかでは」

「まあ、それは言えるかも」

テツガクは唇をすぼめた。

「あーあ、終わっちまったか、カナブンの恋も」

僕は背伸びをすると、そのまま後ろに寝そべった。

「でもね、自分っていうのは、それまでのすべての自分の経験の堆積なんだよ。自分の経験したことがひとつ残らず塵のように積もって、今の自分を作っている。そういう意味では、その人にとって必要のなかった経験なんて、なにひとつない。それはね、望もうが、望むまいが……。過ぎたことだけが、自分のなかに残るんだよ」

テツガクは静かに言った。

――過ぎたことだけが、自分のなかに残る。

ぼんやりと天井を見上げながら反芻した。

その言葉は不思議と僕の胸に響いた。生まれたばかりの自分が空っぽのペットボトルだとしたら、僕のしたことやされたことが、その自分という透明な容器のなかに余すところなく積もっていく。悪口を言われたことや、人を殴ったことや、騙されたことや、親の金を盗んだことや、人を好きになったことや、「あーあ、終わっちまったか、カナブンの恋も」と背伸びをしたことや、それこそなにもかもが……。

「それは、カナブンにとってもだよな?」

僕が言うと、「もちろん、だれでも。今の自分は、これまでの自分なんだもの」とテツガクは言った。

自分の先端に今の自分が立っていて、ふり返ると後ろに過去の自分が延々と続いている、そんな姿を想像していた。なんだかそれはいつかテレビで見た、仕上げの切断前の金太郎飴のようだった。どこを切っても長く伸ばされた飴は、金太郎の顔をしている。

「そういえば、あのとき、どうして『あっ』って叫んだの？」

僕は思い出して訊いた。

「もう一度よく見るといいよ。そのときのカナブンの顔を」

テツガクは言うと、再び同じ場面を映し出した。

テツガクが「あっ」と叫んだ瞬間、僕は画面に目を凝らした。カナブンが悲しげな表情を浮かべている。それまで気づかなかったけれど、左の瞳には光るものが映っていた。初めて見るカナブンの涙――。

そんなに辛いなら、なぜ別れたのだろう。よくわからなかった。

僕はそのままフィルムの続きを眺めた。ふたつの長い影が距離を置いたまま夕陽に向かって遠ざかっていく。彼らのなかにこの日の出来事は、溶けない雪のようにずっと消えずに残るのだろうか。澱《おり》のように意識の底に沈み、あるいはときに浮上し、生涯にわたってなにかしらの影響を及ぼし続けるのだろうか――。

「その人の人生にとって、必要のなかった経験などというものはひとつも存在しない。過ぎたことだけが、自分のなかに残る」

テツガクは言った。

「ねえ、それってだれの言葉？」

「だれの言葉でもないよ、……僕の言葉さ」

「そうか、ＢＹ小島哲人ってわけか」

テツガクは遂に自分の言葉で語り始めたようだ。


「なあ、帰ろうぜ」

懐かしい声を聞いた気がした。

顔を上げると、机の前にカナブンが立っていた。

「おう、そうだな、さっさと帰るか」と僕はなにげなくこたえ、薄っぺらなカバンを手にとった。

帰り道、僕は明るい話題を選んで、テツガクと作ったスケートボードの話をした。どんなきっかけで、どんなふうに作ったのか、ずっと話したかったことだ。

「覚えてるだろ？　春にみんなで千葉まで行って観た映画。そのなかにスケボーが出てきたじゃん」

「ああ、あの映画な」

「スケボー、むちゃくちゃ面白いぞ」

僕が大袈裟《おおげさ》に言うと、カナブンは病み上がりのように弱く笑った。

それから不意に、「おれ、睦美と別れたから」と報告した。何度も練習したみたいな言い方だった。

「そうか」

「うん、だからまた一緒に帰れる」

「まったく、勝手なやつだな」

僕は呆れてみせた。

「そうだよな、そう言われると思ったよ」

カナブンは右手で頬をさすった。

「まあいいけどよ、どうせおれも、ひまな帰宅部だし」

「お詫《わ》びの印に、今日はおごるよ。夕食の金もらってっから」

「いいねー！」

僕が口笛を吹くと、ようやくカナブンはうまく笑ってみせた。

カナブンが連れて行ってくれたのは、駅の構内にある立ち食いそば屋だった。藍染《あいぞ》めの暖簾《のれん》をくぐると、狭い店内の壁に沿って食事をするためのカウンターがぐるりとあった。スーツ姿の客がひとりいたが、「ごちそうさーん」と言ってすぐに出て行ってしまった。

「おう、にいちゃん。今日はダチも一緒か？」

注文口にふたりで立つと厨房《ちゅうぼう》から声をかけられた。白い調理衣を身に着けた背の低い男だった。帽子から白髪がのぞいた。

「まあね」

カナブンは店の常連のようにこたえた。それからちょっと得意そうな顔で、「かき揚げうどんふたつ」と言った。

カウンターのすぐ向こうにある茹《ゆ》で釜から、さかんに白い湯気が立ち昇っている。おじさんはふたり分のうどん玉を柄の付いた小ぶりのザルに放り込むと、煮立った釜に沈めた。関東風の色の濃いつゆをヒシャクで丼《どんぶり》に注ぐと、手早くザルを持ち上げ湯を切る。真っ白な太い麺が、まるで生き物のように丼のつゆのなかへ逃げていく。菜箸《さいばし》を使ってかき揚げを載せ、葱《ねぎ》を散らせば出来上がり。手際のよいその一連の動きに見入ってしまった。僕はカナブンと顔を見合わせて、にたっとした。

「へい、お待ちっ！」

威勢のいい声がして、ゴトン、ゴトン、と注文口に二杯のかき揚げうどんが並んだ。つゆが少しこぼれたが、おじさんはまったく気にしていなかった。

湯気を上げた熱々のうどんはうまそうだった。ふたり分の料金をカナブンが払うとカウンターに移動した。並んで割り箸を手にすると、うどんに手を合わせる。カナブンは上手に割り箸を割ったが、僕は失敗してささくれ立たせてしまった。隣では、カナブンが早くもいい音を立てて、うどんをすすりだした。腹が減っていたのかもしれない。

僕は小声で「いただきます」と言ってから、唇をすぼめてうどんを吹いた。

「あっちー」

カナブンは幸せそうな形相でうどんに歯を立てる。

「今日、お母さんもお姉ちゃんも遅いの？」

「ああ、姉貴はもう家にはいない。出ていった」

なんでもないことのように言った。

「どうして?」

「おふくろとやり合った。今はバイトしながらひとり暮らし」

「そうなんだ」

僕は言うと、ふやけた野菜のかき揚げを箸でつついた。つゆの表面に浮かんだ金色の油を眺めながら、美幸さんの顔を思い浮かべた。保母さんになると言ってたけど、大丈夫なのだろうか。

カナブンは黙って七味唐辛子をふっていた。

「使うか?」

七味唐辛子の容器を渡そうとしたが、僕は首を横にふった。

「姉貴も、もう大人だかんな。前からいろいろと考えていたんだろ」

そう言ったカナブンの横顔も、なんだか大人びたように見えた。

つゆが濃いせいか唇の端がひりひりした。カナブンは両手で丼をつかむと、音をたててつゆを飲んだ。

「おれさ、こないだ、睦美の家に行ったんだ」

カナブンは訊いてもいない話を自分から始めた。「レンガ造りの洒落た一軒屋で、ガレージにはパール・ホワイトの新車のマークIIが停まってた。玄関にでかい水槽があってさ、明るい緑色の水草のあいだを、グッピーがたくさん泳いでんの。夏に海水浴に行ったときに見た海のなかを思い出したよ。すごくちゃんとした家だった」

「ふーん」

「よかったなって思った」

カナブンの言葉が途切れたので、「なにが？」とうどんをくわえたまま訊いた。

「あいつの家が、そういう普通の家でさ」

僕は顔を上げ、「そんなもんかね」とこたえた。それは帰りの遅くなった海水浴の謝罪に、睦美の家をカナブンが訪れた日のことだと、僕にはわかっていた。

カナブンのうどんをすする音を聞きながら、僕も黙ってうどんをすすった。熱いうどんを食べていると、なぜだか鼻水が出てくる。だから鼻水もすすった。

立ち食いそば屋では急いで食べなくてはいけない規則でもあるように、カナブンは早くも食べ終わってしまった。丼にはつゆさえ残っていない。セルフサービスの水をとりに行き、ふたり分の水を青い半透明のコップに汲んできてくれた。僕はつゆを残した。

「うまかったなー」

「うん、ちょっと味が濃かったけど」

僕が言うと、カナブンは睦美の家に行った話の続きを始めた。

「広いリビングに通されると、大きなソファーがあってさ、そこに睦美のお父さんとお母さんがいたわけよ。挨拶をすると、自己紹介をしてくれた。お父さんは東京の銀行で働いている。趣味はゴルフで、飾り棚にトロフィーがいくつも並んでた。お母さんは働いていない。働く必要がないんだ。料理を作るのが趣味で、お料理教室に通っている。それとヨガ。いい感じに話が弾んで、睦美が紅茶と自家製のケーキを運んできてくれた」

僕は話を聞きながら、歯になにか挟まったわけではないのに爪楊枝《つまようじ》を使った。下唇がかぶれたようにひりひりした。

「それから、今度はこっちが話す番になった。いろいろと質問された。部活動はなにをやってるのか、学校の成績はどうなのか、将来就きたい職業はなにか、それに親の話とか……」

「ふうん」

僕が鼻を鳴らすと、カナブンは「へっ」と息を吐いて笑った。

「それで、なんてこたえたわけ？」

「部活は帰宅部、成績はあまりよくない」

「あまりじゃなくて、かなりだろ」

「うるせぇ」

「将来の夢は？」

「そんなのこたえるかよ」

カナブンはあくびと一緒に伸びをした。

「将来の夢ねえ……」

僕が言ったきり、その話はそれで終わってしまった。

「落ち込んでんのか？」

「べつに落ち込んでねえよ」

「人生を楽しむには、だれかを好きになれ。そう言っていたのは、おまえだろ。また、だれかを好きになればいいじゃん」

僕が言うと、カナブンは頬をゆるめてにやっとした。

なぜふたりが別れなくてはならなかったのか、それは謎のままだった。僕も訊かなかったし、カナブンも話さなかった。カナブンがあの日睦美に言った、最後の言葉と同じように——。


週に三日、テツガクが塾に通い始めると、僕はカナブンとふたりで帰る日が多くなった。テツガクの作ったスケートボードはカナブンの手に渡り、近所のなだらかな坂道で一緒に滑るようになった。カナブンの上達は恐ろしく早く、その日は、もう少し傾斜のきつい坂道に滑りに行こうと話していた。

下校中、僕は前を歩いている同じ学校のセーラー服の女子が気になっていた。地下道を抜け、東口商店街のアーケードをボウリング坂に向かっている途中のことだった。もしかして、という期待は、まちがいない、という歓喜に変わった。女の子は村瀬晶子だった。

目的地が決まっているのか、彼女の足取りは軽やかだった。隣を歩いているカナブンは、まだ気づいていない。彼女の家は駅の西側にあったはずなので、なぜこんなところをひとりで歩いているのだろうと思った。軒先に鉢植えの花をたくさん並べた店のあたりで突然視界から消えた。

どうやら脇道に入ったようだ。

「おれ、やっぱ本屋に寄っていくわ」

僕は咄嗟《とっさ》に嘘をついた。

「じゃあ、付き合うよ」

「いいよ、先に行ってくれ」

軽くカナブンの背中を押すと、「そうか、でも、あんまり遅れんなよ」と言われた。

「大丈夫、大丈夫」とこたえながら、片手を挙げてあとずさった。

カナブンと別れた僕は、本屋に行くふりをして村瀬のあとを追った。花屋を過ぎた横道へ曲がると、少し先を歩いている彼女の姿を見つけた。しばらくすると彼女は道に面した店に入っていった。商店街から外れたその地点まで急いで向かうと、なにげなく店の前を一度通り過ぎた。錆びた店の看板には「タカハシ画材店」と書いてあった。窓を通してなかの様子をうかがったが、暗くてよくわからなかった。

少し離れた場所でしばらく待っていたが、店からはだれも出てこなかった。もう一度「タカハシ画材店」の前まで行くと、迷ったけれど勇気を出して店に入った。

古い木造二階建ての店内は、意外に奥行きがあり、こぎれいな倉庫のようだった。外からなかがよく見えなかったのは、窓にまで額縁が飾られているせいだった。額縁の隙間から差し込む強い西日が、床に金色の格子を描いていた。入口の説明によると一階が日本画用品売り場、二階が洋画用品売り場に分かれているらしい。アルミのイーゼルや石膏《せっこう》像、スケッチブックやパレット、絵を描くためのさまざまな道具や材料が並んでいた。鼻から息を吸うと、微かに絵の具の匂いがした。

一階のフロアをゆっくり進むと、椅子に座ったおばあさんが辞書のように厚い本を机に広げていた。どうやらそこがレジらしい。なにげなく前を通り過ぎると、背の高い棚が並んだ最初の通路の先に、セーラー服が見えた。慌てて隣の通路に踏み込むと、床板がミシリと沈んだ。鼓動が一気に高まった。

息を潜めるようにして棚の隙間からうかがうと、後ろ姿が見えた。村瀬晶子にまちがいない。いつも眺めているので、髪型やなで肩の下がり具合でわかった。彼女は筆が並んだコーナーの前に立っていた。手にした筆の穂先を自分の手のひらに押しあてるようにして、調子をたしかめていた。

偶然を装って話しかけるという方法も頭によぎったが、この店はあまりにも特殊な気がした。絵を描くことに興味のない人間にとって、無関係な場所といえた。つまりこの僕がそうだ。だから商品を選ぶふりをして、彼女が店を出るのを待つことにした。僕としては学校の外で彼女に会えたことだけで、充分にラッキーといえた。

僕の立っている場所は水彩絵の具のコーナーだった。ケースに並んだチューブ入りの水彩絵の具は圧倒されるほどたくさんの種類があった。赤系統の色、黄色系統の色、青系統の色、緑系統の色、茶や黒系統の色……。こんなにもたくさんの色が、この世のなかに存在するのかと驚くほどだった。小学生時代から僕の使う絵の具といえば、せいぜい十二色だった。それぞれの絵の具のチューブには、色とその色の名前がきちんと表示されていた。興味を覚えて順番に色を眺めた。

──そういえば、
と僕は思いついた。

──あの色は、あるだろうか。

その場にしゃがみこむと、記憶に刻まれた色を探し始めた。僕のお気に入りの色。村瀬晶子の使っている三角巾の色だ。緑系統の色は一番低い位置にあった。あの色の名前がなぜだかとても知りたくなった。

いつのまにか夢中になって探していると、背後に人の気配を感じた。ふり向くと、目の前に濃紺のカーテンが引かれたように、視線を遮られた。膝下まであるプリーツスカートから顔を上げると、二本の彩色筆を手にした村瀬が立っていた。

「あれ？」

薄い唇から声がこぼれた。

「あっ」

思わず僕も声を漏らし立ち上がった。

「買い物？」

「そう、絵の具を、買いに……」

なんとかこたえた。近くで見る一重まぶたの切れ長の瞳は、涙を浮かべたように濡れていた。

思わず一歩あとずさった。

「来週の美術の授業で使う？」

「あっ、うん」

僕はこたえたが、おそらく「数学の授業で使う？」と訊かれても、同じ返事をしただろう。動揺していて頭が回っていなかった。

「そっか、次の授業から市民の森で写生だもんね」

彼女は言ったが、僕にはまったく覚えがなかった。

黙っていると、村瀬は首をかしげて、「えっ、私？　私は授業もあるけど、絵を描くの好きだから」とこの店に来た理由を教えてくれた。前髪を細い指先でつまんでみせた。

「でも、美術部じゃなかったよね？」

「帰宅部だよ、私も」

口元に浮かべた笑みには、親しみが込められていると信じたかった。

「どんな色、探しているの？」

「いや、名前はわからない。なんていうか、とても微妙な色なんだ」

緊張の呪縛《じゅばく》から少しだけ解放された僕はこたえた。

「中間色？　贅沢だなあ。私なんて絵の具は、四色しか使わないことも多いよ。ほとんどの色は、シアン、マゼンタ、イエローの三色を配合することで作り出せるでしょ」

「え、そうなの？」

驚くと、笑われた。顔が熱くなったが、嫌ではなかった。

「習ったじゃない、『色の三原色』。だから、作れないホワイトとあわせて四色とか」

「シアン？」

「シアンは青、マゼンタは赤」

「ふうん、なるほどね……」

「ねえ、どんな色？」

村瀬にもう一度訊かれた。

僕はまさか「君の使っている三角巾の色」とは言えずに、「ええと、あざやかな緑色って感じかな」と首をかしげた。

「じゃあ、このあたりだね」

村瀬はスカートを膝の下にたくし込んでしゃがむと、親切にも一緒に探してくれた。教室で隣に座っていたときよりも、ずいぶんとおしゃべりな気がした。本当はそういう人なのだろうか。知らなかった一面をのぞいたようで、それはそれでうれしかった。

「どれどれ……」

村瀬のきちんと爪を切った指先が、色を表示した絵の具のラベルを指していく。それに合わせて、色の名前をゆっくりと澄んだ声で読み上げていった。

「ビリジアン」

「ビリジアン・ヒュー」

「フーカス・グリーン」

「コバルト・グリーン」

「テール・ベルト」

「パーマネント・グリーン」

「コンポーズ・グリーン」

「オリーブ・グリーン」

「エメラルド・グリーン」

「リーフ・グリーン」

そこまで色の名前を呼ぶと、「ふーっ、緑系だけでも、まだあるねー」と村瀬は微笑んだ。

「あっ、これかな」

僕は自然に声が出た。

「どれ？」

「ほら、この色」

僕は自分の指先で示した。その色が彼女の三角巾の色に一番近い気がした。

「なんだ、こいつか」

村瀬はチューブをケースから指先でとり出すと、僕の手のひらに落とした。心地よい重さの色だった。

「いい色だね。私も好きだな、この色」

「そう。……ありがとう」

「どういたしまして、じゃあね」

村瀬は素早く立ち上がると、しゃがんでいる僕の前を通ってレジへと向かった。襞《ひだ》のついたスカートが小さな風を起こして、僕の前髪を揺らした。

僕はしばらく立ち上がれなかった。レジで会計を済ませた彼女が店から出て行く気配がした。じっと動かずに夢のような会話を反芻してみた。緑色の絵の具の名前を歌うように読み上げる彼女の声が、いつまでも耳に響いていた。

僕は叫びだしたいくらい幸せだった。うっすらと汗をかいた手のひらの、エメラルド・グリーンという彼女の色を握りしめた。


カナブンの住む団地の近くにある児童公園の手前の坂で、その日は滑った。塾のない日なのか、8ミリカメラを手にしたテツガクも一緒だった。子供の姿が見あたらない公園の芝生はまだ青い部分を残していたが、ところどころ冬枯れを始めていた。スケートボードで坂を滑ると、北風が頬を切るように冷たかった。

僕とカナブンは坂の途中でカメラを構えたテツガクの前を何度も滑ってみせた。カナブンは膝のバネを使うのがうまく、なかなか思い切った滑り方をする。僕も負けずにボードのノーズを上げて左右に揺らすテクニックで対抗してみせた。

滑ってていく。

「うまくなったねぇ、ふたりとも」

テツガクが感心すると、「おまえが下手くそなだけ！」とカナブンは坂の下から叫んだ。

それから僕とカナブンは一緒に練習した新しい滑り方を披露した。ふたつのボードを少し離して平行に並べ、ボードに腰をおろして向かい合い、相手のボードに両足を載せる。ボードが離れないようにお互いの脚をうまくからみ合わせるのがコツだ。脚でボードを連結させたまま一緒に滑っていく。

「いいね、いいね！」

テツガクは興奮してカメラを回した。

「ヤッホー！」

「オラオラオラ！」

声を上げながら坂をくだっていくと、途中でお互いのボードが離れてしまい、僕らは尻もちをついた。僕のボードは裏返しになったが、カナブンのボードは勢いよく坂を滑っていくと、側溝にはまってようやく止まった。驚いて顔を見合わせると、ゲラゲラと笑い合った。腹が痛くなるほど笑った。最高に気分がよかった。

「そろそろ帰る」と言いだしたテツガクを送りがてら、僕らは来た道とはちがう団地通りを駅へと向かった。撮影に専念していたテツガクは寒そうにしていたが、僕はスタジャンの下のシャツに汗をかいていた。保育園の狭い園庭の前を通り過ぎると、プラモデルを飾ったショーウインドーのあるホビーショップに差しかかった。

店頭の赤い自動販売機の前で、僕とカナブンは立ち止まった。

「今日の撮影、疲れたなー」と僕が言うと、「すげえー喉渇いてる」とカナブンが調子を合わせた。

「しょうがないなぁ」とテツガクが尻ポケットの財布に手を伸ばした。

僕らのなかでは、自由にできるお金をいつも一番潤沢《じゅんたく》に持っていたのはテツガク、次は食費などを手渡されていたカナブン、そして僕の順だった。一緒になにかを食べたり飲んだりするときは、そのとき金を持っている者が払う、というのが僕らの暗黙のルールだった。だから僕が得をすることが多かった。

おごってもらったコーラを飲みながら歩いた。渇いた喉に炭酸のシュワシュワが痛いくらいだった。屋根に17と書かれた行灯《あんどん》を載せた教習所の車が路線バスの後ろをゆっくりとついていく。それを眺めながら「とろくせぇなぁ〜」とカナブンが生意気にほざいた。

「もうだいぶ撮れたんだろ？」

僕が訊くと、「まあね」とテツガクはこたえた。

テツガクは学校にカメラを持ち込んでは、なにかしらちょこちょこと撮影していた。撮影したそれらの映像をつなぎ合わせて、一本の作品に仕上げるつもりらしい。主人公は帰宅部である僕とカナブンと彼自身。登場人物はその他中学生大勢。だからときどき僕がカメラをテツガクに向けることもあった。

「それって、映画になるわけ？」

「もちろん」

テツガクはこたえた。

「京成サンセットで上映されるかもな」

僕が言うと、「そいつはすげーや」とカナブンはおどけてみせた。

テツガクのつけている映画ノートには、押さえたいシーンや狙いたい構図がすでにたくさん書き込まれていた。ところどころ簡単な絵コンテも添えられている。それらはどれも僕らを象徴する絵なのだそうだ。

「まあ、撮るのが難しそうなシーンも実際あるんだけどね」

監督は笑ってみせた。

「残ってるのって、どんなシーン？」

「面白い場面に出くわせば適宜撮影はしていくつもり。問題は、やっぱりエンディングだね。そこに特別な絵がほしい。それを思案中なんだ」

「うっぷ」

カナブンはゲップをした。

「三年になったら、あまり撮れなくなると思うんだよね、面白い絵は」

「なんで？」

「そりゃあ三年になれば、なにかと忙しくなるでしょ。受験勉強も始まるわけだし」

「おれには関係ねえや」

「どうして？　カナブンだって進学するだろ。みんなに関係あるよ」

テツガクは妙に力んで言った。

「高校には行くけど、おれの場合、入れるところへ行けば、それでいい」

「よくないよ、そういう考え方は。努力して、少しでも高いレベルの学校に進めば、いろんな意味で自分の将来の選択肢が広がるじゃないか」

「そんなもんかね」

カナブンは興味がなさそうだった。

派手なノボリ旗を何本も立てたガソリンスタンドのある十字路を左に曲がると、駅へと続く道路は二車線から四車線へ変わった。バス停があり、地味なマフラーを首に巻きつけたおばあさんがひとりで待っていた。ゆるやかなくだりの傾斜は、そのまま急勾配の長い坂道へと続いている。ボウリング坂だ。

坂はスキーのジャンプ台のスロープを向かい合わせてつないだように、大きく下った谷から再び上昇する。坂の両端の銀杏並木は緑の部分をわずかに残して、今まさにあざやかな黄色に染まりかけていた。西日を浴びた黄色い葉群れが、風に揺れて一斉にちらちらと輝いた。

「うわー、すげえ眺めだなあ。黄金色の坂だ」

テツガクは立ち止まって8ミリカメラを構えた。

坂の向こうを見ると、駅前の商店街の空に西に傾いた太陽が輝いていた。ビルの上に立ったボウリングのピンの横腹が橙色に染まっている。

「おまえ、駅の西側の人間だからな。おれたちはいつもこの坂道をくだってはのぼって、学校まで通ってる。銀杏並木の黄葉《こうよう》なんて毎年見てる。だから、こんな景色、どうってことない」

カナブンはそれでいて得意そうに言った。

「いや、それにしても絵になるよ」

テツガクはファインダーに目を当てたまま動かなくなった。

僕も改めてボウリング坂を眺めた。

「そうだな、今の季節にこの坂道をスケボーでくだったら、すげーよな」

突然カナブンがそんなことを言い出した。

「そりゃあ、すごいさ」

僕はその発想に驚くと共にふきだしてしまった。

坂の下からおじいさんがゆっくりと自転車を引いてくる姿があった。左車線の車がくだりの坂道にさしかかるたびに、エンジンで制動をかける音が聞こえる。スロットルをいっぱいに開いた原付バイクが、息も絶え絶えに反対車線をのぼってくる。

「じゃあ、エンディング、ここにするか？」

小脇に「ボーイズ1号」を抱えたカナブンはなにげなく言った。

「なんだって？」

カメラを持ったテツガクが追いかけてきた。

「この巨大なボウリング坂を勇敢なふたりの中学生がスケートボードでくだる。おれと直樹だ。

滑り切ったら、おれたちはこの坂道を初めてスケートボードでくだった伝説のヒーローになる。いいか、その姿をテツガクがあの坂の下の歩道橋の上からバッチリ撮るんだ。きっと、いい絵が撮れるぞー」

カナブンは鼻先を夕焼けの空に向けた。

「そいつはいいや」

冗談だとはわかっていたが、僕は賛同を表し、傷だらけの自分のボードを空に突き上げた。

「それができたら、文句なしにエンディングに使わせてもらうよ」

ボウリング坂に向かって両手を広げたテツガクの横顔が、銀杏の葉のように輝いて見えた。


二月の冷え込んだ朝、担任の国重は県の美術コンクールの話を始めた。去年の秋、美術の授業中に市民の森で描いた絵のことなど僕はすっかり忘れていた。国重はめずらしく顔をほころばせて、このクラスにそのコンクールで特選を受賞した者がいると話した。僕は机の上に重ねた手の甲に頬を載せて、後ろ斜め四十五度から窓側の一番前の席に座る、村瀬晶子の横顔を眺めていた。

「それでは発表します。美術コンクール、特選の受賞者は……」

国重はもったいぶって一拍おくと、「ヤギ　ナオキ！」と叫んだ。

「えっ？」

名前を呼ばれた僕は驚いて顔を上げた。同時にクラス全員の顔が一斉に僕のほうを向いたので、自然と村瀬と目が合ってしまった。一瞬「マジで？」と不覚にも表情をゆるめた。

「ではなくて……」

国重の言葉に、どっと笑いが起こった。

村瀬も口に手をあてていた。

「なーに、焦ってんだよ」

カナブンのちゃかす声が聞こえた。

——ありかよ、そんなの。

思いながら舌を打った。ときどき国重は、自分の話を聞いていない者をこうして陥れる人の悪い趣味があった。

「特選は……」

改めて国重は発表した。「ムラセ　アキコ」

拍手がわいて、「すごいじゃーん、晶子」などと女子たちが調子よく褒《ほ》め囃《はや》している。

絵を描くのが好きだと言っていたが、彼女にそこまでの才能があったと初めて知った。注目を浴びた村瀬ははにかむと、前髪の先をさかんにいじっていた。そういう仕草にたまらなく僕は弱かった。

「おめでとう。入選の上をいく特選の受賞です。尚、村瀬の作品は、次の土曜日から二週間、県立美術館に展示されます」

学級名簿を手にした国重が僕のほうを見て、「なわけねぇーだろ」という顔をすると、朝のホームルームは終わった。

テツガクが意味ありげな目つきでこちらを見ていたので、追い払うように手の甲をふった。自己嫌悪のため息が漏れた。

机のなかをのぞきこんで一時限目の教科書を探していると、「直樹」と声がする。ふり向くと教室の後ろのドアの前で、テツガクがカメラのレンズを僕に向けていた。

「なんだよ？」と言った瞬間にシャッターを切った。

「チェッ、やめろよ」

そっぽを向くとまたシャッターを切った。

国重に呼ばれた村瀬が前のドアの近くで話を聞いていた。教室はざわついている。シャッターの音がまた聞こえた。

「オッケー」

テツガクはカメラを仕舞うと近づいてきて、「今度の土曜日、行ってみる？」と小声で言った。

「どこへ？」としらばくれる。「それより、なに勝手に人の写真撮ってんだよ。おれの写真売るなよ」

「直樹を撮ったわけじゃないさ」

「嘘つくな！」

「いいから、いいから。ねえ、行こうよ？」

「行かないよ」

僕は意固地になった。

村瀬の描いた絵を見てみたいという欲求はもちろんあった。彼女がどんな色使いで森を表現したのか興味があった。あの画材屋で話していたように、シアン、マゼンタ、イエロー、そしてホワイトの絵の具だけで描いたのだろうか。

でも、県立美術館へは行くつもりはなかった。その代わり、久しぶりにあの画材屋へ足を運んでみようかと思った。もしかしたら、また彼女に会えるかもしれない。それが叶わなければ、せめてあのとき買わなかったエメラルド・グリーンの絵の具を手に入れようと決めた。


三年生になってしばらくすると、僕とカナブンはスケートボードをやらなくなった。飽きたわけじゃない。勉強が忙しくなったからでもない。手作りのふたつのボードは、ほとんど時を同じくして壊れてしまったのだ。

僕の愛用の「グリーン・トライアングル・スペシャル」は後輪がゆるんで馬鹿になり、カナブンがテツガクから譲り受けた「ボーイズ1号」はボードの部分がノーズからテールにかけて真っ二つに裂けてしまった。おそらく寿命だったのだろう。あっけなくサヨナラすることになった。

僕らは滑っていた坂の近くの空き地にボードを葬った。

「黙禱！」

カナブンが声をかけると、僕らは地面に半分差したボードの前で、しばし目を閉じた。


僕は週に二日地元の英語の塾に通い始めた。親からは私立高校は学費が高いので、公立高校に必ず合格しろと言われた。僕は自転車で通える公立高校へ行きたかった。その高校に合格するには、僕の偏差値では少しばかり不安があった。特に英語の成績が低かった。塾の話はカナブンにも声をかけたが、まったく興味を示さなかった。それどころか露骨に嫌な顔をされた。

その頃からカナブンはひとりで繁華街をふらつくようになった。下校の途中にゲームセンターに立ち寄り、食費を浮かした金でテレビゲームやコインゲームをやって時間を潰していたようだ。場所柄、何度かつまらない喧嘩沙汰を起こした。同じような騒ぎは学校でもあった。僕が加勢する場面もあったが、それはいくらなんでもおまえのほうが悪いだろと思えるケースもあった。どうしちゃったんだよ、というくらいカナブンは簡単に人につかみかかることがあった。

放課後、校内の不良グループのひとりと対決したときのことだ。自分よりも背の高いその相手をカナブンは素早い身のこなしで翻弄《ほんろう》した。相手が闘う意志を失ってからも、カナブンは執拗なまでに太腿に蹴りを入れた。慌てて僕が止めに入ると、カナブンは荒い息をつきながら「チクショー」と身体を震わせて叫んだ。だれに向かって叫んでいるのかわからなかった。

そんな最近のカナブンに対して、テツガクは冷ややかな視線を送った。

「暴力行為は法律で禁じられている。だからいけないんじゃない。自分の行動は、常に自分自身に委《ゆだ》ねられているはずだよ。暴力を使うのは、自分の意志だろ?」

テツガクはそう批判した。

――暴力とは別な解決手段はないのか。

そのことを短い時間だけれど僕は考えた。

「ますます悪い風が吹いてる気がするよ。どうしたんだよ、最近のカナブン」

テツガクは眉をひそめた。

僕にしても気づいていた。僕も中学に入って、自分と折り合いをつけられなくなった時期があった。獣のように部屋でのたうちまわっていた頃だ。今から考えれば原因はいろいろ挙げられるが、今もわからない部分はある。自分のまわりが敵ばかりのような気がした。あのとき、救ってくれたのは、ほかならぬカナブンだった。自分はひとりじゃないと勇気づけられた。彼がいなければ、僕はもっとひどいことになっていたような気がする。

カナブンはなにかに苛立っていた。首をふっては、片目を瞑《つむ》る仕草を繰り返した。原因がなににあるのかはわからない。過去に対する悔恨《かいこん》なのか、それとも身のまわりで今起きている現実に向けた抗いなのか、あるいは将来への漠然とした不安なのか。一度狂った歯車は、簡単にはもどせない。そのことは僕も知っていた。

テツガクは極めて現実的にふる舞うようになった。授業に集中し、塾に通い、受験勉強に励む毎日。偏差値の高い高校に進学することこそ、世話になったおじいさんへの恩返しになると口にした。テツガクのおじいさんは最近体調がよくないらしい。そのため、早く家に帰る必要があった。帰りのホームルームが終わると、競うように教室から飛び出していった。テツガクはめったに学校に8ミリカメラを持ち込まなくなった。

僕ら三人のあいだに少しずつ距離が生まれ始めていた。

久しぶりにカナブンの家に行くと、以前とは様変わりしていた。美幸さんがいなくなったせいだけだろうか。狭い玄関にはゴミの詰まったポリ袋の山があり、床には新聞や広告が散乱して足の踏み場もない。まるでペットショップのハムスターの寝床のようだった。ダイニングキッチンの流しには使ったままの食器が重なり、蓋の開いたままの炊飯ジャーからは饐《す》えた臭いがした。それら汁の沈殿したカップ麺の容器がテーブルを埋め尽くすようにびっしりと並べられていた。それらには、なにかしらの抗議の意味が込められている気がした。カナブンの母親の姿はいつものようになかった。

「ちっとは、かたづけろよ」

僕が顔をしかめると、カナブンはかったるそうに「行くぞ」と言って靴を履いた。濡れたような髪からバイタリスの匂いが漂った。カナブンはくしゃくしゃになった一万円札を握りしめていた。そのとき、こういう貧乏ってあるんだな、とふと思った。説明できないけれど、たしかにそう感じたのだ。

梅雨に入った頃のことだ。カナブンと別れた睦美が生徒会長を務める小田嶋《おだじま》という男と付き合い始めた。お互いの両親にも交際を認められた仲で、休みの日などに図書館で一緒に勉強をしているという噂だった。成績優秀な黒縁メガネをかけた小田嶋については、特別な感情はわいてこなかった。睦美に対しては敵意のようなものさえ感じた。なぜそんなに簡単に次の男と付き合えるのか、僕には理解できなかった。とはいえ僕には、「付き合う」ということ自体経験がないわけでよくわからなかった。カナブンが変わった理由のひとつは、睦美にあるような気がした。

僕らは自転車でボウリング坂を乗り越えると、森へ向かった。カナブンに「話がある」と持ちかけられたからだ。「気に入らねえやつがいる」と言われた。なぜか躊躇《ちゅうちょ》する気持ちがあった。カナブンの気に入らないやつというのは、睦美が付き合い始めた小田嶋のことのような気がしていた。

石碑のある場所から森の奥に分け入ると、あたりは木々の緑で満たされ僕らだけになった。見上げれば、緑の天蓋《てんがい》の隙間に梅雨の晴れ間がのぞいていた。昨日の雨のせいか地面はしっとりと濡れていて、微かに腐葉土《ふようど》の匂いがした。風が吹くと潮騒のような葉ずれの音に包まれた。

ポケットから煙草の箱をとり出すと、カナブンは自分で一本をくわえ、僕にも勧めた。この場所を選んだ理由がようやく解けた。オイルライターを手慣れた手つきで扱い煙草に火をつけると、こちらに投げてよこした。冷めた横顔が白煙に巻かれ、目がきつくなった。

僕は生まれて初めて煙草を吸った。特に吸いたいわけではなかったが、ここらで吸っておいてもいいかなと思った。いってみれば、どうでもよかった。カナブンに付き合ってやろうという気持ちもあった。おっかなびっくり煙草に火をつけて吸ってみると、案外平気でむせたりはしなかった。なにかの拍子でたまに鼻の奥がつんとしたが、こんなものか、と思った。

「どうだ？」

「まあね」

僕は興味なさげにこたえた。なるべく深く吸い込まないようにして、煙を吐き出した。

「いつから吸ってる？」

「少し前から」

「家でも吸うのか？」

「おふくろが吸うからな。同じ煙草を吸ってりゃ、ばれない。ばれたところで、なにも言えないさ」

カナブンは前に立った細い木を力任せに蹴飛ばした。細やかな緑色の枝葉がズンと揺れて、昨夜の雨がバラバラと落ちてきた。

「おい！」

「つめてぇー」

カナブンは自分の仕業を笑って、煙の輪っかを作ってみせた。

「鵜沢のやつをやろうと思う」

顎を引くとカナブンは言った。

「気に入らないやつ」が小田嶋でなかったことに安堵した。鵜沢は、僕を吊るし上げようとした野球部員の首謀者で、たったひとり和解できていない相手だった。二年生の終わりに野球部を辞めて帰宅部になった鵜沢は、今では不良と目される一集団のボス的存在に成り上がっていた。野球部ではレギュラーをとれずに堕ちていったのかもしれない。僕と同じクラスの野球部の今関たちでさえ、今では鵜沢を煙たがっていた。

「理由は？」

「理由なんてない。気に入らないだけだ」

カナブンは煙草の煙を深く肺まで吸い込むと、しばらく溜めるようにして吐いた。僕の吐く煙よりもかなり薄くなっていた。死ぬのが怖くないことを誇示するように、それを繰り返した。

鵜沢のことは僕も好きではなかった。目が合えば挑戦的な視線を返してきたし、だれも文句を言わないのをいいことに、いい気になっている気がした。でも、今更相手にしたくない気持ちも強かった。

「あんなやつ、放っとけよ」

僕はわざと軽い調子で言ってみた。

カナブンは黙っていた。

「なあ、そろそろやめにしないか」

「なにを？」

「意味もなく喧嘩しても、しょうがないだろ」

つまらないジョークでも聞かされたように、カナブンは口元に軽蔑を滲ませた。フィルターぎりぎりまで吸った煙草を消しもせずに指先で草むらに弾いた。

「『人生楽しまなきゃ損だ、どうせ死ぬんだから』って、おまえ言ってたじゃないか」

「それはおふくろの言葉で、おれじゃない。おれは、おふくろのようにはなりたくない」

「なあ、楽しいことをしよう」

僕はなぜだか胸が苦しくなってきた。

「どんな？」

カナブンは睨むような目をこちらに向けた。

「そうだな、夏になったら、またここへ来て、幻のカナブン探しでもするか？」

「ガキじゃあるまいし、……それに、どうせ見つからねーよ」

冷めた声が言った。

僕は途中まで吸った煙草を木の幹に強く押しつけて丁寧に消すと、靴の先で地面に埋めた。

小柄とはいえ、今やカナブンは校内では一目置かれる存在になっていた。部活はやっていなかったけれど、体育の授業では運動部の連中に負けない能力を常に発揮したし、器械体操では教師の度肝を抜くような技をやって見せた。喧嘩っ早く、物怖じしない態度は、他人に好かれこそしないものの、僕にとって頼りになる相棒といえた。

カナブンのことを「ちょっとあいつはイカレてる」、そんな言い方をするやつもいた。カナブンには、なにかを捨てた者だけが手にするオーラがあった。中途半端にではなく、捨てきった者だけが持つ残酷なまでのしたたかさだ。

「他人にどう思われようが構わない」

カナブンはよくそう口にした。母親が夜の商売を続けていたので、そういう生き方を強いられてきたのかもしれない。でもそんなのは本当の強さではなくて、見せかけに過ぎない気もした。我慢比べに無理して勝ち続けている、そんなふうに思えることもあった。テツガクならきっと認めないはずだ。

「いいよな？」

カナブンが言ったので、「好きにしろよ」とだけこたえた。


事件が起きたのは、それからしばらくしてのことだ。放課後の昇降口で下校しようとする生徒が鵜沢にからまれた。帰ろうとする生徒たちで混み合っているなかで開こうとした傘の先が、誤って鵜沢の頰をかすめてしまったらしい。教室にもどってきたクラスメイトが教えてくれた。教室には僕以外にもまだ数人の生徒が残っていた。カナブンの姿もあった。

「だれだよ、やられてんのは？」

僕が訊くと、「小島のやつだよ」とそいつはこたえた。

「いくぞ、直樹！」

カナブンは叫ぶと、教室を飛び出していった。

慌てて僕も廊下に出ると、踵の裂けた上履きで走るカナブンのあとを追った。これはマズイ展開になったと思った。

昇降口には、鵜沢が仲間ふたりといた。遠巻きに見ている生徒たちの多くは、通りすがりの傍観者に過ぎない。下駄箱の前に敷かれた簀《す》の子に、両膝をついているテツガクの姿があった。髪の毛をつかまれたのか寝起きのように乱れ、銀縁メガネがかろうじて鷲鼻の先にぶらさがってい た。顎ひもの外れた学帽が近くに転がっていた。

カナブンが立ち止まると、仲間のふたりが身体をこちらに向けた。いずれも短髪で額には深い剃り込みを入れている。ふたりとも元野球部だった。

追いついた僕の上履きが廊下をキュッと鳴らした。顔を背《そむ》けるようにして女生徒が小走りで横を通り過ぎていった。

「なにか用か？」

下駄箱で死角になっている位置から鵜沢が顔を出した。詰襟のホックを外した襟元から赤いシャツがのぞいていた。

「なにやってる？」

カナブンの声がいつもより低くなった。

「こいつがおれたちに迷惑をかけたから、謝ってもらってるだけさ」

眉間に皺が寄り、吊り上がった目が好きではない物を見るように細められた。

「すいませんでした。急いでいたものですから」

テツガクは額を簀の子に擦りつけるようにして言った。

「だめだよー、こんなところで傘をふり回しちゃ。危ないよ、ボク」

鵜沢はおどけて言うと、ポケットに両手を突っ込んだまま身体を揺らした。仲間のふたりがへらへらと笑った。

「謝ったんだから、もういいよな」

カナブンの背後に立った僕がなるべく穏やかに声をかけると、「矢木には関係ねぇだろ」と巻き舌で声を被せてきた。カナブンの舌打ちが聞こえた。止めなければまちがいなくこの場で喧嘩になる、そういう雰囲気だった。昇降口の上のフロアは職員室になっている。喧嘩に向いた場所とはいえなかった。カナブンは黙ったまま鵜沢を睨んでいた。

「なんだ、その目は？」

同じ種類の目付きをした鵜沢が顎をふった。

カナブンの顔色が変わり、一歩前に出た。咄嗟に僕は後ろから腕をつかんだ。ここではまずい、という意味を込めて首を横にふった。できることなら、やらせたくなかった。それはテツガクとて同じ気持ちだったと思う。今度問題を起こせば、カナブンは危うい立場になりかねない。そんな気がした。

「僕が悪いんです。すいません、すいません」

テツガクは鵜沢の気を引こうとするように、繰り返し長髪をふって謝った。

「さあ、いこうぜ」

僕がテツガクに近づき手を貸そうとすると、奇妙な鳴き声が聞こえた。

「メエエエ〜」

喉を震わせたのは鵜沢だった。仲間のふたりは鵜沢の隣で声に出して笑った。

「メェエェ〜」ともう一度鳴いた。

僕は動きを止めて、鵜沢を見た。それは久しぶりに聞く、僕の苗字を揶揄する懐かしいフレーズだった。視線を動かさないでいると、「山羊のくせしやがってよ、うぜぇんだよ！　紙でも食ってろ！」と吐き捨てるように鵜沢は言った。

「なんだと、てめえ！」

いきり立ったカナブンが向かうのを、僕は再び制止した。前から抱くようにして、怒りに震えるカナブンの身体を押さえた。身体のなかで沸騰する感情をなんとか抑えようとした。それでもカナブンは前へ出ようとする。自分の顔をカナブンの顔に近づけ、息がかかる位置で額と額を合わせるとカナブンに伝えた。「こいつは、おれがやる」。その言葉に、カナブンは目を見開いた。

ふり向きざまに、ノーモーションの右ストレートを突き出した。拳が鵜沢の顎をきっちりとらえた。続けざまに左の拳をふるう。がくん、と鵜沢の身体が落ちた。

「てめえらもやんのかーっ！」

カナブンの恫喝が昇降口に響いた。

鵜沢はポケットから両手を抜くと、体勢を立て直し反撃に転じてきた。冷静さを欠いた分、不必要なパンチをもらったが、後ろには引かなかった。肩が靴箱にぶつかり、きな粉を吹いたように埃が舞う。足の裏を移動させるたびに、簀の子が「タン！」と乾いた音をたてた。なにに向けた怒りなのかわからなかったが、激しくこみ上げてきた。目の前の敵を捕まえると、首に右腕を回して強く締め上げた。鵜沢のこめかみに血管が浮き、額がみるみるうちに紅潮していく。細く剃り込んだ眉毛が左右でバランスを崩しているのが、おかしかった。憎しみを湛《たた》えた鵜沢の瞳に、同じ顔をした自分の姿が映りこんでいた。

「もういい、もういいって！」

悲鳴のようなテツガクの声が聞こえた。

簀の子の上に、点々と赤い染みがあった。血は、爪を立てられている自分の右耳から落ちていた。どこから鵜沢の腕が伸びているのかわからなかったが、焼けるような痛みが走った。

いつのまにか人だかりができていた。顔を上げると、人垣の先頭に大男が立っていた。担任の国重だった。マズイと思ったが力はゆるめなかった。不思議なことに国重はすぐには止めなかった。両腕を組み、僕らを静かに見つめていた。鵜沢の仲間の姿はすでになかった。形勢は動きそうもない。これ以上、続ける意味はなかった。

鵜沢の受け口からのぞいた下の歯茎に血が滲んでいた。渇いた唇がささくれ立ち、透明な唾液がこぼれそうになっている。それでも鵜沢が動きを止めるまで容赦なく締め上げた。最初の一撃で、かなりのダメージを与えたはずだ。どんな喧嘩も先制攻撃は有効だ。挑発した敵を前にポケットに手など入れているべきではない。

「終わりにするか？」

僕は腕のなかの形相に向かって言った。

鵜沢は目を剝き、じっと耐えている。

力を抜いた。

「終わりにするか？」

もう一度強く締め上げて訊くと、「わかった、……終わりだ」と鵜沢は小さく言い、自分から力を抜いた。

「よーし、そこまでだ」

国重が前で組んでいた両腕を解いて、僕らを分けた。

「ここで待ってろよ」

僕に睨みを利かすと、国重は鵜沢をどこかへ連れて行った。それから今度は僕を呼びに来た。連れて行かれたのは保健室前の廊下だった。しばらくして治療を終えた鵜沢が出てきた。鵜沢の顔は見事に腫れ、ごてごてと湿布が貼られていた。無言のまますれ違った。僕の右の耳から流れた血は、早くも固まりかけていた。手で触ると、赤くない透明な液がぬらぬらと指先に光った。

「なんでこんなになるまで、やらせたんですか」

保健の若い女の先生が眉をひそめた。その表情がやけにセクシーでぐっときた。こんなときになにを考えているんだと自分を笑った。国重は渋い顔をして背中を向けていた。カタン、という金属が金属のうえに落ちる音がした。やけに部屋のなかは静かだった。

冷たいオキシドールで耳を拭かれていると気持ちよかった。うつむいている僕に見えるのは、保健の先生の白い膝頭だった。治療を終えて顔を上げると、清潔そうな白い衝立《ついたて》の隙間からカナブンとテツガクの顔が見えた。カナブンは「よくやった」と言わんばかりに何度もうなずき、テツガクは今にも泣きそうに鼻を赤くしていた。

開け放たれた窓のクリーム色のカーテンが揺れて、雨の匂いが部屋に入ってきた。僕は黙ったままグラウンドのほうを見た。テニスコートの向こう、降りしきる雨のなか、練習をしている野球部員たちの姿が見えた。

こんなはずじゃなかったのに——。

なぜだか急に鼻の奥がつんと痛くなった。


僕が暴力という手段を使ったことに失望したのか、テツガクはあまり口を利かなくなった。

「自分のせいで、ああいうことになったのだとしたら、とても悲しいよ」

喧嘩のあとでテツガクに言われた。

「おまえのためじゃない。自分のためにやったまでだ」

僕はそうこたえた。

——自分のため。

果たして本当にそうだろうか。

僕は喧嘩に勝ったところで、ちっともうれしくなかった。

テツガクの態度に、カナブンは大いに不満げだった。「所詮あいつは甘ちゃんなんだよ」とうそぶいた。元はといえば「鵜沢をやる」と宣言したのはカナブンだったのに、なんでこうなるんだよ、とため息が出た。

現実の喧嘩はテレビの青春ドラマのようにはいかない。怒りも、憎しみも、恐怖も、流れる血も本物だ。怖いし、痛いし、格好悪いし、ひどく醜い。それにたぶん滑稽《こっけい》だ。見る者を不快にする。悲しくもさせる。そして、そのことは自分のなかにずっと消えずに残る——。

切った唇の傷は塞がり、頬の腫れも引いた。でも、冷めた溶岩のように右耳を覆った黒いかさぶたは、戒《いまし》めのように長いあいだ消えることはなかった。


夏休みに入ると、テツガクと顔を合わせる機会はなくなった。僕からは連絡しなかったし、彼からも連絡はなかった。夏期講習で忙しいせいかもしれない。退屈な昼下がりに首をふっている扇風機に向かって、ため息ばかりついて過ごした。テツガクとスケートボードを一緒に作った去年の夏が、ずいぶん昔のことのように思えた。おじいさんの作ってくれた味の濃いカルピスが懐かしかった。

八月上旬、自衛隊のお祭りにカナブンと一緒に出かけた。この日だけは普段入れない駐屯地が一部開放される。夕暮れの会場には部隊ごとの屋台がずらりと並び、そこかしこで制服姿の若い自衛隊員が陽気に呼び込みをしている。地域住民はもとより、隊員の家族や恋人なども大勢やって来る。

「すげえなぁー」

口を半開きにして、提灯《ちょうちん》で飾られた巨大な赤と白の鉄塔を見上げた。それは空挺団の落下傘の降下訓練に使われる施設だった。高さが百メートル近くある鉄塔の高い部分には、赤い灯火が明滅している。

「こんな高いとこから、飛び降りるのか」

顔を上げたまま言うと、「実際は飛んでる輸送機からだから、ずっと高いよ」とカナブンに言われてしまった。

「怖いだろうなぁ」

思わず身震いした。

塔の向こうに幾張りも設営されたテントの前には、戦国時代のノボリのような部隊名の入った旗が林立していた。僕とカナブンはたくさんの屋台に目移りしながら歩き回った。とりあえず腹に溜まるものを食べようとふたりで決めた。でも同じ焼きそばの屋台だけでも何軒もあるので、どこの店がよいか迷ってしまう。ポケットのなかの小銭をいじりながら、何度も店を行き来した。夕闇の迫った空に一番星が瞬く頃、太鼓の音が雷鳴のように轟《とどろ》きだし盆踊りが始まった。

ようやく買った焼きそばを食べながら芝生の広場を歩いていると、淡いピンクの小花模様の浴《ゆ》衣《かた》が近づいてきた。だれかと思えば増田睦美だった。驚いて歩く速度を落とすと、カナブンと一言二言言葉を交わしただけで、睦美はすぐに離れていった。なんだかお祭りで偶然に出会った兄妹のようだった。睦美の向かった暗がりを見ると、濃紺の浴衣姿の小田嶋が立っていた。

「なんて？」と訊くと、「べつに」とカナブンはそっけなかった。

もうすぐカナブンが睦美と別れて一年がたつ。理由はわからないが、睦美と別れるに際して、カナブンは自分から身を引いたような気がしてならなかった。それが彼女の幸せを望んでというのなら、そんなのはちがうと言ってやりたかった。女装をした隊員が僕らを追い越していくと、その後ろを子供たちが追いかけていった。

祭りの雑踏に身をまかせながら、僕の目はいつのまにか浴衣姿の村瀬晶子を捜していた。彼女の家はここからそう遠くない。もしかすると会えるかもしれないと期待を抱いた。

村瀬は夏休みの前に髪型をポニーテールに変えた。うなじを見せるその髪型はとても似合っていたけれど、僕には刺激が強すぎた。それにそんな部分を僕以外の男に見せるべきじゃない。真剣にそう思った。

休み前にテツガクから聞いた話では、村瀬には好きな男がいるとのことだった。それは野球部の永井らしいとのことだった。永井は野球部では目立たない男で、三年生になってリリーフ・ピッチャーの座をようやく手にした努力家だった。

「この年頃の女子はさ、なにかに熱中している男子に惹かれるものだよ。特に汗を流しているタイプに弱いからね」

テツガクはそう分析してみせた。

そんな噂話を信じたわけではない。それでもかなり落ち込んだ。家に帰ると西日の射し込む自分の部屋にこもって、ＮＳＰの「夕暮れ時はさびしそう」を何度も繰り返し聞いた。兄の持っていたそのレコードは、僕の気分にぴったりとはまった。

屋台の前でカナブンがふと足を止めた。迷彩色のTシャツを売っている店の隅にムシカゴが吊るされていた。貼り紙には「カブトムシ　オス　二百円」と書かれていた。自然とカブトムシに反応してしまうカナブンがおかしかった。

水族館の水槽の鰯《いわし》のように、僕らはただひたすらにぐるぐると屋台を巡り、小遣いを使い果たすと祭りの会場をあとにした。

自転車での帰り道、ボウリング坂の前まで来るとペダルから地面に足をついた。大きくくだっては、またのぼる巨大な坂が眼前に立ちはだかっている。まったく僕らにとって迷惑な存在だった。手前で止まってしまうと、なおいっそう坂はでっかく見えた。

「どうする？」

僕が訊くと、カナブンは「かったりぃな～」と言ってため息をつく。

「行けるとこまで行って、あとは自転車を引いてのぼろう」

僕が言うと、「ああ」とカナブンはこたえ、けだるそうにペダルをこぎ始めた。


夏休み明けに体育館で開かれた全校集会で、市の大会で優勝した野球部が表彰された。壇上にあがった監督の菊島とメダルを首にかけた野球部員たちは誇らしそうだった。厳しい練習に耐えてつかんだ栄誉に拍手が送られた。県大会では二回戦で敗退したものの、校長は彼らの健闘を大いに称えた。

真っ黒に日に灼けた野球部員を見ていると、ざわざわと胸が波立った。自分は中学生になってからなにも成し遂げていない。これからも成し遂げられそうにない。そんな思いが強くなった。

教室にもどると、野球部の連中には「よかったな」と声をかけた。大会で活躍した今関は白い歯を見せて笑みを浮かべた。

「ところで、リリーフ・ピッチャーの永井は活躍した？」

なにげなく訊いてみた。

「あいつの出番は最後までなかったな。ピッチャーはエースの山岡がほぼ完投。二年生が少し投げたくらいだよ」

今関はこたえた。

テニス部のウメは最後の夏の大会にダブルスで出場して、初戦で敗退した。公式戦では遂に一勝もできずに終わった。とはいえ、途中入部ながら試合に出たのだからたいしたものだ。ウメは高校でもテニスを続けると早くも宣言した。

夏の大会が終わると、運動部の生徒たちは部活動から一斉に引退した。文化部の生徒たちの多くは、すでに夏休み前に活動の第一線から身を引いていた。そんなわけで、すべての三年生が帰宅部に収まった感じになった。

秋を迎え、落葉樹の葉が紅葉するように生徒たちも同じ色に染まり始めた。ついこないだまで授業中にしゃべっていたやつが、真剣にノートをとるようになった。自習時間にふざけようものなら、まわりの生徒から白い目で見られる。教師の口から「ジュケン」という呪いの言葉を聞かない日はなかった。

進路説明会の次の日からテツガクは学校を一週間近く休んでいた。

「あいつ、今日も来てないぞ?」

「どうせ、学校サボって、家でシコシコ受験勉強やってんだろ」

カナブンはめんどうくさそうにこたえた。

そんな会話を交わしていると、帰りのホームルームのあとで、国重に職員室までふたりで来るように言われた。

「おれたち、また、なにかやったっけ?」

職員室へ向かう廊下でカナブンは顔をしかめた。

僕にも思い当たる節はなかった。昇降口での鵜沢との喧嘩の件は、厳重な注意を受けたが幸い大事には至らなかった。おそらく国重がもみ消してくれたのだ。

職員室のドアを開け、国重の座っている鼠色のデスクの前に行くと、僕らは黙って床に並んで正座をした。呼びだされると、いつもそうさせられるからだ。僕らにとって職員室は正座をする場所だった。

「今日は、正座はいい」

国重は薄ら笑いを浮かべた。「小島のことだ。おまえら、仲がいいんだろ?」

それでも正座したままふたりで黙っていると、「どうして小島みたいな優秀な生徒が、おまえたちなんかと付き合ってんだ。なにか共通の趣味でもあるのか？」と訊かれた。

僕とカナブンは顔を見合わせた。

「ないよなぁ」

自分だけ椅子に座っている国重は首をかしげた。

するとカナブンが口を開いた。「おれたち、帰宅部だったから」

「ああ、なるほど。そういうわけか」

口を押さえるようにして笑いをこらえると、「それで小島のことなんだけどな」と国重は話を続けた。

そこで初めて最近の小島哲人について僕らは知った。テツガクはあの広い家に今はひとりで暮らしている、ということだった。一緒に生活していたおじいさんが夏休みに入院した。限られた身寄りであるテツガクの母親は別の土地に住み、仕事もあるので、おじいさんの見舞いにはもっぱらテツガクが足を運んでいるらしい。

「それでな、こないだお母さんと話し合って決めたらしい」

「なにをですか？」

カナブンが口を挟んだ。

「おじいさんに、もしものことがあったときのことだ。詳しい話は聞いてないが、小島は母親の元へ行くしかなさそうだな。とりあえず、今日にでもこれを小島に渡してきてくれ。なかには最近の連絡事項のプリントと手紙が入っている。不在の場合はポストに投函してくればいい。家は知っているよな」

国重は大判の茶封筒を差しだした。

僕らが黙り込んでいると、「友だちなんだろ？」と問いかけられた。


その日、下校の途中にテツガクの家に寄ることにした。久しぶりに訪れたテツガクの家のガレージには、同じ位置にクリーム色のビートルが停まっていた。庭の芝生はだらしなく伸びていてまったく刈り込まれた様子がない。花壇には去年も咲いていたサルビアが同じ朱色の花をつけていた。

玄関のインターホンを何度も鳴らしたが応答はなかった。鎖《くさり》につながれたクーンは落ちつきなくさかんに尻尾をふっていた。犬小屋のまわりには、クーンの抜けた夏毛の塊がいくつも落ちていた。

ポストに預かった封筒を入れて帰ろうかと迷っていると、スーパーの袋を両手に提げたテツガクが坂をのぼってきた。なにやら浮かない表情をしていた。地面に視線を落としていたので、家の前に来るまで僕らに気づかなかった。

「よっ」

カナブンが声をかけると、テツガクはびくんと立ち止まり、その場で固まってしまった。

「元気か？」

僕が脳天にチョップを食らわすと、ようやく表情がゆるんだ。

テツガクは他人行儀な深いお辞儀をした。学校を休んでいる引け目があるのか、どこかオドオドした態度だった。

「あー、喉渇いたなぁー」

カナブンはわざとらしく言った。

テツガクは僕らを家に招き入れると、少し迷う仕草を見せたあとで、「よかったら、夕食を一緒に食べませんか？」と誘ってきた。僕とカナブンは、おじいさんが作るものより薄味のカルピスを飲みながら、「いいねぇ〜」と声を合わせてこたえた。どうせカナブンにしても、夕食はひとりで食べるにちがいない。僕が少し遅くなると家に電話を入れると、母は「あ、そう」とだけ言った。

食事は僕とテツガクが担当することになり、カナブンはクーンの散歩に出かけた。最近、散歩に行っていなかったらしく、カナブンの手にした引き綱を見ただけで、クーンは興奮しておしっこを漏らしたくらいだ。

テツガクはキャベツやにんじんや豚肉を包丁で刻んだ。僕は米を白い汁が出なくなるまで洗った。今晩のおかずは肉野菜炒めに決まった。

「受験勉強、進んでるか？」

キッチンでなにげなく僕が訊くと、テツガクは力なく首を横にふった。包丁の刃先に張り付いた豚肉をはがしながら、「今はじいさんの看病のほうが大事だから」とこたえた。

「長くなりそうなの？」

「もうよくはならないみたい」

抑揚のない声が返ってきた。

僕はテツガクのおじいさんと直接言葉を交わしたことはない。だけどおじいさんは、いつも僕らを温かく家に迎えてくれていた気がする。でしゃばることはせず、孫のテツガクと僕らを見守ってくれていた。あの人の命が消えそうだということは、僕には他人事ではなかった。僕の人生のなかでは、それこそ主要な登場人物とはなりえないだろうが、関わったひとりにはちがいなかった。

カナブンが犬の散歩から帰ると、できたての料理をリビングに運んだ。肉野菜炒めは三人分の食器を用意するのがめんどうくさかったので、新聞紙を下に敷いてフライパンを皿代わりにした。ほかのおかずは豆腐がまるごと一丁のみ。ご飯は上手に炊けた。それだけだったが、分け合って食べるとやけにおいしかった。

だれかと一緒に夕食を食べるのは久しぶりだと、テツガクは口をもごもごと動かした。そんなテツガクを元気づけようと思ってか、カナブンは学校であった笑い話をしたが、食事中にはふさわしくないジョークを連発して顰蹙《ひんしゅく》を買った。久しぶりにこの家に帰宅部三人組が集まって会話が弾んだ。

「じゃあ、これから犬の散歩に毎日来てやるよ」

カナブンはフライパンの野菜を遠慮なくさらうと言った。

「それは、助かるけど……」

「ときどき一緒に夕飯を作って、ここで勉強するってのはどうだ？」

僕が言うと、「いいっすねぇー」とカナブンは乗ってきた。

「こっちは構わないけど、君たち大丈夫なの？」

「まったく問題なし。勉強はあんまり気が進まないけど」と言ってカナブンはにやけた。

「よし、じゃあそうしようぜ」

僕らはその話で盛り上がった。

夕食後、二階に場所を移すと制作途中の映画の話になった。編集はされていないが現像されたフィルムがあるというので、観せてもらうことになった。テツガクは壁にスクリーンを吊るし、映写機をセットして部屋の明かりを消した。

最初にスクリーンに映しだされたのは、がらんとした放課後の教室。並べた机を卓球台にして、僕とカナブンがピンポンをしている。一年生の頃から暇になるとよくやった遊びだ。浮いた球をこれでもかというくらいに思いっきりスマッシュする僕の姿が映っていた。

ゲームが中断し、ピンポン球を探しているシーン。教室の隅でカナブンが背中を向けている。テツガクが声をかけると、カナブンはカメラのほうにふり向く。その顔の両目の位置に白いピンポン球がはまってる。さらに口からも、にょろりとピンポン球をだしてみせる。

「馬鹿だねー」

思わず僕は膝を叩いた。

「こいつサイコーじゃん！」

やっている本人が隣で腹を抱えている。

次に映しだされた校舎の裏での牛乳早飲み競争も笑えた。テニス部を抜けだしてきたウメも参加している。競争の途中で、笑いをこらえきれずにウメが牛乳を吐きだして、自分の顔に白い飛沫を浴びる。何度も撮り直すが、そのたびにウメがふきだす。遂にはひどくむせて、鼻から牛乳を流したウメが涙目になる。

「アホすぎだろ、コイツ！」

カナブンは指をさして笑った。

それから僕とカナブンが今は亡き手作りのスケートボードで坂をくだってくるシーン。最初に僕が坂を滑り、次にカナブンが降りてくる。カメラの前を僕がVサインをして通り過ぎると、続いてカナブンが舌をだして顔をふりながら通り過ぎる。

画面が切り替わると、今度はテツガクが「ボーイズ1号」を手にしている。テツガクはボードに足を乗せると緊張した表情で滑りだす。へっぴり腰で危なっかしいが、カメラのほうを見ると実にいい顔をして頬をゆるめた。

スケートボードのシーンでは、なぜだか三人とも静かになった。楽しそうにやっている自分たちを妙に懐かしく感じた。それはほんの少し前の出来事なのに、なぜだか遠い昔のことのように思えた。あの頃はもっと自然に馬鹿をやっていた。そんな気がした。

「まだ編集の途中だからさ」

テツガクは映写機のスイッチを切ると部屋の明かりをつけた。

「早く完成したのを観たいな」

僕が言うと、「いい感じじゃん！」とカナブンはめずらしく褒めた。

出会った頃は暗い写真ばかり撮っていたくせに、8ミリで撮ったテツガクの映像はずいぶんと様変わりしていた。

「今日は、久しぶりに笑った気がする」

別れ際にテツガクは言った。


次の日からテツガクは学校に登校するようになった。

それから約一カ月間、僕らは以前のように一緒に下校するようになった。テツガクは通っていた塾をすべてやめてしまった。多くの場合、僕らはテツガクの家で夕食を作り、勉強をしたり音楽を聴いたり遊んだりした。

カナブンはクーンを散歩に連れて行った。僕はスーパーの買い出しに付き合った。病室には入らなかったけれど、おじいさんの入院している病院まで一緒に行くこともあった。テツガクは病室から出てくると、いつも暗い顔をしていて、立ち直るまでしばらく時間がかかった。

「おい、あれやらないか？」

冷蔵庫をのぞいていたカナブンがコンビーフの缶詰を手にすると言った。「どうしても一度やりたかったんだ」

カナブンが切望したのは、テレビドラマ「傷だらけの天使」のオープニングシーンだった。主人公の木暮修役のショーケンこと萩原健一が、朝食を不作法に食べる演技。それを真似するから、撮影してほしいと言いだしたのだ。

撮影に際して用意したのは、耳当ての大きなヘッドホンに水泳用のゴーグル、赤く熟したトマト、食卓塩、クラッカー、コンビーフの缶詰、新聞、魚肉ソーセージ、そして学校から持ち帰った牛乳一本。

「それでは、本番スタート！」

テツガクはキューを出した。

押し入れの引き戸を開くと、髪を後ろに撫でつけてヘッドホンとゴーグルをしたカナブンが寝そべっている。目を覚ますと、学ランを肩にかけたまま押し入れからごそごそと這いだしてくる。段ボール箱のなかの食べ物をテーブルに並べ、朝食の準備を整える。テーブルの席に着くなり、完熟トマトにかぶりつく。手をのばしてクラッカーをかじり、缶詰のコンビーフをパクリ。続いて新聞を開くが、読みもせずに襟元に押し込んで前掛けにしてしまう。さらにトマトにかぶりつき、今度は赤い包装の魚肉ソーセージを歯で引きちぎって頬張る。牛乳瓶のキャップをもごもごと口で外して、ごくりとやる……。

そして最後に、「なに見てんだよ」という感じでカメラに視線を合わせた。

「ハイ、オッケー！」

見事な演技だった。カナブンは「傷だらけの天使」が好きらしく、完璧に近く再現してみせた。

下品な食べ方も板に付いていた。最後は笑いをこらえきれずに牛乳を吐きだしてしまったわけだが……。

「またかよ」

テツガクはカメラを拭きながら呆れた。

そんなことをしながら僕らの時間は過ぎていった。

クリーム色のビートルが停まった家の庭の芝生が枯れ始め、白い鋳物《いもの》の垣根に巻き付いた薔薇《ばら》が硬い実を結んだ頃、再びテツガクが学校を休んだ。理由はなんとなくわかった。遂にその日がやってきたのだ。

ホームルームが終わると、僕とカナブンは国重に職員室へ呼ばれた。正座はしなかった。

「頼みがあるんだ」

テツガクにそう言われたのは、おじいさんの葬儀が終わった数日後、彼が久しぶりに登校した日のことだった。校舎の裏に集まり、給食で余った牛乳をラッパ飲みしていた。たいして喉が渇いていたわけではない。集まったのはテツガクのことが気になったからだ。長く伸びていた髪を切ったテツガクは、なんだか少し縮んだような感じがした。

「クーンをもらってくれる人、だれかいないかな?」

「どうした？　散歩なら連れて行くぞ」とカナブンは言った。

「実は引っ越すことになってね。神奈川県なんだ。母親の住むマンションで暮らすことに決まった。だから、クーンを連れて行けそうもなくてさ」

「マジかよ？」

「うん、マジ。中学生がいつまでもひとりで暮らしているわけには、いかないらしい」

「おれたちも一緒に暮らしてやんのになあ」

カナブンはこっちを見て目尻を下げた。

「高校は？」

「向こうの高校を受験することになる」

「いつ行っちゃうんだ？」

「今月中には」

「じゃあ、もうすぐじゃん」

「そうなんだよね」

テツガクは気の抜けたような笑い方をした。

瓶を傾けて飲み残した牛乳を地面に垂らすと、苔《こけ》の生えた黒い土の上に白い溜りができた。日当たりの悪い花壇に黄色い菊の花が咲いていて、そこだけやけに明るく感じた。

——テツガクがいなくなる。

その実感がどうにも湧いてこなかった。

「あの映画、どうすんだよ？」

急に思いだしたようにカナブンが口を開いた。

「うん、今編集をしてるところ。タイトルは、もう決まったけど」

そのときだけテツガクの頬に生気がもどり、表情がゆるんだ。

「完成するといいな」

僕がつぶやくと、「絶対完成させろよ」とカナブンは怒ったような口調で言った。


その日、テツガクと別れると、僕とカナブンはいつもの通学路を帰った。ボウリング坂の銀杏並木はすでに黄葉が始まっていた。銀杏の葉は、葉先のほうからじわじわと黄色に変わっていく。樹の生えている場所によって、あるいは葉の位置によって、黄葉の進み具合はずいぶんとばらけている。朝晩に冷え込めば、葉っぱは一気に黄金色に染まる予感がした。

「高校生になったら、みんなバラバラだな」

カナブンは土砂崩れを防ぐコンクリートの高い壁を蹴った。

成績のあまりよくない僕と、さらによくないカナブンの入れそうな高校は限られていた。僕は偏差値の低い自転車で通える公立の新設高校を、カナブンはさらに偏差値の低い私立高校を目指すことになっていた。

「なんだかんだ言っても、あいつには世話になったからな」

前を向いたままカナブンは言った。

「レコードや本をたくさん貸してくれたよな」

「ああ、勉強も教わった」

「女のあそこを初めて見せてくれたのも、あいつだ」

「いろいろな」

「ああ、いろいろ——。そういえばあいつ、映画のエンディング、どうするつもりかな？」

カナブンは語尾を上げるように言った。

去年の今頃、三人でこの坂を歩いた。季節は秋の終わりで、黄葉した銀杏並木にテツガクがやけに感動していた。あの頃はテツガクがどこかの街へ引っ越してしまうなんて、考えもしなかった。おじいさんが亡くなったことで、学校の成績もよく順風満帆に見えたテツガクの生活は、突然変わってしまった。

バス停を過ぎてようやく坂をのぼりきると、ガソリンスタンドのある交差点を右へ曲がった。歩道をしばらく黙って歩き、清涼飲料水の自動販売機のところまで来るとカナブンが立ち止まった。

「あっ」

後ろで声がしたが、構わず僕は歩き続けた。

「おい」

「なんだよ？」

「ほら、あれ」

しかたなくふり返って見ると、カナブンがホビーショップのほうを指さしている。

店のショーウインドーには、見飽きた特大の戦艦大和のプラモデルの大きなケースがあり、ブルートレインのNゲージの鉄道模型が飾られていた。その横に見慣れない物体が立てかけられてあった。

「あれって、もしかして、あれじゃやねぇか？」

「えっ？」

「ほら、見ろよ！」

「なにが？」

僕らは店に近づくと、厚いガラスに手のひらと額を押しつけた。イチゴゼリーのような赤い半透明の車輪を四つ付けたボードが二台、壁に立てかけられていた。

「これって、もしかして……」

「スケートボードじゃん！」

生まれて初めて実物を目にした瞬間だった。

「かっけぇー！」

カナブンは叫んだ。

「やっぱ、本物はちがうなー」

吐く息でガラスが曇った。

それからダッシュで家に帰った。家にはだれもいなかったので、洋服ダンスのなかに隠されているココアの缶を探した。ココアの缶のなかには、母親が保険の集金の釣銭にする小銭が入っているはずだ。発見した缶の中身を絨毯の上にぶちまけると、すべて一円玉だった。母はどうやら気づいていたようだ。

しかたなくあるだけの自分の小遣いを手にして、ホビーショップへ向かった。自転車を立ちこぎして急いだ。

店の前でブレーキをかけてショーウインドーを見ると、さっきまでそこにあったスケートボードが二台ともなくなっていた。

——遅かったか。

自転車のハンドルを握ったまま天を仰ぐと、後ろで声がした。

ふり向くと、カナブンがボードを二台抱えて立っていた。

「遅いよ、直樹。先に買い占めといたぞ」

「うわっ、びびったよ」

「なあ、どっちにする？」

「おい、これってちゃんと金払ったのかよ？」

カナブンが盗んできたのかと思って動揺した。

「あたりまえだろ。そこまでおれもワルじゃないよ」

「えらい！」

「金払えよ」

「わかった。残りは必ず」

財布のなかの有り金をすべてカナブンに渡した。

「新品だな」

「とーぜん」

カナブンは僕の前にふたつのボードを差しだした。

「いいのかよ？」

「いいよ、おれはどっちでも。値段は同じ。おまえが好きなほうを選べ」

カナブンは鷹揚《おうよう》な態度で顎をふった。

僕はありがたく、先に選ばせてもらった。選んだのはボードの表面にＦ１のマクラーレンのマシンが印刷されたほう。グラスファイバー製で表面は滑り止めが施され、白い裏面は鏡のようにテカテカしてすごくきれいだった。

カナブンのはイエローに黒のラインが一本縦に入ったシンプルなデザインだった。

「じゃあ、さっそく乗ってみますか？」

満面の笑みでカナブンが言ったので、「もちろん」とうなずいた。


生まれて初めて本物のスケートボードを手にした日、僕とカナブンは団地の近くにある、児童公園の手前の坂へと急いだ。以前、手作りのボードでよく滑った場所だ。

　本物のスケートボードに両足を乗せた瞬間、身体が軽くなった。手作りのボードに最初に乗ったときとは、またちがった高揚感を覚えた。幅広の車輪が路面に吸い付くようにフィットする。車高が低く安定感が抜群。車輪が滑らかに回転した。身体を揺するようにすると、ボードはしなやかに反応する。うっとりするような乗り心地だった。

　正直言って「グリーン・トライアングル・スペシャル」とは、まったく別物だった。身体の重心をほんの少し右や左に傾けるだけで、機敏に曲がってくれる。手作りのボードがどんなに乗りにくい代物《しろもの》だったのか痛感した。

　この世のなかに、これ以上スリリングな乗り物は存在しない。すべては乗っている自分自身に委ねられている。だれからも指図を受けることはないし、機械に制御されているわけでもなく、ましてや勝敗なんていう結果も求められない。スケートボードは、まさに危険なほど自由な乗り物だ。

　ただこれだけは言えた。新しく手にしたボードを僕らがいともたやすく乗りこなせたのは、すべては葬ったあの手作りのボードのおかげなのだと。ひどく乗りにくい手作りのボードによって、僕らのバランス感覚は鍛え上げられていた。思えば、あのボードで何度も転んで痛い目を味わい、乗り方を試行錯誤《しこうさくご》した。

「サイコーだよー！」

　深く膝を折って坂をくだる途中で、カナブンの背中に声をかけた。

「こいつなら、ボウリング坂を相手にできるかもしれないぜ」

カナブンは言った。「そうだ、そうしよう。こいつでボウリング坂をくだろう！」

「マジかよ？」

「マジだよ。テツガクのやつに、最後にいいシーンを撮らしてやろうぜ。そうなりゃ、俺たちの最高のエンディングになる！」

カナブンの声が叫びに変わった。

冷たい風に頬を打たれながら膝をやわらかく屈伸する。道幅いっぱいに交互にカーブを描きながら夢中になって滑った。カナブンの言葉を真に受けたわけではない。だけど、おれたちにならきっとできる。たしかにそのとき思った。

「ひゃっほー！」

暮れかかった西の空に向かって叫んだ。


「ありがたいけど、そりゃあいくらなんでも無茶ですよ」

カナブンの申し出に対して、テツガクは困惑顔でこたえた。

冷静に考えてみると、僕も同じ意見に傾いていった。ボウリング坂をスケートボードでくだるなんて、やはり無謀だ。というより尋常ではない。

「なんでだよ？」

カナブンは眉間に皺を寄せた。

「スケートボードはね、本来公道でやるのは法律で禁じられてるんですよ。おまわりさんに捕まっちゃうよ」

テツガクは薄く笑った。

「今までだって、平気でがんがん滑ってたじゃん！」

テツガクによれば、道路における禁止行為の項目に、「交通のひんぱんな道路において、球戯をし、ローラー・スケートをし、又はこれらに類する行為をすること」というのがあるのだそうだ。

「スケートボードなんて言葉、一言もないぞ」

「だから、これらに類する行為ってやつに、スケートボードも含まれるんですよ」

「おまえ、映画を撮りたいんだろ。いつから法律家になったんだよ！」

真顔でカナブンが怒鳴ったので、僕もテツガクもふきだしてしまった。カナブンは、どうしてもボウリング坂を滑りたいらしい。テツガクに最高のエンディングを撮らせたいのだ。一方テツガクは、僕らの冒《おか》そうとしている危険を気遣っていた。

「いいか、交通のひんぱんな道路がいけないんだろ。だったら、車のいないときに、さっさと滑っちまえばいいんだ」

物は言いようである。

「朝っぱらだったら、問題ないよな」

カナブンは言った。

でも十一月の日の出はそれほど早くない。日の出の時刻になれば、街はもう動きだしているはずだ。果たしてうまくいくかどうか。

「それじゃあ、ロケハンしようか」

テツガクが言いだした。

ロケハンとは、ロケーション・ハンティングの略で、撮影前の下見のことだとテツガクは説明してくれた。「だったら最初からそう言え」とカナブンは舌打ちしたが、実際に撮影可能かどうか、結局現場で見極めることになった。

いつもより早起きをして午前六時に東側の坂の頂上に集まった。あたりはまだ薄暗く、車はヘッドライトを点灯させて走っている。車のタイヤが路面を擦る音が雨の日のようになぜだか大きく聞こえた。

まずはスタート地点を坂の上にあるバス停に設定して、ボウリング坂の距離を測ることにした。傾斜がその先から徐々にきつくなっている。バス停の位置からなら、坂の上の交差点、撮影場所となるであろう坂と坂の谷間を渡る歩道橋のどちらもが見渡せた。

バス停の近くに立っている銀杏から、坂のくだりが終わる歩道橋の真下にある銀杏までの距離を測定した。坂道に植えられた銀杏はカナブンの歩幅で九歩、約八メートルの間隔で植えられていた。銀杏を数えていくと、三十五本もあった。

「スタート地点からゴールまでは、約二百八十メートル」

テツガクは暗算してみせた。

「けっこうな距離だね」と僕は言った。

不意にカナブンが坂の上に顔を向けた。白んだ空の地平に輝きがせり上がってきた。鳥の鳴き声がそこかしこで起こった。

「朝焼けだ」

テツガクはつぶやくと腕時計を見た。「午前六時二十分」

坂の上の空が橙色に燃えていくのを、僕らはしばらく眺めた。

「やっぱり最高のロケーションだね。朝の表情も抜群だ」

テツガクはずり落ちそうなメガネを持ち上げた。

「だろ、いいシーンが撮れるぞ」

眠たげな目をこすりながらカナブンは言った。

僕らはボウリング坂を通る車の様子を調べることにした。問題はこの時刻に撮影ができるかどうか。それには車の交通量が大きく関わってくる。

「どうだ？　ひんぱんとまでは言えないだろ？」

しばらく道路を眺めるとカナブンは言った。

たしかに車は続けて何台も通るときもあるが、来ないときはパタッと姿を見せない。

「だけど、一台の車にしろ、轢《ひ》かれたらそれでアウトだからね」

僕が言うと、「まあ、それはそうだけどな」とカナブンは言って大きなあくびをした。

坂の上の交差点までもどると、もう一度車の流れを注意深く観察した。信号が変わるたびに車が止まったり、動きだしたりするのを繰り返し見つめた。すると車の流れの特徴が次第にわかってきた。南北に通った団地通りの幹線道路の交通量はたしかに少なくない。そして東側の細い道路からボウリング坂に直進してくる車はめったになかった。

そこで団地通りの信号機が赤から青に変わるまでの時間を計測することにした。

「おっ、すごいぞ」とテツガクは声を漏らした。

「なにが？」とカナブン。

「団地通りの信号が赤から青に変わるまで、五十秒ある」

腕時計から顔を上げると、テツガクは言った。「つまり東側の細い道路からの直進車両がない場合、対向車がのぼってくる可能性はあるけど、左の二車線は五十秒間空いている状態になる」

「やったじゃん」

「ただし、東側の道路から直進車が来ない場合だよ」

「大丈夫だ、来やしないよ」

「ところでスケボーのスピードってどのくらいかな？」

僕が言うと、「そんなの乗り方によるだろ」とカナブンに言われた。

それはその通りだ。今回の目的は撮影にある。早く滑ればよいというわけじゃない。あくまで優雅な滑りを見せるべきだ。

「テツガクの五十メートル走のタイムは？」とカナブンが訊いた。

「たしか八秒六」

「だとしたら？」

「だとしたら、四十八秒で坂をくだれる計算だ」

「だろ、大丈夫だって。絶対おまえよりも、坂をくだるスケボーのほうが早い。おれと直樹で五十秒でケリをつけるよ」

カナブンが親指を立てて言うと、僕らは笑い合った。たしかにそう思えたし、おそらく気持ちがそういう流れになっていたのだと思う。なにがなんでもやるのだと。

撮影は可能である、と無謀にも僕らは結論づけた。


小島哲人がこの街を去る日が十一月最後の日曜日に決まった。

新しいスケートボードに慣れるための日数を考慮すると、なるべく時間がほしかった。そのため撮影日は引っ越し当日の早朝に決めた。ラストシーンの撮影がお別れのプレゼント代わりだ。ボウリング坂をスケートボードでくだるのは、金崎文彦と矢木直樹。撮影者、小島哲人。

その日のために、放課後、僕とカナブンは新しいスケートボードで練習を重ねた。ほぼ毎日、夕方は坂に滑りに出かけた。

十一月最後の金曜日。帰りのホームルームの時間、テツガクはクラスメイトに別れの挨拶をした。明後日の日曜日に引っ越す彼が学校に来るのは、今日までという話だった。

担任の国重にうながされて教室の前に立ったテツガクは、引っ越しをすることになった事情を説明した。両親は離婚をしていて自分は祖父の家で育てられていたこと。最近、祖父が亡くなったこと。自分は母親と暮らすことになったこと。隠さずに語った。

卒業までこの学校で過ごせなくなったことを、テツガクはとても残念がった。「でも、人生とは往々にして、そういうことが起きるものです」と言った。実にしっかりとした、そしてかわいげのない別れの挨拶だった。

最後に、訊かれたわけでもないのに、自分の将来の夢について語った。「人が幸せになれるような映画を撮りたい。二十三歳までに、監督としてのデビューを目指します」。テツガクは微笑みながら締めくくった。

いい加減に早く話を終わらせようとするのではなく、自分の言葉を駆使して粘り強く今の気持ちを伝えようとする、その姿勢が印象的だった。人の心を動かすには、そういった誠実さや我慢強さを伴ったより正確な言葉が必要なのだと、教えられた気がした。それは感情の昂ぶりによって衝動的に自分を見失い、安易な手段で解決を図ろうとするのとは対極にある姿のように思えた。

僕らに残された共同作業は、明日の最終ロケハンと、明後日早朝に決行するラストシーン撮影のみとなった。

撮影前日の土曜日。午前七時に集まって最終ロケハン。天気予報によると、明日は移動性高気圧に覆われて小春日和になるらしい。テツガクがうれしそうに教えてくれた。

三人で撮影場所の歩道橋へ向かった。坂をくだりながら、実際にここをスケートボードで滑り降りるのかと思うと、早くも緊張した。直滑降でくだれば、まちがいなくスピードオーバーになる。だからコース取りがとても大切になる。大きく蛇行するようにして坂をくだらなければならない。左側の二車線を使って左右にボードをふり、スピードをうまく殺せるといいのだが……。万が一反対車線に飛びだし、そこへ対向車が来たらひとたまりもない。口のなかが乾いた。

「うん、バッチリだね」

錆び付いた歩道橋の階段をのぼると、坂を見上げたテツガクが相好を崩した。両手の人差し指と親指でファインダーを作ると、何度もカメラのアングルを試していた。坂道の両側の銀杏はここ数日の朝晩の冷え込みで完璧なまでに黄金色に染まっている。

——機は熟した。

「東の空に朝陽が昇る。その燃えるような朝陽をバックに、主人公の少年ふたりが、でっかいこの坂道をスケートボードで降りてくる。最高のエンディングだよ」

テツガクは目と鼻と口を寄せるようにして笑った。

「いよいよ明日だな。バッチリ撮ってくれよ」

カナブンは気分よさそうに笑った。

歩道橋の欄干に両腕をついてもたれると、目を閉じた。明日の朝、ボウリング坂の頂上に立った自分を想像してみた。三人で繰り返し確認したスタートの段取りをもう一度頭でおさらいした。

まず、スタート地点のバス停近くに僕とカナブンが待機。歩道橋の撮影位置に着いたテツガクを見る。昇ってくる太陽の位置を確認して、滑るべき時刻になったらテツガクが両手をふる合図をだす。合図を確認したら、カナブンと一緒にスケートボードの準備を整える。

次にこちらのスタート準備オーケーの合図を送る。ここでカメラは回りだす。坂の上の交差点の信号を確認。こちらから見える信号は赤。団地方面からの左折車、その反対方面からの右折車が、ボウリング坂へと進入してくる状況。この状況で東側道路からのボウリング坂への直進車両の信号待ちがないことを確認。

そして信号が赤から青に変わる。つまり車の通りの多い団地通りの信号が赤になる。車の流れが止まったら、カナブンに声をかける。

「GO！」

カナブンは左足をイエローのボードに乗せて右足でこぎだす。ぎゅん、と最後の一蹴りを加えて右足をボードに乗せる。ふり向いたカナブンの笑顔に離されないように、僕も素早くボードに乗ってこぎだす。新しい朝の風を切りながら、カナブンの背中についていく。低い前傾姿勢をとった僕らは、ボウリング坂へと吸い込まれるように落ちていく。

まるでジェットコースターに立っているように周囲の景色が背後に飛び、視野が狭くなる。押し寄せてくる怖れを乗り越え、ボードを操れ。緊張を、快感に変えろ。両腕を翼のようにしなやかに広げて、大きなスラロームを描いていく――。

「おい、直樹」

声をかけられ、ドキッとした。

「行こう。路面に亀裂とかないか、もう一度よく確認しとこうぜ」

カナブンは顎をふった。

「そうだな」

大きく深呼吸をしてから、その場を離れた。

新しいスケートボードにはかなり慣れてきた。距離は短いけれどボウリング坂と同じ程度の傾斜の坂道を何度も試し、それなりに自信も付いてきた。怖くない、と言えば嘘になる。でも、本番はいよいよ明日。カナブンと一緒なら、なんとかなるはずだ。

別れ際にカナブンが熱く語った。「なんで毎日毎日、こんなにでかい坂をのぼったりくだったりしなきゃならねぇんだ。そう思ってきた。おれの人生における最大の無駄。でも明日、おれたちはこの坂をくだる。人類最初の試みだ。おれたちは遂にボウリング坂を征服するんだ」

僕はうなずいた。

「じゃあ、明日の朝五時四十分に歩道橋で会おう」

立ち止まり手をふったテツガクを置いて、僕とカナブンは学校へ向かった。

その日、授業の合間の休み時間を使って、僕らは明日の滑り方の最終打ち合わせをした。せっかくふたりで滑るわけだから、かっこよく映りたい。それは僕もカナブンも同じだった。僕はテツガクのおじいさんにもらった手袋を着用することにした。

「最初は大きく蛇行して滑ろう」

カナブンはノートに描いたボウリング坂を中指の先でなぞるようにした。

「スピードを抑えてくれるなら、先に滑るカナブンのコースをトレースするよ」

「それ、いいねぇ」

「ただし無理はしない。難しいときはコース取りを変える」

僕が言うと、カナブンはうなずきながら言った。「前半は一緒に滑る感じで、後半はフリースタイルってとこか」

「帽子は必要ないかな?」

「いらないよ。顔が映らなくなるぞ」

「じゃあ手袋は?」

「一応するかな。ところで、歩道橋の下を通り過ぎるときのポーズ考えた?」

「カメラを見るけど、そんな余裕あるかな」

僕の声はちょっと自信なさげになった。

「大丈夫、きっとうまくいくさ」

カナブンは右の頬に深いくぼみを作った。

帰りのホームルームの最後に、残り約一カ月だけとなった年内の過ごし方について、担任の国重から注意があった。志望校の最終決定日が迫っており、受験勉強はいよいよ仕上げの時期を迎える。大切な時期なのでこれまで以上に勉強に集中するように、といった退屈な話だった。

「いいか、まちがっても盛り場なんかに顔をだして、トラブルに巻き込まれるなよ」

国重は教壇に両手をついて猫背になると、生徒たちを見渡した。

僕らの明日の計画を知ったら、この男はいったいどんな顔をするだろう。想像すると口元がゆるんだ。

「君たちは、学校の名前を背負っていることを忘れるな。個人が問題を起こせば、ほかの大勢の生徒たちが迷惑する。これまでに問題を起こした者は、特に注意しろ。いいな、金崎、矢木」

国重から名指しでクギを刺された。

「なんだか気に入らねぇよな」

学校からの帰り道、カナブンは耳の穴を小指でほじりながら言った。

「学校でも家でも、受験、受験ってうるさくてかなわねぇよ」

この日、一緒になったウメが嘆いた。

「でも、それもあとちょっとの辛抱だよ」

言ったのは、テニス部でウメとダブルスを組んでいた寺島という男だった。最近、ウメと一緒に帰るときは、たいていこの寺島もセットで付いてきた。

地下道をくぐり抜けて東口の商店街に出ると、カナブンがペットショップに寄りたいと言いだした。

「なんの用だよ？」

「ハムスターの餌を買う」

「おまえんち、ハムスターなんていたっけ？」

僕が訊くと、「姉ちゃんが連れてきた」とカナブンはこたえた。

「へー、姉ちゃん帰ってきたんだ」

「まあね。やっとおふくろと仲直りして、アパートを引き揚げてきた」

カナブンはうれしそうに目を細めた。

ペットショップは、ボウリング場の向かいにあるショッピングセンターの三階と屋上のあいだの踊り場にあった。僕らは一階の食品売り場のエスカレーターに乗り込んで、三階の衣料品売り場で降りた。ペットショップの外には、売るにはいくぶん育ちすぎた柴犬と、しゃべらない九官鳥がそれぞれのケージのなかにいた。

四人で店に入ると、カナブンはハムスターの餌を探しに行った。店のなかは室温が高く、生き物の臭いが充満していた。並んだカゴのなかの小鳥たちが競うようにさえずり、エアーポンプが水槽に空気を送り続けていた。寺島は臭いがたまらないと言って、すぐにウメと店を出てしまった。

店の壁沿いに天井近くまで水槽を並べた観賞魚コーナーに足を向けると、それほど臭いは気にならなくなった。小鳥の売り場からも離れているので騒々しくない。水草の茂る水のなかを色とりどりの魚たちが泳いでいて、ちょっとした水族館といった感じだった。

水槽のガラス越しに店の外を見ると、店頭のケージの前にしゃがんでいるカナブンの姿があった。すでに買い物を済ませたらしく、薄っぺらな学生カバンと一緒に茶色い紙袋を手にしていた。カナブンはケージのなかにいる柴犬の首のあたりを撫でてやっていた。

その犬を見たらテツガクの飼っていたクーンのことを思いだした。クーンを引き取ることは、僕にも団地住まいのカナブンにもできそうもなかった。クーンは人間で言えばもうかなりの高齢で、今から新しい飼い主になつくのは難しいかもしれない。飼い主が見つからなければ、クーンは保健所に連れていくと、テツガクは母親に言われたらしい。その後、引き取り手は見つかったのだろうか――。

首を反対側にめぐらすと、今度はウメたちの姿が見えた。ウメと寺島はゲームセンターのある屋上の入口のほうに顔を向けていた。なにを見ているのかは、ここからではわからなかった。

水槽のなかの世界に視線をもどすと、電飾のように輝いている熱帯魚を眺めた。淡いブルーの三角形をした尾びれのグッピーがきれいだった。横長の大きな水槽には下顎の出っ張った古代魚のような銀色の魚が悠然と泳いでいた。なにもいないように見える水草の生えた水槽に目を凝らすと、赤い筋の入った半透明のちいさなエビを見つけた。どの水槽のなかの世界も、とてものどかに感じた。

しばらくして水槽の向こう側に視線をもどすと、ケージの前にいたカナブンの姿がなかった。

どこへ行ったのかと顔をガラスに近づけると、白い服を着た男たちが見えた。黒い学生服の小柄な男を取り囲むようにしていた。カナブンだった。

――どうしたんだろう？

水中に潜っているように頭の回転が鈍かった。穏やかな水槽の世界に浸っていたせいかもしれない。

カナブンがつかまれた腕をふり払って、こっちを見たような気がした。

そこで初めて、あれ？　と思った。

ウメと寺島が慌てて店に入ってきた。

「まずいことになった」

ウメは早口で言った。

「どうした？」

「だめだ、まずいよ」

「まずいって、だからどうした？」

「馬立中のやつらだ。三人もいる」

ウメは落ち着きなく視線を泳がせると親指の爪を噛んだ。後ろに立っている寺島の顔が青ざめていた。

「どういうことだよ？」

「カナブンが、からまれた」

僕が店の出口へ向かおうとするとウメに止められた。

「やめとけ、まずい」

「ここは、我慢してもらうしかないよ」

寺島は顔を引きつらせて言った。「あいつらと揉め事を起こしたら、必ず大勢で学校まで乗り込んでくるぞ」

「だからって」

言いかけて、言葉に詰まった。帰りのホームルームで国重に言われたことが頭に浮かんだ。気がつけば、行くなと言われていた場所のとても近くにいた。

ともかく店の外に出て様子をうかがうと、白いトレーナー姿の三人組とカナブンの姿が見えた。相手のひとりは太っていた。以前地下道で会った男によく似ていた。あとを追って階段の手すり越しに見ると、二階と三階の途中にあるトイレに入っていくところだった。

髪をリーゼントにした男がふり向くと、「来んじゃねぇぞ」と低い声で威嚇《いかく》してきた。「いいか、だれも呼ぶな。だれか呼んだりしたら、めんどうなことになっからな」

扉の向こうに消えた。

「行こう」

寺島は冷めた声で言うと、階段をのぼって衣料品売り場のほうへ急いだ。

「まずいよ、直樹。今はまずい。時期がまずすぎるって」

ウメは僕の学生服の肩をつかんで引いた。思いがけず強い力だったのでよろけてしまった。睨むと、なおも首を横にふった。

カナブンの消えた扉に視線を置いたまま僕はあとずさった。

——あの色だ。

カナブンの消えた扉の色は、あざやかなやさしい緑色をしていた。エメラルド・グリーン。その色を見つめると、力が抜けていくような気がした。ペットショップの前を呆然と通り過ぎたあとでふり返ったが、扉はもう見えなかった。

くだりエスカレーターの前で待っていた寺島がステップに足をかけ階下へと沈みだした。続いてウメが乗り、僕も動くステップに乗った。自分のしていることがよくわからなかった。これが現実とは思えなかった。

「しょうがないよ」

ウメの唇がそう動いた。

「でも、おかしくないか、こんなの」

言葉が口を衝いて出た。

「あいつにも責任がある。挑発に乗ったんだ」

その言葉に沈黙した。

二階の生活雑貨売り場に着くと、すぐ隣にあるくだりエスカレーターに乗り移った。

「でもこっちは、四人だぞ」

「人数なんて関係ない。おれたちが行けば、事が大きくなるだけだ」

「見捨てるのかよ」

僕はつぶやいたけれど、ウメの返事はなかった。

自分に問いかけた。これでいいのか。このままこの場所を離れてもいいのか。

ふり返り、動く階段を見上げた。頭のなかにエメラルド・グリーンの扉が浮かんだ。

――駄目だ。

首を横にふって口に出した。「やっぱり駄目だよ」

「直樹！」

叱るようにウメが声を強めた。

「できないよ！」

叫ぶと、くだりのエスカレーターを走ってのぼり始めた。

「おい、待てって！」

ウメの声が追いかけてきた。客の脇をすり抜ける。硬いステップがガタゴトと揺れた。

――間に合ってくれ。

祈るような気持ちでエスカレーターを逆走した。

衣料品売り場を抜けて、ペットショップの前まで来ると、エメラルド・グリーンの扉が見えた。

乱れた呼吸に重なって、鼓動が高鳴った。

ドアの前に着くと、息を整えた。すぐ後ろにウメが追いかけてきていた。

扉には、長方形の磨りガラスの窓があり、足元近くに通風口が穿《うが》たれ、鈍く光る銀色のドアノブが付いていた。

「いいか、開けるぞ」

ドアノブをつかむと、勢いよく扉を引いて飛び込んだ。

タイル敷きの部屋のなかは静まり返り、だれもいなかった。

左側には鏡と洗面台。その向こうに白い小便器が五つ。右側には個室の扉が四枚。どれもやはりエメラルド・グリーンで統一されていた。長い柄の付いた緑色のブラシが二本床に交差するように落ちていた。右側に並んだ扉の一番奥だけが半分開いていた。用具入れらしく、倒れた青いバケツがのぞいていた。

「おいっ!」

強く呼んでみたが反応はない。

並んだ扉の前に立ち、手前側から開けていった。一番目の扉を開くと、だれもいなかった。トイレットペーパーの黄土色の芯が落ちていた。二番目の扉の向こう側にも、だれもいなかった。壁に落書きを消した白いペンキの跡があった。

最後の扉の前に立つと、足の裏に違和感があった。プツプツとなにかが靴の裏で弾けた。なんだろう、と思って足元の床を見つめるとなにかが落ちていた。小指の爪くらいの黒い筋の入った殻だった。よく見れば、床一面に蒔いたように落ちていた。それは、ひまわりのタネだった。どうしてこんなところに、と思った刹那《せつな》、それがハムスターの餌だと閃《ひらめ》いた。

息を呑み、最後の扉を引いた。金具が軋んで嫌な音をたてた。扉の向こうに便器を抱えるようにしてカナブンがへたり込んでいた。

カナブンはゆっくり瞼を開くと、まぶしそうに僕を見上げた。唇の端が微かに吊り上がり、右の頬に深いくぼみができた。

――遅かったな。

そう言っている気がした。

――どうして、すぐに来てくれなかった。

笑われたような気がした。

その緊張を解いた顔を見たとき、終わった、と思った。

なにが終わったのかはよくわからなかった。でも、なにかが僕のなかで終わったのは、たしかだった。もう決して昨日までの自分たちにはもどれない、そう感じた。

カナブンは川から上がったようにずぶ濡れだった。学生服の前ボタンがすべてなくなっていた。ズボンのベルトが外されていた。傷痕はなかったけれど、顔はひどく青白かった。床に投げだした左の足首が不自然な形に曲がっていて、思わず目をつむった。

僕はタイルに両膝をつくと、強く息を吐いた。自然に頭が前に垂れた。身体の奥から込み上げてくる震えが止まらなかった。怒りが塊になる前に悲しみに溶けだした。タッパーウェアのなかに閉じ込められたように息苦しくてたまらなかった。なにか口にするべきだと思うのだが、言葉にならなかった。

「直樹、どうなってる、おれの左足？」

カナブンが背筋を伸ばすようにして言ったので、「たぶん、折れてる」とこたえた。

「そうかぁ」

カナブンはちいさな声で言うと、空気が抜けるように背中をまるめた。

「明日なのになぁ」

カナブンの声が聞こえた。

「すまない」

そんな言葉しか見つからなかった。

どうしてこんなことになってしまったのだろう。こたえは見つからなかった。ただこれだけはわかった。自分は大切な者を裏切った。いつもなにかあるとすぐ傍にいてくれた友を見捨てた。こんな形でしか暴力を終わらせられなかった自分が、情けなかった。両手で床に落ちたひまわりの種を握りしめた。


お盆休みに入ると家族三人で実家に帰った。庭の隅にある夏みかんの枝が伸びてしまい、隣家に侵入しているという。春に父が脚立にのぼって剪定《せんてい》に挑んだが、枝がまた伸びてきた。父では危なっかしいので、太い枝をノコギリで切ってもらえないか、と母に頼まれた。それは子供の頃に僕が夏みかんの種を埋めたものが育った木だった。

昼過ぎに車で実家に到着すると、ひと休みして枝払いを済ませることにした。篤人は久しぶりに会った祖父と祖母にバームクーヘンやチョコレートや花林糖などを次から次へとだされ、御菓子攻めを受けていた。カルピスをストローで吸いながら困ったような顔をしていたので、「おまえも手伝え」と声をかけた。

物置小屋から脚立とノコギリをだしてきて作業を始めると、さっきまで庭をうろちょろしていた篤人の姿が見えなくなった。さては暑さに耐え切れず、冷房の効いている家のなかに逃げ込んだな。そう思っていると、家の裏からひょっこり姿を現した。

「ねえ、これなあに？」

篤人はその物体を両手にぶらさげて言った。

表面はうっすらと埃をかぶり、車輪には蜘蛛《くも》の巣が張っていた。表面のデザインは摩《す》り切れ、あるいは変色してよくわからなくなっていた。

「見りゃわかるだろ、スケートボードだよ」

脚立の上からこたえると、「だれが使ってたの？」と訊かれた。

「そりゃあ、父さんに決まってるだろ」

こたえると、信じられないといった顔つきになった。

「手伝ってくれよ」

「うん」

「終わったら、滑りに行くか？」

声をかけると、その言葉を待っていたように、こくりとうなずいた。

大方の枝を払うと、顔を洗って冷えた麦茶を飲んで一服した。古ぼけたスケートボードを雑巾で篤人に拭かせ、車輪に油を差した。妻は置いてけぼりに不満顔だったが、「たまには一緒に遊んできな」と玄関まで見送りにきた。篤人はめずらしく携帯ゲームを手放した。

少し距離はあったが、昔滑った場所まで足を延ばすことにした。

「重くないか？」

前を歩く小さな背中に訊くと、「大丈夫」と首をふった。

「本当に乗れるのかな？」とふり返ったので、「乗れるさ」とこたえた。

篤人はずり落ちそうになったボードを腕のなかで何度も持ち替えた。

かつてカナブンが暮らしていた団地近くの児童公園まで歩いた。公園の前の通りに立つと、篤人からボードを受け取った。アスファルトの上に置いたボードに左の革靴を乗せると、右足で慎重にこいでみた。体重が重くなったせいかボードが深くしなった。こんなことなら運動靴を履いてくればよかったと後悔した。

スケートボードは懐かしい高さだった。両足を乗せると、身体を揺らす反動で前に進んだ。手にしてからもう三十年近くたつというのに、性能はそれほど落ちていない気がした。

「動く、動く」

篤人がうれしそうな声をだしたので、「やってみろよ」と言ってボードを前に押しだした。

篤人はおっかなびっくりボードに足を乗せるのだが、ボードが動きだすとすぐに降りてしまう。

それでも興味があるらしく、同じことを繰り返すうちに少しは乗れるようになった。

坂道をぼんやりと眺めていると、「どうしたの?」と篤人が呼んだ。

「いや、なんでもない。子供の頃、友だちと一緒にこの坂を滑ったんだ」

「へー」

不思議そうに篤人は首をかしげた。額に汗の粒が浮いていた。

こんなに狭い坂道をスケートボードでよく降りたものだと我ながら感心した。

坂の終わりのT字路に篤人を立たせると、十五メートルくらい上からボードに乗ってみせた。無事に下まで滑ると、「すごい、すごい」と手を叩いて篤人は喜んだ。どうやら身体が憶えていてくれたようだ。昔のようにはもちろんいかないが、それなりに乗ることができた。久しぶりにボードの上で風を感じた。

それから小一時間くらいスケートボードで遊んだ。篤人はスケートボードが気に入ったようだ。

だれもいない児童公園のベンチにふたりで座って休憩すると、少しだけ自分の子供の頃の話をした。自分も篤人と同じように苗字のことで嫌な思いをしたこと。それが原因で何度も喧嘩をしたこと。やりたいことを決められなくて悩んだこと。やがて気の合う仲間ができたこと——。

篤人は静かに聞いてくれた。

「父さんにも、そんな子供時代があった」

最後に言うと、篤人は唇を強く結ぶようにした。

「ねえ、父さん」

「なんだ？」

「このスケートボード、家に持って帰ってもいいかな？」

篤人は目を輝かせて言った。

「いいけど、お母さんをうまく説得するんだな」

そう言うと、うれしそうにうなずいた。


スケートボードを自転車の前カゴに載せると、ライトのダイナモを靴のつま先で倒してペダルをこぎだした。約束の集合時間まで、まだ少し余裕があった。昨夜は遅くまで寝付けなかった。朝の冷気を顔に浴びて走ると、顔を洗ったようにさっぱりした。

両手でブレーキを掛けながらボウリング坂をくだると、歩道橋のたもとにカメラの付いた三脚を手にしたテツガクが立っていた。

テツガクの前で止まると、自転車に乗ったまま、今日カナブンが来られなくなったことを告げた。昨日あったことを正直に話すと、テツガクはその情景を目にしているように眉根を寄せた。

「それで、具合はどうなの？」

「大丈夫だと思う。お姉さんがすぐに駆けつけてくれて、病院に入院した」

僕がこたえると、「撮影は、中止にしよう」とテツガクはあっさりと決めた。

スケートボードを持参したもののそうするしかないと自分でも思っていた。僕がひとりで滑ったところで、そんなの意味ない。ラストシーンに使うことはできない。

「ごめんな」

謝ると、「しかたないよ」と言って、テツガクは力を抜くように肩をすぼめた。

撮影場所に選んだ歩道橋の階段をふたりで一緒にのぼった。橋のまんなかあたりまで来ると、欄干に並んでボウリング坂を見上げた。坂の左手に見える黒い塊のような森の樹影が風に揺れてざわめいた。大型トラックが下を通り過ぎると振動で欄干が震えた。歩道に人影はなく、暗がりに立ち並ぶ銀杏は眠っているように動かなかった。

「始まるよ」

テツガクはボウリング坂にカメラのレンズを向けた。

腕時計を見ると、カナブンと僕がスケートボードで滑り降りる予定だった時刻が迫っていた。

次第に空が白み始めると、半分闇に沈んでいた銀杏並木が彩色筆で色を載せられていくように浮かび上がった。坂の上から無数の針のように朝陽が溢れだしてくる。まるで枝につかまった小人たちが黄色い小旗をふるように光と風が銀杏の葉をきらめかせた。

テツガクは黙ったままファインダーをのぞき続けた。

「変われないかなぁ」

僕がつぶやくと、「変わりたいんだろ?」とテツガクの声がした。

「でも、おまえは言ったよな。今の自分は、今までの自分の累積なんだって?」

「そうだよ。これまでしてきたことは、絶対に直樹の人生からは消えない。過去は変えられない。すべての行為は連鎖している。でもね、今の自分は、自分の先端に立っている自分だ。どの道を選ぶこともできる。大切なのはタイミングさ。勇気をだして、跳ぶしかないだろ」

落ち着いた心地よい口調だった。

「実はさ、クーンのことなんだけど」

テツガクは急に飼い犬の話を始めた。

「昨日、保健所に連れて行くことになってた。だからその前に遠くまで散歩に連れて行って、鎖を外してやった。あいつに罪はないだろ。僕も逃げるから、おまえも逃げなって言ってやったんだ。生き残るためには、逃げることもときには必要だからね。不思議なことに、ついてこなかったよ。クーンのやつ、悟ったのかな」

テツガクは微笑んだ。

「なあ、映画はどうする？」

「もちろん仕上げるさ」

「そうしてくれよ」と僕は言った。

「直樹は滑りたかった？」

「もちろんね。でも、一番滑りたがってたのはカナブンだよ」

「そうだね。でもまたいつか滑ればいいさ。足が治ったら、挑戦すればいい」

テツガクは言ったけれど、僕は黙って朝焼けのボウリング坂を眺めた。

年が明け、松葉杖からようやく解放されたカナブンは、以前とは雰囲気が変わった。整髪剤で後ろに流すようにした髪型だけでなく、あまり笑わなくなった。放課後、給食の残った牛乳を飲むこともやめてしまった。おとなしくなったわけではなく、どこか大人びた感じがした。

あの一件以降もカナブンは僕と変わりなく付き合ってくれた。けれど、あの日を境に決定的になにかが変わってしまった、という思いは消すことができなかった。カナブンは僕を責めたりしなかった。それどころかあの日、あの場所で、なにが起きたのか話そうとしなかった。僕も触れることはなかった。カナブンは自分のなかで、あの日のことを封印しているようにも思えた。

——カナブンが僕のもとを飛び立っていく。

そんな予感がした。


三月、僕は第一志望の公立高校に合格し、カナブンも第一志望の私立高校に合格した。ウメは公立高校に落ちて、滑り止めに受けた私立高校に入学することが決まった。テツガクからはその後連絡はなかった。

卒業まで残り少なくなったある日の放課後、カナブンに言われた。「おれは高校で番を張る。だから直樹も自分の高校で番を張れよ」と。

僕は即座に断った。「おれには無理だよ。なにか別のことを始めるよ」。そうこたえた。

実際僕は別のことを始めた。高校に合格すると、だれに命じられたわけでもなく放課後のグラウンドを走り始めた。なぜかと問われれば、無性に走りたくなったから、としかこたえられない。高校から本格的にテニスをやるつもりのウメが、ときどき付き合って一緒に走ってくれた。

高校に入学したら、今度はだれがなんと言おうとサッカー部に入ろうと思った。たとえそのサッカー部がどんなに荒廃していようが、厳しい練習が待っていようが、とにかく今度は入ると決めた。

卒業式の日、式典が終わると、教室にもどって最後のホームルームが開かれた。黒の礼服に白いネクタイを締めた国重は、クラスの生徒のひとりひとりに将来の夢について語らせた。テツガクの別れの挨拶に触発されたような気がして、大いに迷惑だった。

廊下側の一番前の席に座った生徒から発表が始まった。口ごもる者もいたが、みんな誠実にこたえようとしていた。すぐに僕の番がまわってきた。僕はこたえられなかった。正直に「夢はないです」と言うと、もう一度あとで訊くからそれまでに考えておけと言われた。まったくずいぶんな話だ。いったい人の将来の夢をなんだと思っているのか。夢というのは、そんな順番待ちのあいだに残り少なくなった歯磨き粉のチューブを捻《ひね》りだすみたいに思いつくものだろうか。

カナブンの番になると、椅子をギギーと鳴らして立ち上がった。しばらく黙り込んだあとで、

「立ち食いそば屋の店長」と低い声でこたえた。数人の生徒が笑ったけれど、あながち冗談ではないような気がした。

「絵を描き続けたい」

村瀬晶子はそう言った。

職業ではなく、そんな素敵なこたえ方もあるのだな、と感心した。

再び僕の番がまわってきた。僕は同じ言葉を繰り返した。ないものはないのだからしかたない。

結局時間切れとなり、最後の挨拶の号令を学級委員長が口にした。生徒たちはどこか名残惜しそうに教室から去っていった。

そのとき生徒の流れに逆らって、教室に入ってくる者がいた。僕と殴り合った元野球部の鵜沢だった。髪を短く刈り込んだ鵜沢は、僕を見つけると近づいてきた。一瞬、教室に緊張が走った。だが鵜沢の頬には笑みが浮かんでいた。殴りにきたわけじゃない、とすぐにわかった。

「どこの高校に行くんだ？」

鵜沢に声をかけられた。

僕が学校名をこたえると、「おれ、自衛隊」と言って鵜沢は照れくさそうに微笑んだ。

「元気でな」

「死ぬなよ」

僕は差し出された鵜沢の右手を握りかえした。


在校生が二列に並んで作った校門までの花道を進んだ。途中で村瀬の姿を見かけた。楽しそうに友人たちと一緒に記念撮影をしていた。村瀬は別の高校に進むので、今日で彼女ともお別れだ。僕は立ち止まったりせずに、村瀬の横を通り過ぎ、人の流れにまかせて歩いた。校門まで来ると、ふてくされたような顔をしたカナブンがウメと一緒に立っていた。

「おせぇーぞ、直樹!」

カナブンに言われた。

「じゃあ、行きますか?」

ウメは唇を横に広げるようにして笑った。

そういえば入学式のあともこの三人で帰った。そのことを思いだすと自然に口元がゆるんだ。

「なに、にやけてんの?」とウメが言った。

「べつに」

「あれだ、だれかにボタンねだられたりしたわけ?」

「ねえよ、そんなの」

僕は舌を打った。

入学式の日にウメを殴った桜並木のあたりに差しかかると、カナブンが立ち止まった。

「そうだ、忘れてた。直樹に渡してくれって、姉ちゃんからこれ預かってたんだ」

「おれに？」

「ああ、でも怒るなよ、姉ちゃんに頼まれただけだかんな」

そう言って渡されたのは、どう見ても子供向けの絵本だった。

「そういえば、お姉さん、保母さんになるんだよな？」

「ああ、そうらしいよ」

僕は首をかしげて絵本の表紙を眺めた。三匹の山羊が後ろ脚で立って橋を渡っている絵だった。

「三びきのやぎのがらがらどん」というタイトルだった。

カナブンは笑いを堪えるようにして、右手で口を押さえていた。ウメがのぞき込もうとするので、僕は急いでカバンのなかにしまった。

「テツガクのやつ、どうしてるかなあ」

鼻から息を吸い込むようにしてカナブンは言った。

「元気でやってるんじゃない」と僕はこたえた。

明日からは、もうこの通学路を一緒に歩くことはない。三人とも別々の高校に進む。そのことは、はっきりしていた。それなのにだれもそのことについて触れようとしなかった。

三叉路で別れるときに、右手を挙げた。低空飛行の輸送機の爆音が近づいてくると、青く晴れた空を見上げた。駐屯地の空に鼠色の落下傘がいくつも揺れていた。

「じゃあな」と僕が言うと、

「じゃあな」とウメが言い、

「じゃあな」とカナブンが言った。

爆音が遠のくまで僕はふたりのほうを見ていた。ウメが右手をゆっくりとふった。カナブンはふり返ったが、すぐに背中を向けてしまった。いつもと変わりない別れ方だった。


美幸さんのくれた「三びきのやぎのがらがらどん」という絵本は、僕が今まで読んだ、あるいは感じた山羊のイメージを覆《くつがえ》す内容だった。ある意味で衝撃的だった。

「むかし、三びきの　やぎが　いました。なまえは、どれも　がらがらどん　と　いいました。」

という書きだしで始まる北欧民話は、十分もあればじゅうぶんに読めてしまう。山へ草を食べに行こうとする三匹の山羊が、道中にある橋の下に住む日本で言う鬼のトロルと対決する話で、最後にはおおきな山羊のがらがらどんが、トロルをやっつけてしまう、というストーリーだ。

おおきな山羊のがらがらどんは、すごくかっこいい。勇ましく、そして強かった。

僕は何度も何度も絵本を読み返した。

――山羊も悪くない。

そう思った。

高校二年の春に、自宅に僕宛の小包が届いた。厳重に包装された包みを開けると、なかにはフィルムが入っていた。添えられた手紙にクレジットタイトルがあった。

『帰宅部ボーイズ』

○キャスト
矢木直樹（ナオキ）
金崎文彦（カナブン）
梅木弘（ウメ）
小島哲人（テツガク）

○スタッフ
監督：小島哲人
制作：小島哲人
撮影：小島哲人　矢木直樹
協力：窪塚中学校のみなさん

クレジットタイトルの下には次の文章があった。

「この自主制作映画は、時間がたてばたつほど、あなたにとって貴重な宝物となるでしょう。なぜなら主人公はあなた自身。この作品に映っているものの多くは、あなたの人生の一部なのですから」

こんにちは、お元気ですか。
ようやく映画ができあがりました。タイトルは『帰宅部ボーイズ』。僕の処女監督作品です。これも矢木君、金崎君のおかげです。フィルムは矢木君宛に送らせていただきましたが、機会があればぜひ金崎君と一緒に観てください。
最近読んだ小説のなかに、高杉晋作の辞世の句が載っていました。こんな句です。

おもしろき　こともなき世を　おもしろく

この歌を読んだとき、なぜだか中学時代、帰宅部だった頃のことを思いだしました（今は高校の映画研究会に所属）。あの頃、僕らはなんとかして毎日を楽しくしようと、もがいていたような気がしたからです。どうですか、そう思いませんか？
それでは、またいつか会える日を楽しみにしています。

小島哲人

後日、父親に映写機の使い方を教わると、自分の部屋を暗くしてひとりで『帰宅部ボーイズ』を白い壁に映しだした。卒業から約一年しかたっていなかったけれど、懐かしい気分になった。なんでこいつらは、こんなに笑っているのだろう。なにがいったい面白いのだろう。そう思ったりもした。

カナブンは誘わずにひとりで観た。彼はすでに団地に住んでいなかった。僕は補欠ながら高校のサッカー部に所属し、カナブンはその名を轟かせる立派な不良になっていた。

『帰宅部ボーイズ』は、自主制作映画にちがいないが、僕らの中学校時代の記録集のようなものだった。いつのまにか撮られた思いがけない珍場面の連続。どのように撮影したのか知らないが、教室で授業を受けているシーンまで挿入されていた。

「撮っちゃってゴメン」という手書きのお断りのあとで、カナブンと増田睦美の別れのカットもちゃんと入っていた。謎だった最後のカナブンの台詞の部分には、字幕が入っていた。

——夢だったのに……。

どうやらテツガクは、そう結論づけたようだ。

カナブンが本当にそう言ったのかは定かではない。あくまでテツガクの推測であり、希望かもしれない。

この作品に対するテツガクの徹底ぶりには驚かされた。たとえば8ミリカメラが手ぶれを起こしながら建物のなかを進んでいくシーン。撮影者の息づかいがそのまま録音されている。行く先々の壁面には、いくつもの絵があった。カメラは雑踏を避けながら次々に絵を映しては移動していく。そして遂にある絵の前で静止する。

「ありました、やっと見つけました！」

わざとらしい甲高い声が言った。

鬱蒼《うっそう》とした森のなかにうねうねと小径の続く絵だった。描いたのはたしか秋のはずなのに、どこか春めいた緑濃い森になっていた。様々な緑色を丁寧に塗り重ねて、それぞれの木々の樹形を立体的に表現している。緑のなかに見え隠れする小径は、まるで迷路のようだ。緑色の濃淡を使って奥行きのある作品に仕上がっていた。

その絵の下には、「特選　村瀬晶子」のプレートがあった。テツガクは県の美術館までわざわざ足を運んで、この絵を撮ってきたようだ。このフィルムを見なければ、僕が彼女のこの絵を目にすることは一生なかったはずだ。

問題のラストシーンは、僕とカナブンが滑るはずだったあの日のボウリング坂。道の両側に並んだ銀杏の黄葉が真っ盛りで、朝陽が坂の頂上から漏れてくる風景。まるであの日の歩道橋の上に立っているような気分になった。それはそれで胸にぐっとくる素晴らしいラストシーンといえた。

僕はそのボウリング坂の風景に想像を重ねた。スケートボードで降りてくるカナブンと僕の姿。うっとりと画面を眺めていると、ゆっくりとエンドロールが流れ始めた。

同封された封筒を開けると、写真が三枚入っていた。教室で僕を写した写真なのだけれど、どれもピントが合っていない。不思議に思ってよく見ると、どの写真にも僕の背後に共通する人物が写り込んでいた。しかもどの写真もピントがその人物にぴたりと合わされている。その人物とは、もちろん僕の好きだった女の子だ。

「余計なことしやがって」

口にだしてつぶやいてみた。

忘れようと思っていた村瀬晶子の横顔が浮かんだ。画材店で緑色の絵の具の名前を口ずさむ彼女が、鮮明によみがえった。

その晩、僕は生まれて初めてラブレターというやつを書いた。

——書くなら今しかない。

そう思った。

ふられるのを覚悟して、次の朝、ポストに手紙を投函した。

その後、僕とカナブンとテツガクの三人が、再びボウリング坂に集まることはなかった。こんな坂、いつでも滑ってやるさ、そう思っていた十代は、あっというまに過ぎ去った。

物事にはタイミングというものがある。テツガクはそう言っていたけれど、まったくその通りだと思う。僕らがボウリング坂を滑るとすれば、銀杏が黄金色に染まった、あの日あのときしかなかったのだと思う。そういう意味では、運命だったのかもしれない。

二十三歳の監督ドン・コスカレリーによる「ボーイズ・ボーイズ」は、僕が観た映画のなかで特に印象に残っている作品だ。その理由も、やはりタイミングだと思う。いくら名作と呼ばれる作品でも、出会うタイミングが観る者の人生と共鳴しなければ、案外味気ないものかもしれない。だから大人になって「ボーイズ・ボーイズ」を僕がもう一度観たとしても、あの日と同じ感動を得られるものではない。あの時代に、仲間たちと一緒に劇場に足を運んで観たからこそ、今も自分のなかに残っている。そんな気がする。

そしてこれだけは言える。帰宅部の僕らにも青春はたしかにあったと。

結局のところ、妻が言ったように、子供に関する問題は、僕自身の問題でもあるのだと思う。それと同時に、妻自身の問題でもある。かつて僕も妻も、まちがいなく子供だった。子供時代を経て、望もうが望むまいが、大人にたどり着いたわけだ。

それなのに親となって子供と向き合うとき、自分のその時代をふり返ることはあまりしない。それはずいぶんともったいない話のような気がする。もしかすると、ふり返る余裕すらないのかもしれない。だとすれば悲しすぎる。

きっと僕にも妻にも貴重な体験があったはずだ。いい知れぬ怖れに心が折れそうになったこと、怒りにまかせたこと、自分に嘘をついたこと、ひとり悩んだこと、夢に挫《くじ》けたこと――。自分が子供の頃、なにを見て、なにを感じ、なにを思ったのか。あの頃をふり返れば、きっと思いだすはずだ。

今の僕が息子に伝えられることがあるとすれば、それはこれまで生きてきたなかの悔恨にあるのかもしれない。語るべきは、少なすぎる成功ではなくて、たくさんの苦い失敗のような気がする。

これからもときどきあの頃をふり返ろうと思う。小島哲人が言っていた、今の自分を作り上げている自分の過去たちを。そしてあの頃と今を、行きつもどりつしながら、未来に生きる子供と向き合うつもりだ。


クリスマスイブの夜、今日くらいまっすぐ帰ろうかと思ったが、いつものバーに寄った。クリスマスリースの飾られた重たい扉を開くと、ロバート・デ・ニーロ似のバーテンダーが笑顔で迎えてくれた。どうやら今夜最初の客らしい。重いコートを脱いで荷物と一緒に預けるとき、「プレゼント?」と訊かれた。手渡した手提げ袋から、赤と緑の包装紙にラッピングされた絵本がのぞいていた。

「まあね」

「幸せね、プレゼントをあげる相手がいるというのは」

彼は微笑んだ。

ここへ来る前に、東京の大きな書店に寄った。買ったのは、カナブンのお姉さんの美幸さんが昔僕にくれた絵本。幼児向けの絵本だが、篤人へのプレゼントに選んだ。それから書店の近くにある画材屋で、水彩絵の具を四色買った。赤、青、黄色、それに白。彩色筆も二本付けてもらった。こちらは、かつて県展で特選を受賞したことのある妻へ。渡すときには、「昔のように、また絵を描いたら」。そう言うつもりだ。

スツールに腰かけ、いつもの飲み物を頼もうかと思ったが、気が変わった。せっかくの聖夜だから、ちょっと趣向を変えてみることにした。

バーテンダーがカウンターの向こうで口元に笑みを湛えて、僕の注文を待っている。

「ねえ、リクエストがあるんだけど」

「なんでしょう？」

頭のなかで少し整理してから言葉にした。「カクテルで、エメラルド・グリーンの色をしたのって、作れるかな？」

彼は右の眉だけをぴくりと動かすと言った。「ベースは、どうしたますか？」

「そうだね、ジンがいい」

バーテンダーはゆっくりと二重顎でうなずいた。

教会の鐘のような銀色のシェーカーが軽やかにふられる。僕の前に脚の付いた円錐形のグラスが置かれ、グラスの縁いっぱいにカクテルが注がれた。あざやかなやさしい緑色。しばらくその懐かしい色を眺めた。

あの夏、小島哲人と一緒に作ったスケートボードのゴツゴツとした乗り心地は、大人になった今も忘れてはいない。その手作りのスケートボードに塗った色。初恋の人の三角巾の色。使う当てもないのに画材屋でポケットに忍ばせた絵の具の色。そして僕の心のなかで、いつまでも記憶から消せない扉の色。

あの頃の色を眺めていると、中学一年の夏、野球部の練習をサボって金崎文彦と一緒に森へ行った日のことを思いだす。ヒグラシの鳴く夕暮れの神社で、自分がカナブンと呼ばれるようになった理由を、彼は僕に打ち明けた。それから、森のなかで出会った一匹の美しいカナブンの話を聞かせてくれた。

彼が一度だけ見たというそのカナブンも、きっとこんな色をしていたのではないか、と僕は思う。

——カナブン。

君に出会えてよかった。

本書は雑誌「パピルス」二〇〇九年八月から二〇一〇年八月に掲載した
「カナブン64　帰宅ボーイズ」を改題し、加筆・修正したものです。

JASRAC 出 1104130-101

〈著者紹介〉
はらだみずき　1964年千葉県生まれ。商社、出版社勤務を経て作家に。2006年『サッカーボーイズ　再会のグラウンド』でデビュー。その他の著書に『サッカーボーイズ　13歳　雨上がりのグラウンド』『サッカーボーイズ　14歳　蝉時雨のグラウンド』『赤いカンナではじまる』『スパイクを買いに』がある。

GENTOSHA

帰宅部ボーイズ
2011年 5 月25日　第1刷発行
2011年10月20日　第2刷発行

著　者　はらだみずき
発行者　見城 徹

発行所　株式会社 幻冬舎
〒151-0051 東京都渋谷区千駄ヶ谷4-9-7

電話:03(5411)6211(編集)
03(5411)6222(営業)
振替:00120-8-767643
印刷・製本所:中央精版印刷株式会社

ISBN978-4-344-01985-0 C0093
幻冬舎ホームページアドレス　http://www.gentosha.co.jp/

この本に関するご意見・ご感想をメールでお寄せいただく場合は、
comment@gentosha.co.jpまで。